DE DERDE DOCHTER

Nettie Dees

De derde dochter

CITER REEKS

ISBN 9789020538199
ISBN e-book 9789401912716
NUR 344

Postbus 13288, 3507 LG Utrecht

Omslagontwerp Liesbeth Thomas, t4design

www.citerreeks.nl

1

Op het moment dat Franny de sleutel in het slot stak, hoorde ze de telefoon. Ze liet de voordeur wijd open staan, rende naar binnen en nam op.

Te laat.

Vierenhalve maand geleden had ze haar moeder voor het laatst gesproken. Toch hoopte ze iedere keer dat de telefoon ging dat zij het zou zijn. Waarom moest zij als dochter altijd het initiatief nemen? Had haar moeder wel interesse in haar leven, haar werk, haar kinderen? Maar al duurde het een jaar, ze zou wachten.

Ze legde haar boek op de bank neer en zette het koffieapparaat aan.

Weer de telefoon.

'Met Franny Baas.'

'Mevrouw,' zei een donkere onbekende stem, 'u spreekt met agent Vuijk van politiebureau Zwolle Centrum. Ik heb een minder prettige mededeling voor u.'

'Ik luister.'

'Uw zoon Niels is betrapt op winkeldiefstal. Kunt u of uw man naar het bureau komen?'

'Nu?'

'Ja, graag.'

'Goed, ik kom eraan.'

Winkeldiefstal? Dat bestond niet, zoiets zou Niels nooit doen, het moest een misverstand zijn.

Weet u zeker dat het om Niels Baas gaat, had ze moeten vragen. Geboortedatum en adres. En waarom ze moest komen. Ze zat er echt niet op te wachten weer naar Zwolle te moeten rijden, ze kwam net uit haar werk. De dag zat in haar benen, het was druk op de afdeling, krappe bezetting en veel moeilijke patiënten. Haar uurtje voor zichzelf voordat Stefan en de kinderen thuiskwamen was haar dierbaar: lezen op de bank met de benen omhoog. Dat kon ze nu wel vergeten, tenzij ze Stefan vroeg naar het politiebureau te gaan.

In het geheugen van de telefoon zocht ze naar het nummer van het accountantskantoor. Stefan was bezig met een cliënt, meldde zijn secretaresse. Een groot bedrijf dat ze misschien binnen konden halen, en de eerste contacten waren belangrijk, dus kwetsbaar. Hij wilde de hele middag niet gestoord worden. Moest ze een boodschap doorgeven als hij uit zijn kantoor kwam?

'Nee, laat maar,' antwoordde Franny.

Ze zocht in haar tas naar de mobiele telefoon. Die was alleen voor spoedgevallen, hadden ze afgesproken toen ze vorig jaar beiden toch ook maar een mobiele telefoon hadden aangeschaft. Ze wist amper hoe hij werkte, zo weinig gebruikte ze hem. Dit was dringend genoeg. Ze wist bijna zeker dat Stefan liever zelf naar het politiebureau wilde gaan.

Staande aan het aanrecht dronk ze snel een kop koffie. Er was nog een halve cake over van zondag, ze sneed een dikke plak af en propte die naar binnen.

Ze zou het toch maar beter zelf doen, Stefan wilde niet gestoord worden en als hij vanavond thuiskwam, kon hij het verder met Niels bespreken.

Haar zoon, betrapt op winkeldiefstal! Het was een woord uit krantenberichten en paste niet in hun leven.

Een half uur later parkeerde ze op de Potgietersingel en stapte uit. Ze trok een kaartje bij de parkeermeter en liep op een holletje naar het einde van de straat. Rechtsaf, de Luttekestraat in. Voor ze naar binnen stapte, keek ze schichtig om zich heen. Zag iemand haar? Snel duwde ze de deur open.

Hij zat op een stoel aan een witte tafel in een kale ruimte. Een lange, slungelige jongen. Spijkerbroek, zwarte sneakers, blauw T-shirt. Groene baseballpet op, donker haar. In zijn handen een wit plastic bekertje.

Ze deed een stap in zijn richting. 'Niels?'

Hij keek even naar haar op maar meteen daarna richtte hij

zijn aandacht weer op het bekertje.

Besluiteloos bleef ze op een meter afstand staan.

'Gaat u zitten,' zei de agent. 'Wilt u iets drinken? Koffie, thee, water?'

'Water graag.'

Ze dronk het bekertje in een keer leeg. Het ijskoude water zakte als een steen naar haar maag.

De agent trok een blocnote naar zich toe en begon voor te lezen.

In de Spar aan de Oude Vismarkt zag iemand van de vulploeg dat een jongen blikjes bier in zijn rugzak stopte. Er waren nog twee andere jongens bij hem. Bij de kassa rekende een van hen een zak chips af. Toen sommeerden ze de dader (wat klonk dat afschuwelijk echt) *zijn rugzak open te maken en vonden ze de drie blikjes bier. Op dat moment gingen de andere jongens ervandoor. Twee werknemers van de supermarkt grepen de dader vast en de bedrijfsleider belde de politie. Die nam hem mee naar het bureau om een verklaring af te leggen.*

'Is het zo gegaan, Niels Baas?'

Hij knikte.

'Je hebt dus blikjes bier in je rugzak gestopt zonder die te betalen?'

Niels keek even op en leek iets te willen zeggen.

'Waarom heb je het gedaan?'

Hij zweeg.

'Het kan je strafvermindering opleveren als je er open over bent,' drong de agent aan.

Geen antwoord.

Franny kneep in haar handen en probeerde haar mond te houden. Niels ging wel vaker met jongens uit de vierde op stap. Ze hadden hem vast uitgedaagd, dat kon niet anders. Bier! Hij mocht helemaal nog geen alcohol, daar hadden ze het laatst nog over gehad.

'Tja, als het zo staat, dan kunnen we niets anders doen dan overleggen met bureau HALT.'

'Is dat nu echt nodig?' barstte Franny uit. 'Hij is net vijftien.'
'Juist daarom, mevrouw.' De agent klonk onaangedaan. 'Hij moet ervan leren. U krijgt binnenkort een oproep en dan verwachten we u en uw zoon om alles door te spreken. U bent gehuwd?'
Franny knikte.
'Als het kan, kom dan alle drie.'
Na het tekenen van enkele formulieren stonden ze buiten. Snel liepen ze naar de auto.
'Hoe moet het met mijn fiets?' vroeg Niels ineens.
'O ja, je fiets. Waar staat die?'
'Bij de supermarkt. Ik loop er wel heen.'
'Meteen naar huis komen, Niels,' zei Franny. 'Begrepen?'
Hij knikte en liep met lange passen de hoek weer om.
Franny startte de auto en reed zo snel als kon in de drukte van de spits naar huis.

'Wat eten we, mam?' riep Nikki. Ze gooide haar tas op een stoel en tilde het deksel van de pan.
'Bloemkool, bah.'
'Stel je niet aan,' antwoordde Franny. 'Je krijgt er een gehaktbal bij en aardappels uit de oven.'
Nikki plofte op de bank.
'Over vijf minuten eten we. Dek jij de tafel?'
'Niels is deze week aan de beurt,' wierp Nikki tegen.
Franny hoorde Stefan al binnenkomen.
'Luister je?'
Langzaam stond Nikki op. Ze gooide het tafelkleed op tafel en pakte de borden uit de kast.
Franny keerde de gehaktballen om. 'Ha Stefan, hoe was je dag?' Ze hield haar wang op, zijn zoen belandde op haar haren. 'We kunnen zo eten.'
'Mooi.'
Hij nam het stapeltje post en legde dat bij zijn bord.
Franny rende de trap op en klopte op Niels' deur. 'Kom je

eten? Ik heb je vader nog niets verteld over vanmiddag. Doe jij dat straks?'

Niels keek haar onzeker aan. 'Pap kan zo boos worden soms. Wilt u het hem zeggen?'

'Eigenlijk moet je dat zelf doen maar ik begrijp dat je er tegenop ziet. Kom, ze wachten op ons.'

Het eten verliep zoals gewoonlijk. Nikki ratelde aan een stuk door terwijl ze at, Stefan was verdiept in zijn post, Niels in zijn bord en zij, zij vroeg zich af wat het beste moment was.

Na het beëindigen van de maaltijd ruimde ze zelf de tafel af, haalde de vaatwasser leeg en ruimde hem daarna weer in. Pas toen ze samen op de bank zaten met de koffie en de kinderen boven waren, vond ze gelegenheid hem in te lichten.

'Er is iets gebeurd vandaag.'

'Iets naars op je werk?' Stefan keek haar over de krant aan.

'Nee, dat niet.'

'Nou?'

'Iets met Niels.'

Stefan vouwde de krant dicht. 'Met Niels? Wat was er met hem?',

'Ik moest hem vanmiddag gaan halen op het politiebureau.'

'Op het bureau? In Zwolle?'

Franny deed verslag maar nog voor ze helemaal klaar was, sprong hij op. 'Dat had je me wel wat eerder kunnen vertellen!'

'Ik heb naar kantoor gebeld maar je had een belangrijke cliënt. We moeten met hem naar bureau HALT,' ging Franny verder. 'Binnenkort krijgen we een oproep.'

'Allemensen, Franny, en we zaten net nog gewoon aan tafel te eten! Wat had Niels voor verklaring voor zijn gedrag?'

'Niets, hij wilde niets zeggen op het bureau.'

'Tegen mij zal hij zijn mond wel open doen,' zei Stefan.

Hij liep de kamer uit. Boven klopte hij stevig op Niels' deur. Ze hoorde dat hij open deed. Daarna de harde stem van Stefan, de overslaande stem van Niels.

Ze zag hem weer voor zich, hoe hij daar aan die tafel op het politiebureau zat. Net of het hem niets deed. Toen de kinderen klein waren, wist ze precies wat hen bezig hield. Ze waren als een open boek. Tegenwoordig begreep ze niet veel meer van hun gedrag, Niels was vaak onbereikbaar, Nikki met haar dertien jaar begon ook al te puberen. Hoe gingen andere ouders hiermee om? Ze pakte haar boek maar ze kon zich niet concentreren op het verhaal.

Na een half uur kwam Stefan naar beneden. 'Hij wilde niet veel zeggen, maar ik begreep dat ze hem hadden uitgedaagd. Het zal allemaal wel loslopen.'

Franny vond dat het wel erg gemakkelijk klonk.

'Zullen we nog wat drinken?' vroeg Stefan.

Ze knikte. Een slaapmutsje kon ze na deze dag wel gebruiken. Morgen had ze een vroege dienst en ze had haar nachtrust hard nodig.

Zo op het oog een ochtend als alle andere: opstaan zodra de wekker afloopt, erop toezien dat de kinderen op tijd naar school vertrekken, zich haasten om op tijd bij het ziekenhuis te zijn en een parkeerplaats zoeken.

Ze had slecht geslapen en veel over Niels gedroomd. Was ze wel in staat te werken vandaag? De wind rukte aan haar sjaal terwijl ze over het terrein naar de dienstingang liep. Routinematig verwisselde ze haar kleren voor het uniform. Het witte katoen voelde kil en koud op haar huid. Snel trok ze haar wollen roze vest over het uniform aan, totdat ze boven was, ze dat aanhouden. Ze knikte naar de anderen, schoonmaakpersoneel, mensen van de linnenkamer, de jongen van de technische dienst. Dat sommigen zo vroeg in de morgen zoveel tekst hadden, onbegrijpelijk.

De lange gang door, de automatische toegangsdeur tot haar afdeling. Ze keek steels de kamers in. Was het glad? Hadden haar collega's tijdens de nachtdienst hun werk goed gedaan? Vanuit de keuken klonk het gerinkel van kopjes. Een vage broodlucht vermengde zich met de lucht die uit de spoelkeuken kwam. Franny schoot de post in, groette iedereen en pakte een kruk. Eerst de overdracht.

Na een kopje koffie en een overzicht op papier wat ze te doen had die dag, begon haar dag echt. Ze zette alle andere gedachten opzij en pakte de medicijnlijsten. Eerst de infuusvloeistoffen en de injecties klaarleggen, daarna kon ze de medicijnkar in orde maken.

'Franny,' zei Gerda, het hoofd van de interne afdeling een uurtje later. 'Dit is Jeroen, de nieuwe arts-assistent.'

Op het eerste gezicht zagen alle assistenten er allemaal eender uit. Witte lange jas, daaronder een broek en schoenen. Het hoofd bepaalde de persoonlijkheid. De ogen en de stem, het haar. Franny had het niet zo op arts-assistenten, zeker niet wanneer ze net begonnen waren met hun opleiding. Sommigen waren heel bescheiden en behoedzaam, maar er waren er ook die dachten alles al te weten. Je zat wel minstens een half jaar aan hen vast. Vrouwelijke arts-assistenten waren meestal prettiger in de omgang. Benieuwd hoe het met deze assistent zou gaan. Ze stak haar hand uit. 'Hoi.'

Jeroen gaf haar een slappe hand. 'Jij bent...'

'Franny Baas. Samen met Anke run ik de afdeling. Als je iets wilt weten, moet je bij een van ons zijn.'

Gerda draaide zich om naar Anke, die aan haar bureau zat. Na de kennismaking liet Gerda Jeroen bij hen achter. Anke legde hem de gang van zaken op de afdeling uit. Even later kwam de arts, een oudere vrouwelijke dokter, visite lopen. Franny had de statussen al op kamervolgorde klaargelegd zodat ze meteen aan de slag konden. Jeroen was anders, dat had ze meteen gezien. In plaats van z'n jas netjes dichtgeknoopt, droeg hij hem open. Daaronder droeg hij een moderne spijkerbroek en sneakers. Geen net overhemd maar een merk T-shirt. Kort blond stekeltjeshaar en helblauwe ogen. Die zou zich niets laten gezeggen.

Marleen kwam naar haar toe. 'Franny, kun jij me heel even helpen? Of ben je druk?'

'Ik kom.'

Marleen was op dat moment de jongste leerling-verpleegkundige van de afdeling. Ze was gekoppeld aan Astrid, een vrolijke maar ook wat rommelige gediplomeerde.

'Mevrouw De Soete moet wisselen van ligging, maar ik krijg dat niet alleen voor elkaar. Ze ligt al veel te lang op deze zij. Astrid heeft een gesprek met de familie van meneer De Koning.'

Dat gesprek zou Anke moeten voeren, dacht Franny, Astrid stond op zaal.

Franny schoof het gordijn voor het bed. 'Mevrouw De Soete, we gaan u even keren,' zei ze luid in haar richting. Een zware vrouw met een beroerte, halfzijdig verlamd en verminderd aanspreekbaar. Infuus, katheter, sondevoeding. Terecht dat Marleen hulp vroeg. Marleen sloeg de deken weg. De transpiratiegeur was doordringend en vaag vermengd met de geur van ontlasting. Franny zuchtte. Ze nam de leiding bij het draaien. Een, twee, drie, hup, alsof je een zandzak oppakte. Ze keerde snel het kussen om, dat was nat van het zweet.

'Die verschonen we,' zei ze.

Marleen trok de nachtjapon recht, legde de slang van de katheter vrij en samen vouwden ze de deken over de patiënt heen. Franny maakte de gebalde vuist open. Wat een lucht kwam daarvandaan. Ze maakte de hand schoon met een vochtige washand en droogde hem goed af.

'Altijd opletten dat het ook tussen de vingers goed droog is,' zei ze tegen Marleen. 'Daar is het erg smetgevoelig.'

Al die tijd had mevrouw De Soete nauwelijks gereageerd, op een licht kreunen na terwijl ze op de andere zij werd gelegd. Dit was al weken zo. Er was al een plaatsje in een verpleegtehuis aangevraagd, maar dat kon nog wel even duren. Tot die tijd lagen zulke patiënten op de afdeling en vroegen ze veel zorg. Naast haar lag meneer Van Zomeren. Ook hij had een beroerte gehad.

'Ik moet hem nog wassen,' zei Marleen. 'Maar dat doe ik liever niet alleen. Astrid zal toch zo wel komen?'

'Ik wil je ook wel even helpen, het is al half twaalf,' zei Franny.

'Ja? Zeker weten?'

'Toe maar.'

Meneer Van Zomeren werd wakker zodra ze de deken van hem afhaalden. Boze woorden rolden uit zijn mond. Instinctief legde Marleen haar hand op zijn mond. 'Ssst, meneer Van Zomeren toch, we komen u alleen maar wassen.'

Hij sloeg naar Marleen. Franny pakte stevig door en begon met wassen. Dat vloeken en dat agressieve gedrag was nog erger dan het apathische kreunen van mevrouw De Soete. Wat een zaal, wat een ellende bij elkaar. Het waren haast geen mensen meer. Hij had aan de katheter getrokken, het bed was nat en rood van het bloed.

'Ik haal een nieuwe set,' zei Franny.

Op dat moment kwam de optocht binnen, zo werd de stoet van arts, arts-assistent, soms co- assistent en verpleegkundige soms genoemd door de patiënten. Marleen trok snel de deken omhoog. Ze stonden allemaal rond het bed, Marleen en zij aan weerszijden bij het hoofdeind, de arts bij het voeteneind. En de rest daartussen. Ze overlegden. Jeroen sloeg zijn armen over elkaar. Meneer Van Zomeren bleef met zijn goede hand aan de deken trekken, speeksel liep uit zijn mond.

'Is hij altijd zo onrustig?' vroeg Jeroen.

'Zodra we hem gaan wassen,' zei Franny. 'Mag hij iets hebben tegen de onrust?'

'Liever niet,' zei de arts. 'Alleen als het echt niet gaat. Is het verpleeghuis aangevraagd?'

Anke keek in de status. 'Ja, de transferverpleegkundige heeft het vorige week in overleg met de familie aangevraagd.'

'Dan wachten we daarop,' zei de arts. Ze draaide zich om en liep naar het volgende bed.

Franny en Marleen vervolgden de wasbeurt, en verzorgden hem zo goed en zo kwaad als dat ging. Marleen praatte op een geruststellende toon tegen de patiënt en dat hielp. Na een half uur lag hij er weer keurig bij.

'Ik ga hem nog scheren,' zei Marleen. 'Dat kan ik wel alleen.

En zijn gebit moet ik ook nog schoonmaken.'

Astrid kwam binnen. 'Fijn dat je hebt geholpen, Franny.'

Ze nam haar even apart. 'Wat vind je van Marleen? Ze is echt heel goed.'

'Ja,' zei Franny. 'Je zou niet zeggen dat ze pas begin tweedejaars is. Maar ik vind het niet goed dat je haar alleen laat. Ze kwam me vragen te helpen omdat jij er niet was.'

'Dat komt omdat ze zo professioneel overkomt, je vertrouwt haar snel teveel toe. Ik zal erop letten.'

Franny haalde haar broodtrommel en liep met de eerste groep naar het restaurant. Ze zat aan het einde van de tafel, hoorde de anderen praten waren maar sloot zich niet aan bij het gesprek. Ze concentreerde zich op het blad met eten voor haar. Er waren kroketten vandaag. Ze had er twee gekocht, twee voor een euro en de mosterd kreeg je er gratis bij. Eerst haar brood, eerst het gezonde en als toetje de snack. Het korstje knapperde tussen haar tanden, de binnenkant was rijk gevuld met vlees. Ze waren bijna net zo lekker als de kroketten die ze op de veerpont van Kruiningen naar Perkpolder serveerden. Bijna. Ze knapte er helemaal van op.

Het irriteerde haar dat mensen als Marleen meer dan honderd procent inzet voor de patiënten toonden. Ze lette bijvoorbeeld niet op haar pauzes als ze iets niet afhad, zoals nu. Ze zou meer aan zichzelf moeten denken anders hield ze het niet vol. Zelf zou ze nooit de lunch overslaan, evenmin als de andere pauzes, die had ze gewoon nodig.

Mensen als Marleen, hoe jong ze ook waren, gaven haar het gevoel dat ze haar werk beter zou moeten doen. Hoe erg ze haar best ook deed, dat niveau zou ze toch nooit bereiken. Niet dat ze haar werk niet goed deed, iedereen was best tevreden. Toch, als ze anderen bezig zag, met hart en ziel, voelde ze zich leeg vanbinnen. Maar die gedachten en gevoelens duwde ze snel weg. Ze wilde er niet bij stilstaan, daar werd het immers niet anders van.

2

Pas toen ze Nikki voor de derde keer had geroepen, kwam ze naar beneden. Ze droeg een donkerblauw geruite flanellen pyjama, hoewel het nog lang geen winter was. Half struikelend over haar enorme berenpantoffels stommelde ze van de trap.

'Waarom moet ik zo vroeg uit bed? Louise mag veel later opstaan,' mopperde ze terwijl ze haar haren naar achter veegde. 'Ik ben nog moe.'

'Ook goedemorgen,' probeerde Franny. 'Het ontbijt is de belangrijkste maaltijd van de hele dag. Zal ik je brood voor school smeren of wil je het zelf doen?'

Nikki schoof aan tafel en nipte van haar thee.

'Mama vraagt je iets,' zei Stefan, die net opstond van tafel. 'Ik ga, ben vanavond niet vroeg thuis.'

'Moeten we op je wachten met eten?' vroeg Franny.

'Weet ik nog niet,' zei hij in de deuropening.

Franny liep naar de trap en riep Niels. Ze smeerde Nikki's brood, twee bruine boterhammen met kaas en een appel voor de pauze.

'Het is hier ijskoud,' klappertandde Nikki. 'En twee boterhammen is te veel.'

'Dat lijkt me niet,' zei Franny. 'Papa heeft een klokthermostaat gekocht, die gaan we doordeweeks instellen op zes uur. Dan is het heerlijk warm als we beneden komen.'

Dat ding lag al een paar weken te wachten op installatie, Stefan had er of geen zin in, of hij was het vergeten. Zelf kon ze zoiets niet.

'Niels! Tijd!'

Nog tien minuten, dan moest ze echt weg. Ze ruimde de tafel af, Nikki had gelukkig een half schaaltje yoghurt met muesli naar binnen gewerkt. Ze liet het bord voor Niels op een hoekje van de tafel staan. Vlak voor ze de deur uitging, kwam hij de trap af.

'Ik moet het tweede uur pas beginnen,' mopperde hij.

'Dat kan ik niet onthouden,' zei Franny. 'Ik ga, doe je het licht uit en de deuren op slot?'

Nog steeds had ze de lesroosters van de kinderen niet in haar hoofd. Hoe deden andere moeders dat? José, haar vriendin die aan de overkant van de straat woonde, plakte begin september het vel met schooltijden op de koelkastdeur. Het was een heel schema, compleet met alle vaste afspraken van het hele gezin. Franny liep naar haar auto en keek naar het huis van José. Louise reed net haar fiets uit de schuur, Nikki stond te wachten op de stoep. Fijn voor die meiden dat ze elkaar hadden, hoewel het haar soms stoorde dat het leek alsof ze geen minuut zonder elkaar konden.

'Heb je je gymkleren bij je?' riep Franny Nikki toe.

'Ja-aa mam! Dag mam!'

Franny gooide haar tas op de achterbank en wilde instappen toen ze José haar naam hoorde roepen. Ze draaide zich om, José trok net de keukendeur achter zich dicht en haakte twee lege boodschappentassen aan het stuur. Ze zag er vrolijk uit met haar paarse muts. Rechts boven prijkte een gele bloem.

'Hé hoi! Jij gaat vroeg boodschappen doen!' riep Franny.

'Binnen is binnen, zeg ik altijd. Zullen we vanmiddag een bakje doen?'

Franny dacht na. Als ze ja zei, kon ze haar uurtje op de bank wel vergeten.

'Toe, het is al best lang geleden dat we elkaar gesproken hebben. Hoe laat ben je thuis vandaag?'

'Om vier uur.'

'Zal ik naar jou toe komen? Hans is thuis vanmiddag.'

'Goed, zie je dan.'

'Werk ze!' José stapte op haar fiets en reed de straat uit. Franny keek haar na. Tegen een vriendin zeg je geen nee, hield Franny zichzelf voor. Bovendien was ze niet zomaar een vriendin, ze was de enige. Daarnaast ze was een voorbeeld voor iedereen, vanwege haar geduld en inzet voor anderen. José en

Hans hadden net als zij twee kinderen en ze functioneerden als pleegouders voor kinderen die vanwege een crisissituatie niet meer thuis konden wonen. Het waren meest oudere kinderen die daar een warm tijdelijk thuis vonden. Haar niet gezien, twee kinderen in de puberteit was genoeg.

Bij thuiskomst raapte ze de post op van de mat. Tijdschrift, bankafschriften, nog wat witte enveloppen, en een blauwe. Van wie die nou was? Het voelde alsof er een stevige kaart in zat.

Meneer en mevrouw Baas-Cornelisse stond er in gekrulde letters op. Wat een bijzonder handschrift. Wie schreef er zo? Ze nam het stapeltje mee naar binnen, legde het op de eetkamertafel en liep naar de keuken om koffie te zetten. José tikte tegen het keukenraam en hield een doos omhoog. Franny draaide de deur van het slot.

'Tompoezen! We mogen onszelf best eens verwennen.'

Franny dacht aan het gebak dat ze al op had vandaag. Menig patiënt trakteerde als hij of zij met ontslag ging. Vaak was dat al 's morgens het geval. Lekker zuster, voor straks bij de koffie, zeiden ze er dan bij.

'Heerlijk, ik ben dol op tompoezen,' beaamde Franny. 'Hoewel, ik heb vanochtend ook al wat op.'

'Wat maakt het uit, je bent toch niet te zwaar?'

Franny dacht daar anders over, ze was nooit tevreden met haar kledingmaat. Ze schoven aan tafel, Franny viste de blauwe envelop uit het stapeltje.

'Ik moet even weten van wie dit is,' zei ze met volle mond. 'Ik ken het handschrift niet. Mag wel even, toch?'

'... Uw aanwezigheid bij het openen van *Chocolaterie Joop* wordt zeer op prijs gesteld...'

Franny verslikte zich bijna en duwde de kaart weer in de envelop.

'Mooi niet,' zei ze zacht.

'Hoezo, mooi niet?'

'Mijn broer opent een eigen zaak en nodigt Stefan en mij uit voor de opening.'

'Toch leuk.'

'Je kent mijn broer niet. Hij wil altijd in het middelpunt van de belangstelling staan. Bovendien, het is een eind rijden.'

'Waar is het?'

'In mijn geboortedorp in Zeeuws-Vlaanderen, waar verder iedereen van mijn familie woont. Drie uur rijden!'

'Joh, dat wist ik niet. Heb je nooit verteld. Ik dacht dat jouw familie in Zwolle woonde.'

'Daar wonen de ouders van Stefan en zijn broer Michiel met zijn gezin.'

'Ik moet er niet aan denken zo ver weg van mijn familie te zijn. We wonen allemaal in deze streek en komen op elkaars verjaardagen,' mijmerde José. 'Zo gezellig. Juist nu mijn vader en moeder er niet meer zijn, vinden we dat heel belangrijk, anders raak je elkaar zo kwijt. Hoe vaak zien jullie elkaar?'

'Wij hebben geen regelmaat.'

'Maar je hebt toch nog een moeder?'

Franny voelde zich ineens slap en leeg, alsof ze een uitgewrongen dweil was. Kon ze José uitleggen waarom ze haar moeder al een tijd niet gesproken en nog veel langer niet gezien had? Ze begreep het zelf niet eens goed.

'Al dat familiegedoe,' zei ze stoer. 'Ik moet er niets van hebben.'

Het woord kliek slikte ze net op tijd in. José vouwde haar handen om haar beker. 'O. Hoezo niet?'

Franny haalde haar schouders op. Dat was een vraag die ze zichzelf zo af en toe stelde. Zodra ze over de familie nadacht, leek het alsof ze tegen een blinde muur opbotste.

'Vertel eens verder,' probeerde José. 'Heb je naast Joop nog meer broers en zussen?'

Franny wist dat José familie en alles wat daarbij kwam kijken interessant en vooral heel belangrijk vond. Ze moest maar proberen er zo gewoon mogelijk over te praten, ze had al te veel ongenoegen laten blijken.

'Ik heb twee oudere zussen, Trudy is de oudste, daarna komt Riet en dan ik. Onder mij twee broers, een tweeling. Koos en Joop. Mijn vader had een bakkerij en de tweeling heeft die overgenomen. En nu begint Joop voor zichzelf.'

Het leek alsof ze een lesje opdreunde.

'Je zei dat je vader een bakkerij had, is hij...'

'Mijn vader is gestorven in, even denken... Nikki was net geboren, ze is nu dertien, in 1987. Een ongeluk.'

'Wat erg, zo plotseling.'

Franny knikte afwezig. Een flard van een herinnering drong zich naar de oppervlakte. Ze zag het verwrongen staal van de bestelbus van haar vader.

'Maar dan is je moeder al vijftien jaar alleen.'

Ineens ergerde het Franny dat José doorging op het onderwerp moeder. Waar haalde ze het recht vandaan! Ze keek naar de klok.

'Kwart over vijf al, ik moet aan het eten beginnen! Stuur je Nikki naar huis?'

Meteen ging de keukendeur open en Niels kwam binnen.

'Ha Niels,' zei José. 'Ik wilde net gaan. Hoe gaat ie?'

'Goed hoor,' bromde hij en liep meteen door naar de keuken.

'Nou, was gezellig. We praten er nog een keer over, goed?' José sloeg haar arm om Franny heen en gaf haar een zoen op haar wang. Franny schrok, zoveel intimiteit was ze niet gewend.

'Waarover?' vroeg Niels. 'Toch niet over mij hoop ik.'

'Wie weet! Dag!'

'Leuk mens, die moeder van Louise,' zei Niels toen ze weg was. 'Is er nog post voor mij?'

Hij graaide door het stapeltje. 'Ja, een brief. Van de politie.'

Op de envelop stond heel duidelijk het logo van bureau HALT. Vervelend dat ze die over het hoofd had gezien. Niels scheurde de envelop open. 'Ik moet naar HALT. Op een donderdagmiddag. Moet ik vrij van school vragen.'

'Wanneer is het?'

Niels noemde de datum. Dat is de dag voor de opening van

Joop z'n zaak, dacht Franny. Ze haalde de groente uit de koelkast en begon uien te snijden voor de pasta. Twee dagen achter elkaar, kon Stefan weg van kantoor? En zij? Twee afspraken in dezelfde week, twee momenten waar ze bij moest zijn, maar dat niet wilde. Ze veegde haar wangen droog, dat had ze nu altijd met uien. Het water kookte, het gehakt brandde bijna aan. Ze moest haar aandacht erbij houden.

Halverwege de maaltijd kwam Stefan thuis. Terwijl hij zijn handen afdroogde, ging de telefoon.

'Dag, Trudy,' zei Stefan. 'Zal ik je Franny geven?'

Ze schudde heftig nee. 'Zeg maar dat ik later terug zal bellen.'

Stefan gaf de boodschap door maar Trudy was al niet meer te stuiten. Hij luisterde afwezig. Na een paar minuten maakte hij een einde aan het gesprek. 'We zitten aan tafel, Franny belt terug. Dag Trudy.' Hij zette de telefoon terug in de houder, trok zijn stropdas los en ging aan tafel zitten. Franny schepte het eten op zijn bord.

'Even stil voor het gebed, jongens.'

'Die Trudy, daar kom je niet zomaar vanaf,' zei Stefan even later. 'Ik heb overigens geen uitnodiging gezien.'

'Die zat vandaag bij de post,' zei Franny snel. 'Voor de opening van de chocolaterie van Joop. En ook de brief van HALT. Allebei in dezelfde week.'

'Toe maar. Straks in mijn agenda kijken hoe we dat allemaal moeten regelen.'

'Het is nog niet gezegd dat we naar Zeeland gaan,' wierp Franny tegen.

'Naar HALT moeten jullie allebei mee,' bromde Niels. 'Overdreven.'

'We hebben het er nog over,' antwoordde Stefan. 'Niet nu aan tafel.'

'Wat is dat, die uitnodiging?' wilde Nikki weten.

Franny legde het in twee zinnen uit.

'Ik wil mee,' zei Nikki meteen. 'Het is al heel lang geleden dat ik oma heb gezien. Misschien wel twee jaar of zo.'

Franny stond op en stapelde de borden op elkaar. 'Je overdrijft, vorig jaar tweede kerstdag nog. De familiedag.'

'Dat is hartstikke lang geleden, al bijna een jaar.'

'Nee,' verbeterde Niels. 'Tien maanden, het is pas oktober. Het is alleen maar omdat je ook vrij wilt van school.'

'Niet waar! En ik zag je vandaag in de stad met die jongens uit de vierde.'

Even was het doodstil. Niels schoof zijn stoel zo hard naar achter dat hij omviel.

'Bedankt,' beet hij Nikki toe. 'Aan zo'n zus heb je nog eens iets.'

Hij liep de kamer uit.

'Jij moet je daar niet mee bemoeien, Nikki,' zei Stefan. 'Wat deed jij in de stad?'

'Gewoon, zei Nikki. 'Wat we altijd doen, beetje slenteren langs de winkels, nieuwe laarzen passen.'

'Je krijgt geen nieuwe, hoor,' waarschuwde Franny.

'Kijken is nog geen kopen,' verweerde Nikki zich.

'Hebben we geen toetje, Franny?' vroeg Stefan.

'Nee, alles is op,' zei ze ferm. 'Morgen doe ik boodschappen.'

'Dan gaan we gaan lezen,' zei Stefan. Hij stond op, pakte de Bijbel en riep Niels onder aan de trap. Geen reactie.

'Laat hem maar,' zei Franny.

'Hm. Vanavond zullen we eens goed met hem praten,' was zijn antwoord.

'Pap, wil je me helpen met wiskunde?' vroeg Nikki na het danken. 'Ik snap er echt niets van.'

'Haal je boek maar, dan doen we het meteen.'

Franny liet Stefan met Nikki achter aan tafel en verdween met de stapel borden de keuken in.

In de koelkast in de groentela vond ze nog één kuipje chocolademousse, te weinig voor vier personen. Ze lepelde in gedachten het bakje leeg, hopelijk was Niels een beetje toeschietelijk en bagatelliseerde Stefan het voorval niet. Zelf schaamde ze zich nog steeds dat hun kind op het politiebureau moest komen, alsof hij een misdadiger was.

Het werd vrijdag, haar vrije dag. Geen weer vandaag om te rennen, dacht ze terwijl ze naar buiten keek. Het waaide hard en af en toe striemde een regenbui tegen het raam. Kon ze niet beter thuis blijven en de bovenverdieping eindelijk eens onder handen nemen? Toch, als ze nu niet ging, kwam het er deze week weer niet van. Ze trok de voordeur open en zette de pas erin.

De eerste minuten waren het moeilijkst, daarna had ze de cadans te pakken. Leuk zou ze het nooit vinden en heel vaak zocht ze uitvluchtjes. Het was te koud, te nat, te glad, te winderig, ze had geen tijd. Als ze al die hindernissen had genomen en uiteindelijk haar rondje gelopen had, voelde ze zich voldaan. Het gevoel achteraf was haar belangrijkste motivatie. Ze passeerde twee vrouwen, samen hardlopen, dat leek haar helemaal niets. Ze had liever ook geen muziek op, het was goed voor het tempo, maar bij haar zou het de concentratie juist verzwakken.

Veel mensen gebruikten het lopen om hun hoofd leeg te maken. Dat leek haar wel wat. Haar hoofd zat altijd boordevol gedachten: flarden van gesprekken, to-do lijstjes, het weekmenu voor de volgende week. Na elke honderd meter een gedachte minder, en aan het einde een leeg hoofd. Soms leek het of ze doordraaide van al dat denken. Om rustig te worden, begon ze vaak te tellen, stappen als ze aan het rennen was, bomen of lantaarnpalen als ze in de auto zat. Vandaag werkte het niet. Moest ze nu wel of niet naar de opening gaan? Waarom wilde ze niet? Mocht ze Joop niet? Misgunde ze hem een eigen bedrijf? Diep in haar hart wist ze de reden wel, ze kon haar moeder zo niet onder ogen komen. Het zou erg lastig zijn om maanden radiostilte te negeren.

Zweet prikte onder haar muts en liep langs haar slapen naar beneden. Ze keek op haar horloge, twintig minuten gelopen en pas op de helft van de route. Grijze wolkenflarden joegen laag over de velden. De lucht voelde even zwaar als haar benen.

Eerst met Niels naar HALT. Daar zag ze ook al zo tegenop, niet zozeer om welke straf hij zou krijgen maar om de ongetwijfeld goedbedoelde opmerkingen van de medewerkers. Het voelde alsof ze faalden als ouders. Konden ze deze periode met de kinderen maar overslaan, het was veel gemakkelijker en vooral gezelliger toen ze klein waren. Pubers opvoeden, hoe deden mensen dat? Wel of niet streng zijn, overal regels voor opstellen of alles controleren?

Haar straat, het eerste huis. Het werd tijd, ze voelde steken in haar zij. Ze liep stijf de trap op. Het warme water streelde haar schouders, haar rug. Ze hief haar hoofd in de straal omhoog en stond minutenlang met gesloten ogen. Op het moment dat ze de kraan dichtdraaide, leek het of ze de stem van José hoorde.

'Maar je hebt toch nog een moeder?'

Ze rukte de handdoek van de haak en schudde haar haren uit. Echt iets voor José om zoiets op te merken. Of had José gelijk en zag zij het zelf verkeerd? Misschien durfde haar moeder niet te bellen of was er een andere reden waarom ze niet zelf belde. Ze pakte de föhn en blies haar haren droog. Hoe zou het voelen als ze later geen contact met Nikki had? Ze moest er niet aan denken. Toch, nu ze al wat onbereikbaar werd kon ze zich voorstellen dat het mogelijk was.

Wat trok ze aan? Twee weken geleden had ze een nieuwe set gekocht, het hing ongedragen in de kast. De verkoopster vond het haar heel goed staan. Zelf twijfelde ze maar ze kocht het toch omdat het onbevredigend was om na een uur passen met lege handen de winkel uit te gaan. Meestal vermeed ze de spiegel, vandaag keek ze met aandacht naar zichzelf. De rok was recht en kwam tot net op de knie. Mooi die kleur blauw. De bloes was ecru, de brede band verhulde keurig haar probleemzone. De sjaal in warme tinten blauw, rood en paars maakte het af. Het stond haar inderdaad goed.

Ineens keek ze zichzelf recht in de ogen. Ze straalde zowaar. Waarom dubde ze toch altijd zo, nam ze alles zo serieus, vatte ze opmerkingen van anderen als persoonlijke aanvallen op? Kon ze niet proberen wat gemakkelijker in het leven te staan? Op haar werk was ze zo doortastend, wat weerhield haar om buiten het ziekenhuis wat meer zelfverzekerd te zijn?

'Oké,' zei ze tegen haar spiegelbeeld. ' Ik zal het proberen.'

Ze besloot aan het werk te gaan, tussen de middag zou ze dapper zijn en mam bellen.

Toen ze de stofzuiger terug in de kast zette, ging de telefoon. Het was Trudy.

'Je zou me terug bellen.'

'Ha Trudy,' antwoordde Franny schijnbaar vrolijk. 'Dat was er nog niet van gekomen. Zeg het eens.' Ze zette haar bord met drie bruine boterhammen voor zich op tafel. Terwijl ze luisterde, at ze haar brood. Ze hoefde toch niet veel te zeggen, Trudy praatte voor hen allebei tegelijk. Meestal had ze iets te klagen, dat zij voor alles op kon draaien als mam naar een dokter of het ziekenhuis moest, of iets van kleding nodig had. Franny voelde zich vaak schuldig, hoewel zij er niets aan kon doen dat ze zo ver weg woonde. Meerdere keren had ze Trudy gevraagd waarom mam niet alleen kon gaan. Ze reed in haar autootje overal naartoe, binnen Zeeuws-Vlaanderen dan. Mam was nog best vitaal. Maar nee, Trudy moest mee want waar had je anders een dochter voor die dichtbij woonde en beschikbaar was. En bij de dokter hoorden twee meer dan één. Na de bekende tirade begon Trudy aan de medische update. Heup een beetje versleten; lichte vorm van diabetes. Het verbaasde Franny niet, mam was al jaren veel te zwaar. Ze kookte uitgebreid voor zichzelf en sloeg de taartjes van zoon Koos nooit af. Bewegen deed ze niet, behalve naar de auto lopen. Tja, gezond ouder worden was nu eenmaal niet vanzelfsprekend.

'Wat zei je als laatste, Trudy?'

'Haar bloeddruk is veel te hoog...'

Aha, een nieuwe kwaal. Franny hield de telefoon tussen haar oor en schouder geklemd en besmeerde een kapje brood met een dikke laag pindakaas. 'Ja, ik ben er nog.'

‘Heb je de uitnodiging van Joop ook gehad?’

‘Ja.’

’Je komt toch wel?’

‘Ik heb er nog geen beslissing over genomen. Op welke dag van de week is het? Vrijdag? Dan ben ik wel vrij. Alhoewel, op een dag heen en weer rijden is wel veel.’

‘Je kunt wel bij mij of bij Riet logeren als je wilt.’

‘Ja, op zich kan dat.’ Ze moest er niet aan denken.

‘Zullen we iets met elkaar geven?’

‘Goed idee. Ik maak vijftien euro naar je over en zorg jij dan voor een mooi bloemstuk?’

Na een half uur maakte ze een einde aan het gesprek. Ze keek naar de hoorn in haar hand. Meteen doen of lag mam te rusten? Deed ze dat eigenlijk? Franny nam nog een lik pindakaas, en ging met de telefoon in de stoel voor het raam zitten, daarin zat ze vaak wanneer ze een moeilijk telefoongesprek moest voeren. Van hieruit keek ze de straat langs, zag ze auto’s en mensen voorbijkomen, zag ze hoe de bomen zich verzetten tegen de herfstwind. Ze repeteerde het gesprek in haar hoofd. Ze kon over de opening beginnen, naar haar gezondheid vragen, twee veilige onderwerpen, waardoor ze zelf buiten schot bleef. De telefoongesprekjes verliepen al jaren op dezelfde manier, zij vertelde wat over Niels en Nikki en mam over de familie daar en over mensen uit het dorp. Na een kwartiertje was meestal alles gezegd en hingen ze op, Franny zette in haar agenda wanneer het weer tijd was om te bellen. Waarom verwachtte ze dat dit patroon zomaar zou veranderen?

Hoe langer ze wachtte, hoe hoger de drempel werd, hoe meer gedachten door haar hoofd schoten. Haar moeder hield niet van haar; ze was boos omdat ze zo ver weg was gaan wonen; ze vond dat ze vaker op bezoek moest komen; ze keurde het af dat ze vier dagen werkte. Het zwijgen was haar wapen, een sterk wapen, dat Franny op haar beurt ook had ingezet. Een strijd zonder woorden. Ze zette de telefoon terug in de houder, ze belde niet.

Op vrijdagmiddag hing er een andere sfeer in het winkelcentrum dan op de andere doordeweekse dagen. Mensen waren vriendelijker, keken vrolijker, er hing iets van verwachting in de lucht. Ze maakte haar rondje, de bieb, de slager, de groenteboer, de supermarkt. Zou ze een bloemetje meenemen of zou Stefan dit keer...? Hij dacht er nooit aan, zelfs wanneer hij een cadeautje voor haar verjaardag moest kopen had hij geen idee wat. Hij verraste haar nooit, terwijl zij altijd erg haar best deed om van iedere verjaardag iets bijzonders te maken. Weer dat haakje. Ze had alles, waarom was ze niet tevreden? Waarom liet ze zich zo teleurstellen door anderen?

Ze kocht een groot herfstboeket. Voorzichtig legde ze de bloemen op de bijrijderstoel en reed in de stromende regen naar huis. Net toen ze in de keuken bezig was de bloemen in een vaas te zetten, tikte José op het raam. Franny deed snel open.

'Mooie bos, Franny! Wat een weer.' Ze schopte haar schoenen uit. 'Even buurten, hoor, ik moet er nodig een uurtje tussenuit.'

'Koffie?'

'Heb ik al op. Ik ben wel in voor iets anders. En jij?'

'Ik ook. Rood of wit?'

Ze ploften op de bank.

'Met die twee meiden winkelen viel me zwaar tegen. Overal kritiek op, hoe goed ik mijn best ook deed. Soms denk ik: waar ben ik aan begonnen. Uiteindelijk krijg ik medelijden, zij kunnen er ook niets aan doen dat het fout is gegaan in het gezin.'

Franny knikte. Dit had ze al vaker gehoord maar dat gaf niet. Ze voelde zich sterker staan nu José liet blijken dat ze opvoeden soms ook best lastig vond.

'Isabel en Klara kijken nu met Nikki en Louise naar een film, Hans is in de keuken met het eten bezig, die houdt een oogje in het zeil. Gerben speelt al de hele middag boven met Ruben met de lego.'

'Heerlijk, die lego tijd,' beaamde Franny. 'Kon dat maar altijd zo blijven. Wij hebben ook iets lastigs meegemaakt, met Niels.'

'Van die winkeldiefstal en dat hij naar HALT moet?'

Franny schoof een beetje opzij. Ze had het liever zelf verteld.

'Louise moest het kwijt,' zei José. 'Maar ik heb er verder met niemand over gesproken.'

Dat moest er nog bijkomen, dacht Franny.

'Vervelend voor jullie, zei José. 'Niels leert er in elk geval wel van. Wij deden zulke dingen niet, vroeger.'

'Nee, ik herinner me daar niets van.'

'Als we het aan onze ouders zouden vragen, hebben ze misschien wel voorbeelden. Ik kan het niet meer vragen.' José rekte zich uit en stond op. 'Nou, ik ga weer eens. Bedankt voor de wijn en de bank en het luisteren.'

Bij de keukendeur draaide ze zich om. 'O ja, ik kreeg van de instelling waar ik voor werk een boek om de achtergronden van gedrag beter te begrijpen. Echt razend interessant. Dat moet jij ook lezen.'

'Denk je? Ik ben meer van de romans.'

'Nou, weet je, kijk maar of je het wat vindt. Als ik er klaar mee ben, kom ik het brengen.'

3

'Ik houd er rekening mee dat we naar de opening gaan,' zei Stefan onder het eten. Het was zaterdag, hij had eindelijk de klokthermostaat geïnstalleerd en nog wat kleine klusjes gedaan die er al maanden lagen. Aan gaatjes boren en elektrische reparaties begon Franny niet, dat waren mannenzaken. Als beloning had ze patat gebakken, echte patat. Aardappels wassen, snijden, voorbakken en afbakken, een heel karwei maar de kinderen en Stefan en trouwens zij zelf ook waren er dol op. Vroeger deed ze het iedere zaterdag.

'Mag ik mee?' bedelde Nikki. 'Ik vind het echt heel erg leuk.'

'Haal je agenda maar,' zei Franny.

Wat moest ze doen? Gaan of niet gaan?

'Wat kijk je moeilijk,' zei Stefan. 'Voor jou is het toch geen punt? Jij bent vrij op vrijdag.'

Franny knikte. 'Ik, tja, voor mij hoeft die opening niet zo.'

'Nou ja, mam,' zei Niels. 'Het is je broer.'

'Ja,' zei Stefan. 'Hoe zou jij het vinden als wij iets organiseerden en niemand van de familie kwam?'

'Dat doen wij nooit,' antwoordde Franny. 'En we zijn niet zo close als jouw familie.'

Nikki schoof weer aan tafel en bladerde in haar agenda. 'Ik heb een rep Engels die dag. Kan ik wel inhalen.'

Franny keek van de overkant van de tafel mee. 'Er staat nog meer op die dag, zie ik.'

'Nee Nikki, dat kan niet,' besloot Stefan. 'Je moet gewoon naar school. Je moeder en ik gaan samen naar de opening. Op donderdagmiddag met Niels naar HALT en op vrijdag naar Zeeuws-Vlaanderen. Laat jouw lesrooster eens zien, Niels?'

Onwillig graaide hij z'n agenda uit z'n tas, die nog steeds bij de achterdeur stond en sloeg z'n agenda open. Stefan stak zijn hand uit. 'Je bent het zesde al uit, jij hoeft helemaal geen vrij te vragen. Nee, de enige die veel moet organiseren om mee te kunnen, ben ik. Maar ik ga mijn best doen.'

'Mag ik dan bij Louise logeren?' bedelde Nikki.

'Dat is een goed plan,' vond Franny. 'Ik regel het met José.'

'Yes!'

Nadat ze geëindigd hadden, vertrok Nikki naar boven. Franny begon de borden te stapelen.

'Blijf nog even zitten,' zei Stefan. 'En jij ook, Niels.'

Natafelen deden ze bij zijn familie heel vaak maar zij had er een hekel aan. Het eten was op en je keek maar tegen de vuile borden aan. Stefans vader hield van een goed geestelijk gesprek naar aanleiding van het Bijbelgedeelte dat ze hadden gelezen. Of hij nam een actueel onderwerp. Vaak verdween ze in haar eentje naar de keuken om op te ruimen. Soms ging de maaltijd gewoon over in koffietijd. Ze zette de borden op het aanrecht en kwam weer aan tafel zitten.

'Schenk me dan maar wat in. Ik lust wel een glas rode wijn.'

'Ik doe mee,' zei Stefan. 'Binnenkort naar HALT, laten we het daar nog eens over hebben. Niels, hoe kwam het nou?'

'Ze zeiden dat ik het niet durfde.' Niels beet een stukje van zijn nagel af. 'Dat kon ik niet over mijn kant laten gaan. Maar het was stom, ik zou willen dat ik het terug kon draaien. Misschien krijg ik een hele vervelende straf.'

'Als je er tijdens dat gesprek ook maar open over bent, dat lijkt me belangrijk,' zei Stefan. 'Je zult een geldboete krijgen of een taakstraf, of allebei. Het waren blikjes bier, begrijp ik daaruit dat je dus wel bier drinkt?'

Niels werd rood. 'Heel soms. Maar deze waren voor die gasten bedoeld.'

'Je hersenen zijn nog volop in ontwikkeling,' zei Stefan. 'Het is gewoon dom om al zo jong alcohol te drinken. Begrijp je?'

Niels knikte.

'Maar als iedereen het doet, is het best moeilijk,' zei Stefan. 'Daar kan ik best inkomen. Toch proberen vol te houden, jongen.'

Franny zweeg. Ze vond dat Stefan erg snel van de winkeldiefstal overstapte op alcoholgebruik. Ze had verwacht dat hij van Stefan ook straf zou krijgen. Positief was, dat hij eindelijk iets over het voorval had losgelaten. Niels stond op en trok z'n jack en schoenen aan.

'Waar ga je heen?' vroeg Franny.

'Gewoon, naar Sjaak.'

'Wat doe je daar?'

'Gewoon, een spel op de computer, of soms tafeltennissen in de schuur.'

'Goed, elf uur thuis.'

De deur sloeg dicht.

'Heb jij de donderdagmiddag op je werk al geregeld?' vroeg Stefan aan Franny.

'Nee, doe ik maandag. Een uurtje eerder weg zal geen probleem zijn. Ik werk vaak genoeg over.'

'Ik ga douchen. Heb me behoorlijk moeten ingespannen met die thermostaat. Het was moeilijker dan ik dacht.'

'Ik ben blij dat hij hangt,' zei Franny. 'Bedankt.'

Op de dag van de afspraak was Franny misschien wel meer nerveus dan Niels. Ze schoot maar niet op met het uitdelen van de medicijnen en bijna kreeg een patiënt de verkeerde pillen. Gelukkig zag ze het net op tijd en kon ze schade voorkomen, maar ze was er gewoon met haar hoofd niet goed bij. Na de middag leek de tijd voorbij te kruipen. Ze deed wat extra administratief werk en ruimde zelfs de spoelkeuken op hoewel dat helemaal niet haar taak was. Om twee uur liep ze naar de kleedruimte, friste zich op en trok haar gewone kleren aan. Ze had klamme handen toen ze in de auto stapte.

Franny liep heen en weer in de straat, Niels en Stefan waren er nog niet. Het leek wel of ze zelf straf kreeg. Niels kwam aanfietsen, zette zijn fiets in het rek en deed hem op slot. 'Is pap er nog niet?'

'Hij zal zo wel komen.'

Ze wist niet goed hoe ze moest zeggen wat ze dacht dus hield ze haar mond en ook Niels zweeg. Eén minuut voor tijd verscheen Stefan aan het begin van de straat. Z'n overjas waaide open en hij zwaaide met z'n aktetas. 'Ik weet het, ik ben laat, kom van een klant en het gesprek afronden ging niet zo snel als ik dacht. Toen nog parkeren, ook al niet gemakkelijk. Het is druk in de stad vandaag. Kom, we gaan naar binnen.'

Het was een kleine kale ruimte waar een medewerkster in politie-uniform hen naar toe bracht. Ze hing hun jassen op, bracht koffie en cola. Ze zaten op drie stoelen tegenover haar bureau. Franny probeerde zich te concentreren op wat ze hoorde maar ze had het gevoel niet echt aanwezig te zijn. Het was net of ze in een zaal zat terwijl op het podium een toneelstuk werd opgevoerd. Een man in een keurig pak met stropdas zat naast een slungelige jongen in een spijkerbroek en een zwarte trui - een nieuwe, daar had ze wel voor gezorgd. Hij moest er netjes uitzien. Naast hen een vrouw die duidelijk zorg besteed had aan haar uiterlijk. Een doodgewoon gezin, niets bijzonders aan te zien. Toch zat er iets fout, anders waren ze niet op het politiebureau. Niels kende zijn rol, zei de juiste dingen, Stefan maakte af en toe een goede opmerking, stelde slimme vragen. Voor de agente leek het routinewerk, hoewel ze alles voorlas van een vel papier. Ze had een monotone stem. Af en toe keek ze Niels vluchtig aan maar hij hield zijn ogen neergeslagen.

'... excuses aanbieden aan de bedrijfsleider van de supermarkt, de gestolen waar betalen...'

Ze zag Stefan knikken.

'... en een werkstuk maken over de gevolgen van groepsdruk...'

Niels vertrok geen spier.

'... Het gaat erom dat je je bewust bent van de gevolgen van je gedrag voor jezelf en voor anderen. En dat je hebt geleerd van je fouten...'

De agente schraapte haar keel.

'... HALT biedt ouders en opvoeders daarom een steuntje in de rug als het opvoeden even lastig of zelfs problematisch is.

We bieden kortlopende opvoedingsondersteuning als het nodig is. Wij geven praktische tips zodat ouders snel zelf de draad weer kunnen oppakken. Daarnaast krijgen ouders tijdens bijeenkomsten de gelegenheid om hun ervaringen te delen en zo te leren van elkaar...'

Stefan maakte een opmerking, de agente antwoordde en vroeg of mevrouw nog vragen had. Zij? Vragen? Genoeg. Maar ze schudde haar hoofd. Het doek viel, het gesprek was afgelopen. Even later stonden ze buiten.

'Daar kom je nog goed vanaf,' zei Stefan. 'Een werkstuk maken is nuttiger dan papiertjes prikken in het park.'

'Ik moet het maandag al inleveren,' zei Niels. 'En het moeten wel zes A4'tjes zijn. Zes!'

'Tja, dat wordt doorwerken,' zei Stefan. 'Hoe laat is het? Halfvijf. Niet meer de moeite om naar kantoor terug te gaan. Waar sta jij geparkeerd, Franny?'

'In de parkeergarage achter het plein.'

'Ik sta om de hoek. Niels, jij rijdt ook meteen naar huis, hoor.'

Franny liep naar de garage, betaalde en haalde haar auto op. Langzaam reed ze naar de slagboom, duwde het kaartje in de automaat, reed naar buiten en draaide met de weg mee. Op dat moment begon het weer. Van het ene op het andere ogenblik raakte ze in een soort schemertoestand waarin ze de weg niet meer wist. Huizen, straten, kruispunten, alles kwam haar vreemd en onbekend voor. Trillend en doodsbang zat ze achter het stuur, het leek uren te duren, in werkelijkheid was het slechts een paar seconden, hooguit een minuut. Het liefst zou ze midden op de weg stoppen, haar hoofd op het stuur leggen en wachten tot het voorbij was. Ze reed maar met de stroom mee en gaf zich over aan de desoriëntatie. Ze was het zicht op de omgeving volledig kwijt. Even plotseling als het kwam, verdween het. Ineens viel alles op z'n plek en herkende ze de omgeving weer. Hoofdpijn kwam opzetten. Toen het de eerste keer gebeurd was, had ze aan een T.I.A. gedacht, een hersentumor, beginnende alzheimer. Maar altijd ging het weer voorbij en vergat ze het zo snel mogelijk. Ze kwam erachter dat het gebeurde wanneer ze heel intens met iets bezig was geweest. Ze vertelde het niemand. Het was te vreemd voor woorden en ze schaamde zich.

De volgende ochtend was de hoofdpijn verdwenen. Ze kon geen enkele reden bedenken waarom ze niet naast Stefan in de auto zou stappen. Niels was naar school en Nikki had haar logeertas bij Louise gezet. Franny smeerde op het laatste nippertje brood voor onderweg.

Het was rustig herfstweer, de mist lag nog over het land. Fraai gezicht, die zwevende koeien. Hoe moest ze reageren op het moment dat ze haar moeder zag? Het beste was te doen alsof, meedoen, omwille van de lieve vrede, om de dag van Joop niet te verknoeien. Stel je voor, even gunde ze zichzelf die gedachte-uitstap, dat ze tussen al die mensen in op een stoel zou gaan staan en zich tot haar moeder zou richten. Waarom bel je me nooit? Houd je niet van mij? Wat doe ik fout?

Ze pakte haar boek. Drie uur naar buiten kijken was lang. Stefan hield van autorijden, hij kon zich lang concentreren, werd er niet moe van. Behalve het kleine stukje naar haar werk reed ze zelf nooit ver op de snelweg. Als ze tijd had, nam ze een route binnendoor. Ze hield niet van hard rijden, niet van het geraas om zich heen. Nee, in haar eentje ondernam ze geen lange ritten.

'Wil jij het mapje met cd's pakken?' vroeg hij. 'Het ligt in het dashboardkastje.'

Ze opende de klep en haalde er een ijskrabber uit, een veiligheidshesje, een map met de autopapieren maar geen cd-map.

'Ik weet toch zeker dat het daar moet liggen. Kijk je wel goed?'

'Het ligt er echt niet.'

Ze bukte zich en voelde onder de stoel. Niets.

'Jij hebt laatst mijn auto gebruikt,' zei Franny. 'Toen jouw auto in de garage was. Misschien heb je de cd's in mijn auto gelegd en niet mee teruggenomen.'

'Zou kunnen, maar dan had jij ze toch wel gevonden?'

'Ik heb er niet op gelet, sorry.'

Hij voelde onder zijn stoel, boog daarbij gevaarlijk ver voorover.

'Hebbes!'

Zie je wel, dacht ze. Waarom zou zij verantwoordelijk zijn voor zijn cd's? Hij zocht al rijdend een cd op. Even later stroomden de eerste tonen van een orgelconcert van Bach de auto in.

Het was alsof ze weer in hun dorp in de kerk zat, tussen haar vader en Trudy in. De organist was een liefhebber van Bach. Voor en na de dienst gaf hij gratis orgelconcerten. Haar vader was er fel op tegen, een kerk is geen concertzaal. Psalmen wilde hij, die hoorden in de kerk en daar hield hij van. Ze sloeg haar boek open en probeerde zich te concentreren. Na drie bladzijdes wist ze niet wat ze gelezen had.

'Mag het wat zachter? Ik kan zo niet lezen.'

'Zeker.' Hij draaide het volume omlaag.

Zij hield van stilte om zich heen. Alleen als ze had gelezen dat er een interessant onderwerp kwam, luisterde ze thuis naar een praatprogramma op de radio. Van en naar het werk moest het stil zijn in de auto, haar gedachten maakten al lawaai genoeg. In de kerk had ze er geen enkele moeite mee maar was ze één op één met de muziek, dan voelde dat als een bedreiging, vooral als ze het allemaal niet meer zo zag zitten. Dan versterkte de muziek haar stemming. Ook speelde mee welke instrumenten bespeeld werden. Overweldigend orkestmuziek had niet zoveel impact als een klagende viool of het getokkel op een harp. Het kon zo diep binnenkomen dat het fysiek pijn deed.

We schieten goed op,' merkte Stefan op.

'Ja.'

'Ik ga over Antwerpen. De boot houdt zo op.'

'Jammer.'

Zij hield er juist van om de veerpont te nemen. Vorig jaar, toen ze met de kinderen naar de familiedag reden, smeekten ze Stefan om een laatste tochtje over het water. Niet vanwege het uitzicht, wel vanwege het broodje kroket en het flesje chocomel. Over een tijdje zou de boot voor het laatst varen, er werd een tunnel gebouwd, ze zouden onder het brede water van de Westerschelde door moeten rijden in plaats van erover te varen. Nooit meer uitwaaien aan dek met de wind in je haren, niet meer de zee ruiken, de weg van de golven volgen met je ogen. Het klotsende water en de tijd die je doorbracht op de boot brachten rust in de reis. Even een pas op de plaats.

'Tot hoe laat blijven we eigenlijk?' vroeg hij.

'Geen idee.'

Ze draaide het volume nog zachter. 'Hoe vond je het gisteren gaan?'

'Gisteren? Dat viel me niet tegen. Niels nam alles nogal goed op.'

'Die opvoedingsavonden, zullen we daar naartoe gaan?'

'Ik dacht het niet. Zo erg is het toch niet met Niels. En al die verhalen van anderen, nee, daar heb ik helemaal geen behoefte aan.'

Haar leek het wel wat, ze stak er vast iets van op. Aan de andere kant, ze kon er ook onzeker van raken. Er alleen naartoe gaan deed ze in geen geval.

'Ken jij de ouders van Sjaak goed?' vroeg ze even later.

'Ik weet hoe ze heten, Peter en Neline. Hij is dierenarts en zij is directiesecretaresse. Echt kennen doe ik ze niet. Hoezo?'

'Misschien zit Niels niet bij Sjaak thuis maar gaan ze ergens anders heen. Misschien moeten we het eens navragen bij Sjaaks ouders.'

'Franny, wat haal je nu weer in je hoofd! Ik ken mijn eigen zoon toch wel. Ik zie het aan hem als hij iets verbergt. Dat heb jij toch ook met Nikki?'

Dat was niet zo, maar dat zei ze niet.

'Je kunt het aan Niels zelf vragen als je het niet vertrouwt,' zei hij. 'Volgens mij bereik je zo juist het tegenovergestelde. Het gaat om wederzijds vertrouwen.'

Het klonk als een zin uit een boekje.

'Hoe weet jij dat eigenlijk allemaal?'

'Gewoon, zoiets voel je aan. En ik kan me nog van vroeger herinneren hoe het was als ik iets verkeerds had gedaan. Mijn vader wist het precies, hij keek je dan zo recht aan, of hij wist wat je dacht.'

'Ik weet het niet, hoor, maar...'

'Laten we er maar over ophouden, je bent duidelijk niet in de juiste stemming.'

O, dat zelfverzekerde toontje! Meestal waardeerde ze dat juist en vulden ze elkaar aan, vandaag irriteerde het haar meer dan nodig was. Thuis liep ze of naar boven of ze begon de keuken te poetsen als ze voelde dat ze boos werd om die houding van hem. Hij kon alles, had altijd gelijk, was een voorbeeld vader en op z'n werk had hij het ook helemaal gemaakt. Een gewaardeerde accountant die altijd volop cliënten had. Ze moest zich zien te beheersen. Als Stefan kwaad werd, was de dag helemaal niet om door te komen. Dat kon echt niet, ze waren op elkaar aangewezen. Diep in haar hart gaf ze hem gelijk, ze deed zo omdat ze opzag tegen de ontmoeting met haar moeder maar hij wist dat niet en ze wilde er zeker nu niet over praten. Zwijgen en de boosheid smoren door hectometerpaaltjes te tellen was het beste wat ze kon bedenken. Na een aantal minuten zag ze een verkeersbord, nog zeshonderd meter naar het volgende benzinestation.

'Zullen we daar even stoppen? Ik moet nodig.'

'Goed plan, kan ik meteen tanken. Ik lust wel een kop koffie.'

Ze sprong de auto uit nog voor hij de slang in de auto had. Binnen kwam ze langs het rek met zoetigheden, ze kon de verleiding niet weerstaan, kocht een mars en haastte zich naar de toiletten. Er was niemand. Met haar rug naar de spiegel trok ze de verpakking eraf. De chocolade smolt in haar mond, de karamel plakte aan haar tanden. Het was zo zoet dat het pijn deed achter op haar tong. Daarna ging ze naar het toilet, waste haar handen en spoelde haar mond.

'Ik heb al een koffie genomen,' zei hij bij de auto. 'Wilde jij niet?'

'Nee, dank je. Zullen we iets anders opzetten?' Ze bladerde door het mapje en koos een pianoconcert uit. Dat raakte haar nooit zo. Ze pakte haar boek en deed alsof ze las. Af en toe maakte hij een opmerking over het weer, een mooie auto die langsreed, een bijzonder gebouw. Daar bleef het bij.

Ze arriveerden ruim op tijd. Te ruim. In de auto hadden ze hun brood gegeten. Trouwens, er was geen enkele horecagelegenheid in het dorp.

'Zullen we een rondje lopen?' stelde ze voor.

'We kunnen vast naar je moeder gaan,' zei hij.

Ze schudde haar hoofd. 'We zien haar straks wel. Ik heb behoefte aan een frisse neus.'

Ze wandelden het dorp door, als toeristen. Niet dat die er kwamen, er was niet veel te beleven maar het voelde niet aan als haar geboortedorp. Daar was haar oude school, die stond er nog net zo bij. En daar het voetbalveld met daarachter het zwembad. Alles leek heel klein, bijna een miniatuur in plaats van een volwaardig dorp. Na een half uur hadden ze alles wel gezien, ze zette koers naar de plaats waar ze de chocolaterie vermoedde. Vroeger zat daar een juwelier. Hij verkocht ook brillen en repareerde klokken. Ze had oma's koekoeksklok er eens gebracht, ze kon nog bijna de geur ruiken die er uit het winkeltje kwam, een mengsel van roest, hout en stof. Best lekker eigenlijk. De pui was hetzelfde gebleven, al stond Joops naam in gekrulde letters op de ruit. De deur stond open.

Hoewel het nog een kwartier zou duren voor de officiële opening begon, waren er al aardig wat mensen binnen. Het rook in elk geval niet meer zoals vroeger, dacht ze meteen. Een intense chocoladegeur prikkelde haar neus. Snel liep ze naar de toonbank waar allerlei soorten bonbons in strakke rijen lagen te wachten op klandizie. Bij iedere soort stond een naam, de bonbons kwamen uit alle landen van de wereld. Franny dwong zich haar blik van de chocolade af te halen en keek rond. Opzij van de balie was een ruimte met tafels en stoelen.

In het midden aan een grote tafel, achter een etagère met bonbons zat haar moeder.

Overduidelijk naar de kapper geweest, de geërfde sieraden om, zwarte gitten en een bloedrode koraalsteen in een armband om haar pols. Ze was druk in gesprek met Trudy, die er chic uitzag. Franny had haar nieuwste kleren aangetrokken, daarmee viel ze in elk geval niet uit de toon bij haar familie. Ze liep achter Stefan aan naar de grote tafel in het midden, haar hart klopte in haar keel.

Stefan gaf haar moeder een zoen op haar voorhoofd. 'Blijf maar zitten, hoor.'

Zij deed daarna hetzelfde. 'Hoe is het?'

'Dag kind, leuk dat je er bent.' Ze keek Franny even kort aan. 'Goede reis gehad?'

Trudy sprong op en omhelsde haar. 'Meid, wat is dat lang geleden. Laat me eens kijken, hoe zag je er ook alweer uit?'

Franny deed een paar stappen naar achter. 'Niet overdrijven zus! Je komt zelf ook nooit onze kant uit, hoor.'

'Dat is zo,' beaamde Trudy. 'Het was maar een plagerijtje. Hoe vind je het?'

'Mooi, zeker, heel mooi.'

'Ik zie je straks nog,' zei Trudy en liep weg.

Stefan zat al aan de grote tafel.

'Nee, niet hier, niet zo in het midden,' zei ze snel.

Ze was al weg, Stefan kwam haar achterna. 'Wil je niet bij je familie zitten?'

'Die spreken we straks nog wel. Joop heeft het nu toch te druk. En hier kan ik iedereen die binnenkomt goed zien. Misschien zijn er nog bekenden van vroeger.'

Ze moest zo ver mogelijk bij haar moeder vandaan blijven. Hier zat ze prima. Bij de koffie werd een chocoladeschaaltje gepresenteerd met daarin pralines in de vorm van fruit.

'Niet goed voor me,' zei Stefan terwijl hij er eentje nam. 'Maar ze zijn te verleidelijk.'

Franny koos een peertje van pure chocolade met een marsepeinen kroontje. Binnenin ontdekte ze een romige walnootachtige vulling. Gelukkig lag er nog zo een, voor straks, dat had ze absoluut verdiend. De mensen die binnenkwamen, stonden eerst in de rij bij haar moeder, alsof de chocolaterie van haar was. Pas daarna pas liepen ze naar Joop en Merel. Franny observeerde haar moeder, voor iedereen had ze een glimlach, een hand, een woordje en ze leek iedereen te kennen.

Klokslag drie uur kwam er iemand binnen waarvoor iedereen een stap opzij deed. Hij liep meteen op Joop en Merel af. Koos tikte tegen een glas en vroeg om stilte.

'Ik heb als vertegenwoordiging van de gemeente Terneuzen de eer deze prachtige chocolaterie voor geopend te verklaren,' zei de wethouder.

Symbolisch knipte hij het rode lint door dat voor kassa hing. Hij hield er een hele toespraak bij maar Franny luisterde niet. Ze keek naar haar broer en schoonzus, naar de andere familieleden. Ze waren als marionetten aan een touwtje, de familiecode bepaalde het gedrag. Zij had niet van die touwtjes om haar armen en benen, nooit gewild ook maar toch voelde het leeg.

Nadat de champagne was ontkurkt en iedereen het glas geheven had, stond haar moeder op van haar stoel en riep: 'Ik wil graag wat zeggen.'

Franny voelde het rood naar haar wangen stijgen. Wat was ze van plan? Ook Joop was verrast, zag ze. Merel trok hem aan z'n mouw en fluisterde iets in z'n oor maar hij schudde zijn hoofd. Hij greep niet in en liet zijn moeder haar verhaal doen. Zonder briefje, zonder enige hapering, zonder een spoortje gêne vertelde ze de hele glorieuze geschiedenis van bakkerij *Cornelissen &Zn.* Dat duurde zeker een kwartier.

'Mijn man had het graag meegemaakt,' zei ze aan het einde van de toespraak. Nadrukkelijk veegde ze een traan weg. 'Hij zou trots geweest zijn en daarom ben ik het nu dubbel.'

Dat was duidelijk. Iedereen applaudisseerde en lachte. Stefan ook. Uit beleefdheid deed Franny mee maar vanbinnen vond ze het één grote poppenkast. Daarna deed ze haar best iedereen te begroeten. Trudy en Anton, Riet en Jaap. Koos en Annet waren vooral met hun eigen kinderen in de weer. Joop en Merel waren steeds druk in gesprek. Franny wist niets anders te doen dan ook in de rij te gaan staan.

'Gefeliciteerd Joop,' zei ze en gaf hem een hand.

Joop trok haar naar zich toe en gaf haar een zoen. Hij rook naar alcohol. 'Heel fijn dat jullie er zijn. Dat stel ik echt bijzonder op prijs!'

Meteen daarna stak hij de volgende in de rij de hand toe.

Aarzelend bleef Franny midden in de drukte staan. Wat nu? Ze deed een paar stappen opzij, zodat ze haar moeder in het zicht kreeg. Ze zat nog steeds aan de tafel, die zo goed als leeg was, nipte van de champagne en leek in gesprek met een vrouw die schuin achter haar stond. Zou ze naar haar toe gaan, naast haar gaan zitten en iets aardigs zeggen? Ze wreef haar klamme handen af aan haar rok, ze voelde zweetdruppels in haar haren prikken. Waar was het toilet? Toen ze terug kwam, zag ze Stefan in gesprek met Anton.

'We gaan,' zei ze. 'Ik wacht buiten op je.'

Meteen liep ze weg, ze knoopte haar jas dicht en ademde diep de frisse lucht in.

Na een paar minuten kwam Stefan naar buiten. 'We hebben toch niet zo'n eind gereden om meteen weer weg te gaan? Ik wil nog wel iemand spreken. Jij niet?'

'Nee, ik niet. Ik wil dat we gaan.'

Hij liep achter haar aan naar de auto. 'Wat heb je toch?'

'Het is echt beter dat we niet te laat thuis zijn. Wie weet wie Niels in huis heeft gehaald..'

'Toch vind ik dit geen goed idee, we hebben niet zo'n eind gereden om hier maar een uurtje te zijn.'

Franny sloeg het portier van de auto dicht.

‘Ben je niet een beetje trots op je broers?’ vroeg hij terwijl hij de gordel vast klikte. ‘Joop en Koos hebben er hard voor gewerkt, de bakkerij kreeg laatst een prijs voor de beste bolusbakker van Zeeland? Dat zegt wel wat. En ook goed dat Joop z’n eigen plan trekt. Een chocolaterie geeft het dorp meer aanzien.’

Natuurlijk had hij gelijk. Het lag aan haar. Het voelde of ze een gat in haar hart had waardoor alle gevoel steeds maar wegstroomde. Ze staarde naar buiten, het plein, huizen en, straten, de begraafplaats net buiten het dorp. Ze herkende het niet, het gevoel van desoriëntatie had haar in bezit genomen.

Ineens legde hij zijn hand op haar knie.

‘Waar heb je toch zo’n moeite mee? Ik begrijp het niet.’

Ze wilde dat ze het kon uitleggen, dat ze lid van de familie was maar er niet bij hoorde.

‘Ik kan het niet precies zeggen Stefan. Het spijt me.’

‘Je bent moe, doe je ogen maar dicht. Later hebben we het er nog wel over.’

4

'Twee zieke verpleegkundigen vandaag,' meldde Anke bij de overdracht om halfacht. 'Zesendertig patiënten waarvan een terminaal, twee gediplomeerden en vier leerlingen. Hoe gaan we dat oplossen?' Ze keek het kringetje rond. 'Franny, wil jij voor een keer op zaal staan vandaag? En kun jij Marleen onder je hoede nemen?'

'Doe ik,' antwoordde Franny.

Hoewel ze haar managementfunctie niet graag op zou willen opgeven, geen avond- , nacht- en weekenddiensten meer, vond ze af en toe het werk op zaal best fijn. Het had iets geruststellend, elke dag begon op dezelfde manier. Het gekletter van de waskommen, nog even uitstel terwijl ze wachtte tot het water warm werd. In die tijd probeerde ze zich te richten op de patiënt die ze moest helpen. Vroeger maakte ze er een sport van om het zo snel te doen dat de patiënt nauwelijks merkte dat er gewassen en aangekleed werd. Hup, gordijnen open, klaar. Nachtkastje opruimen, waskommen legen en op naar de volgende. Tegenwoordig deed ze het wat rustiger aan.

Vandaag schoot het met Marleen niet op. Terwijl zij alvast het water regelde voor de eerste bedpatiënt, handdoeken en ondergoed bij elkaar zocht, maakte Marleen rustig een babbeltje. Dat kon niet, zeker niet nu het zo druk was. Moest ze daar nou iets van zeggen of zou ze het maar zo laten? Astrid hoorde zoiets bij te sturen maar die was ziek. Als er straks gelegenheid was, zou ze Marleen erop attent maken.

Franny keek de gang in. Het was onrustig op de afdeling, geen wonder met zo weinig personeel. Anke was net begonnen met het ronddelen van de medicijnen, Gerda zat bij de telefoon vandaag en liep met de artsen mee. Dat waardeerde ze in Gerda, ze had echt hart voor haar werk. En voor haar personeel.

Nadat ze de eerste patiënt gedaan hadden, nam ze Marleen

mee naar de eenpersoonskamer van meneer In 't Veld. Het was een kamer met een sluis, die kamer werd soms ook gebruikt voor geïsoleerd verplegen. Die sluis was handig, voor handen wassen, voor nog even de laatste instructies of voor even diep ademhalen.

'Ben je al eens bij een overlijden geweest?' vroeg Franny voor ze naar binnen gingen

Marleen schudde haar hoofd.

'We doen alles samen vandaag,' zei Franny. 'Het is zo niet moeilijk, mond schoonmaken, kussen omdraaien als het kan; en je niet laten meeslepen, erboven staan. De mensen moeten iets aan je hebben.'

Ze tikte op de deur, wachtte twee seconden en duwde de deur open. Ze hoorde nog net de laatste woorden, het klonk als een psalm uit de Bijbel. Dat was ook zo. Een man van middelbare leeftijd in een donker pak stond naast het hoofdeind. Hij klapte de Bijbel dicht toen ze binnen kwamen en maakte plaats. Alle kinderen waren gekomen, met aanhang. De kamer was er eigenlijk te klein voor maar ze liet het maar zo, op zo'n moment kon je niet alle regels laten gelden. Meneer kreeg geen morfine, hij had aangegeven dat hij zo lang mogelijk helder wilde blijven. Franny zag dat hij pijn had., ze voelde zijn pols, maakte zijn mond schoon, meer kon ze niet doen. Het was rustig in de kamer, geen huilende mensen en geen paniek.

Ze gaf Marleen een seintje dat ze weer konden gaan.

'Het lijkt wel of het lezen uit de Bijbel verlichting van de pijn geeft ' zei Marleen zachtjes toen ze in de sluis stonden.

'Dat is ook zo,' antwoordde Franny.

Ze waren zeker al vijf keer naar binnen geweest toen ze merkte dat het echt op z'n eind liep. Ze waarschuwde Anke dat ze erbij zouden blijven. Gelukkig was de afdeling zo goed als klaar.

Meneer In 't Veld was tot op het laatst helder, pas toen zijn ademhaling minder werd, raakte hij buiten bewustzijn. Ze hield de tijd in de gaten, op iedere kamer hing een klok aan de muur.

Er was geen plek meer om te zitten, ze leunde tegen de koude stenen wastafel. Een zucht, hij haalde nog een keer adem.

Stilte. Was hij...?

Ze voelde de pols, nee, het was nog niet zover.

Nog een zucht.

Iedereen hield de adem in. De klok tikte. Plotseling gingen zijn ogen open en keek hij heel helder en blij.

'Hij ziet de hemel open,' zei een van de kinderen. Nog een laatste zucht, zijn ogen bleven half open staan. Ze voelde de pols.

'Het is voorbij.'

En toen stonden ze allemaal op, pakten elkaar bij de hand en begonnen een psalm te zingen.

Ze knikte naar Marleen, snel glipten ze de kamer uit, hier hoorden ze niet bij te zijn.

Het was alsof ze in een andere wereld kwamen, op de gang ging het gewone ziekenhuisleven verder. Patiënten die wisselligging kregen moesten verzorgd worden, een laatste toiletronde voor het bezoekuur begon. Franny liep naar de zusterpost, Gerda zat de statussen bij te werken.

'Meneer In 't Veld is overleden. Vind je het goed dat ik hem samen met Marleen afleg?'

Gerda draaide zich om. 'Het is wel overwerk maar fijn dat je dat nog wilt doen, Franny, de avonddiensten hebben het al druk genoeg.'

Franny voelde geen moeheid en ook dacht ze niet aan haar eigen uurtje op de bank. Toen ze klaar met afleggen waren, ging Marleen aan het voeteneinde van het bed staan. De kamer was opgeruimd, op tafel alleen nog de Bijbel naast een boeket bloemen. Meneer In 't Veld lag in zijn zondagse pak bovenop het laken. Haren naar de goede kant gekamd, ogen gesloten, bril op. Mond dicht, handen gevouwen op zijn borst. Het was of hij sliep, rustig en vredig. Marleen stond daar maar, minutenlang. Tranen liepen over haar wangen. Franny stond er ongemakkelijk bij. Moest ze iets zeggen? Iets doen? Zelf had ze nog nooit gehuild bij het overlijden van een patiënt. Ze kón niet huilen, de keren dat ze zover kwam, waren op één hand te tellen. Ze zag dat er een knoopje van zijn overhemd openstond maar durfde zich niet te bewegen. Het leek alsof ze vanuit de verte naar Marleen en de overleden man keek, of ze zich niet werkelijk in deze sterfkamer bevond. Ze voelde niet wat Marleen blijkbaar wel voelde.

'We zijn klaar,' Franny's stem klonk ijl . 'We zullen de familie halen.'

Marleen veegde haar gezicht droog met een tissue en liep zwijgend achter haar aan de kamer uit.

Thuis zette ze thee. Nikki zat boven aan haar huiswerk, Niels en Stefan waren nog niet thuis, ze hoefde nog niet aan het eten te beginnen. Verlangend pakte ze haar boek, benieuwd hoe het verderging. Lezen was een must, een boek kon ze gewoonweg niet wegleggen. Het kwam regelmatig voor dat Nikki naar beneden kwam omdat ze honger had en dat ze de tijd was vergeten. Niet echt vergeten maar niet kon loskomen van het verhaal. Het was ontspannend om weg te duiken in de wereld op papier, bladzijdes lang je te verliezen in het leven van iemand anders. Als ze gestoord werd, moest ze zich even realiseren waar en wie ze was.

Iemand tikte op het keukenraam. Ze draaide zich om. José.

'Hoi hoi, sorry dat ik stoor, je zat lekker te lezen. Maar ik ben zo weer weg. Ik had je een boek beloofd en dat kom ik nu brengen.' Ze gaf Franny een groen plastic tasje. 'Ik ben benieuwd wat je ervan vindt. Ik ga snel naar huis, moet eten gaan koken.'

Weg was ze. Franny legde het groene plastic tasje ongeopend bovenin de boekenkast en zakte weer op de bank. Waar was ze gebleven? Even later trok er weer een koude windvlaag door het huis. Niels kwam binnen. 'Hoi mam, wat gaan we eten? Ik heb reuzehonger.'

'Ha Niels. Ik zal even kijken wat ik had bedacht. '

Ze liep naar de keuken en keek op het kladje waarop het

weekmenu stond. ‘Stamppot zuurkool. Met worst, ui, spekjes en ananas.’

‘Helemaal goed,’ zei Niels en hij plofte op het nog warme plekje in de bank. Op het moment dat ze de aardappelen begon te schillen, kwam Stefan thuis. Hij gaf haar een vluchtige zoen op haar haren. ‘Wat eten we? Zuurkool? Heerlijk.’ Hij nam de krant mee naar de bank in de kamer. Franny voelde zich bijna gelukkig. Iedereen thuis, de gordijnen dicht, de geur van ui en spekjes in de keuken, morgen vrijdag. Ergens haakte er iets, er was vandaag iets gebeurd, iets waarover ze zich niet tevreden was. Net of ze iets niet helemaal goed had gedaan. Maar wat? Ze kon er de vinger niet op leggen. Ze stopte dit moment bij al die andere ogenblikken waarop ze gelukkig zou moeten zijn, voldaan of tevreden, momenten waarop ze merkte dat er iets ontbrak.

Sinterklaasliedjes schalden door het winkelcentrum; in de etalages uitpuilende jutezakken met pakjes. En chocola, heel veel chocola. Ze vierden het sinterklaasfeest al jaren met Michiel en Stefanie, de broer en schoonzus van Stefan, en zijn ouders om de beurt bij iemand thuis. Morgen was Franny gastvrouw. Ze had er lang over gedaan om de cadeautjes die op haar lijstje stonden te vinden. Ze hadden lootjes getrokken maar toch wilde ze voor alle anderen ook iets kopen. De kinderen vonden zo’n berg pakjes prachtig.

Zij had Michiel getrokken. In de boekhandel zocht ze in het rek van de thrillers. Ze liep de titels langs. Dit leek haar wel wat, ze draaide het boek om en las de flaptekst. Zo deed ze het in de bieb ook vaak, als de tekst haar aansprak, nam ze het boek mee. Soms viel het toch tegen, dat was dan pech. Hield Michiel wel van een thriller? Ze zou het bonnetje erbij geven dan kon hij het ruilen. Ze nam de lift naar de parkeergarage, zette de tassen met cadeautjes op de achterbank en liep terug naar de winkels. Eerst wat eten voor ze aan de supermarkt begon. In december lette ze niet op de calorieën, dat streven was volkomen nutteloos. Warme banketstaaf was bijna het lekkerste wat er bestond en ze had het verdiend. Ze leunde achterover in de bank en at het gebak met kleine hapjes achter elkaar op. Even niet denken aan de komende drukte, aan wat ze nog moest doen, aan het menu dat ze al drie keer had veranderd. De chocolademelk was precies op temperatuur. Ze warmde haar handen om de beker.

Had ze nu alles? Ze streepte af wat ze opgeschreven had. Nu niet gaan twijfelen, het was goed zo. Ze rekende af en liep de supermarkt in. Ze zou zich houden aan wat er op het boodschappenlijstje stond en niet van gedachten veranderen. De ouders van Stefan vonden alles best, Michiel en Stefanie deden ook nooit moeilijk, ze waren niet gewend aan uitgebreid en bijzonder eten. Wat wil je ook, met vier kinderen onder de tien. Stefan had ook nooit aanmerkingen op het eten, op de hapjes of op wat dan ook wat eten en drinken betrof. Daarin was hij erg gemakkelijk, maar ze had het ook wel prima gevonden als hij zijn wensen wat duidelijker kenbaar zou maken. Hoefde zij niet alles te bedenken. December was een nu al een gekkenhuis, en de kerst moest nog komen. Had ze voor vanavond genoeg in huis? Nee, nog iets voor bij de borrel.

Ze was doodmoe toen ze thuiskwam. Nadat ze alles had opgeruimd was het al twee uur. Joggen deed ze vandaag niet, daar had ze absoluut geen tijd voor. De meeste cadeautjes had ze laten inpakken, de surprise kon ze vanavond nog in elkaar zetten. Met pen en papier zat ze aan tafel, één gedichtje moest ze er toch uit kunnen persen. Zoekend naar inspiratie dwaalden haar ogen door de kamer, langs de rij boeken in de kast. Daar lag het groene tasje van José. Zonder erbij na te denken stond ze op, en haalde het boek uit het tasje.

Jij en je moeder door Henry Cloud en John Townsend.

Het was of iemand in haar maag stompte.

Jij en je moeder? Hoezo? Ze zakte op een stoel, draaide het boek om en las de tekst op de achterkant.

'*... Niemand heeft zoveel invloed gehad op de persoon die je nu* *bent als je moeder. De manier waarop zij omging met je behoeften als kind heeft je kijk op de wereld, relaties, huwelijk, carrière en zelfbeeld – kortom, je leven – gevormd...'*

Daar geloofde ze helemaal niets van. Zij en haar moeder? Invloed? Het idee alleen al. Er was helemaal geen 'ik en mijn moeder'. Alleen een ik. En ergens ver weg een moeder.

Hier had ze dus absoluut geen zin in. Geagiteerd duwde ze het boek terug in het tasje en legde het terug op de boeken. Ze pakte haar pen.

Voor Michiel. Lezen is voor iedereen; wie leest is nooit alleen; een boek als cadeau is maar zozo.

Dat werd niks. Ze keek naar het tasje. Meteen terugbrengen? José zou willen weten of ze het gelezen had en wat ze ervan vond. Ze pakte het boek en las de tekst nog een keer. *'Hoe kun je een evenwichtige volwassen relatie met je moeder krijgen? Hoe kun je eventuele tekorten in je opvoeding wegwerken?'*

Ze had nooit tegen José over haar moeder moeten beginnen, dan was ze niet met dit boek op de proppen gekomen. Wat moest ze ermee? Ze holde naar boven en verstopte het achter de stapel truien in haar kledingkast.

5

Het was alsof er een magneet in die kast lag, het boek was de ene pool en zij de andere. Haar verstand adviseerde haar dat ze het zou pakken en lezen, haar hart waarschuwde, doe het niet. Elke keer wanneer ze kleding in- of uit de kast haalde, voelde ze het boek liggen. Het wachtte. Dat kon ze ook heel goed, wachten.

Na de sinterklaasavond ruimde ze zondagmiddag heel het huis op, overal was het een bende, de kinderen hadden boven gespeeld, het kinderbedje moest weer naar zolder. Er lag een berg was. De hulp kwam op maandag en had haar handen vol aan de benedenboel, Franny deed zelf later in de week de zolder, daar moest ze toch zijn om de kerstspullen tevoorschijn te halen. Rennen kwam er ook deze keer niet van. Daarna waren de kerstkaarten aan de beurt. Hoeveel moest ze er kopen? Vijftien, twintig? Het was een ritueel, een gebaar dat je aan de ander dacht. Tegelijk anoniem, de tekst op de kaarten was voorgedrukt, enkel de namen er onder was voldoende. Ook haar moeder stuurde ze een kaart, net als haar broers en zussen.

Daarna volgden de spreekavonden op school naar aanleiding van de cijfers van de kinderen. Stefan redde dat niet, zij ging in haar eentje, op dinsdag voor Niels en de andere week voor Nikki. Ze deden het helemaal niet slecht, Nikki had wat moeite met wiskunde en Niels met Duits. Op school wisten ze niet van de winkeldiefstal. Niels had z'n werkstuk gemaakt en excuses gemaakt in de supermarkt en daarmee was de kous af.

Toen ze op een avond terugkwam van zo'n spreekavond, zaten Stefan en Niels samen op de bank. Ze leken in gesprek.

'Waar gaat het over?' vroeg Franny.

'Sjaak heeft gevraagd of ik mee ga naar op wintersport in de kerstvakantie,' zei Niels. 'Gaaf hè?

Dat mag toch wel? Please, please?'

'Je kunt niet skiën,' zei Stefan.

'We krijgen les, Sjaak moet het ook nog leren. Het lijkt me zo geweldig.'

'Bijzonder dat je mee mag,' antwoordde Franny. 'Gaan ze ieder jaar of hoe zit dat?'

'Zijn ouders skiën al jaren,' vertelde Niels. 'Ze vinden het tijd worden dat Sjaak en zijn zus Jolanda het ook leren. Maar die twee hebben vaak ruzie en daarom mogen ze allebei iemand meenemen. Op de dag na Kerst heen en op twee januari terug.'

'Toe maar,' zei Stefan. 'Ik vind wel dat ze er laat mee komen, maar je hebt gelijk, het is wel erg aantrekkelijk.'

'Wat kost dat wel niet?' wilde Franny weten.

'Sjaaks vader heeft geld zat,' wist Niels. 'Ik hoef alleen voor skikleren te zorgen. Skihuur en les betaalt hij.'

'Nou, in dat geval wordt het lastig nee te zeggen, toch?' vond Franny. Ze zag meteen allerlei leeuwen en beren maar hield die wijselijk voor zich. Het was leuk voor Niels, daar moest ze gewoon blij mee zijn.

'Op voorwaarde dat je je gedraagt,' zei Stefan. 'Ik zal Sjaaks vader vanavond bellen om het een en ander af te spreken. We betalen natuurlijk mee.'

Niels hield z'n arm omhoog. 'High five!'

'Eerst steelt hij blikjes bier uit de winkel en moet hij naar HALT en daarna mag hij op skivakantie,' mopperde Nikki toen ze het hoorde. 'Dat is zo niet eerlijk. En zit ik hier de hele tijd met jullie alleen. Ik wil ook iets leuks doen.'

Boos stampte ze de trap op.

'Ze heeft wel een punt,' zei Franny 's avonds tegen Stefan. 'Het is best een beetje sneu voor haar.'

'Ik kan echt niet weg tussen Kerst en oud en nieuw, we hebben achterstallig werk dat af moet voor één januari. En die nieuwe klant kost veel tijd.'

Hij schonk hun glazen bij. Franny haalde toastjes en Franse kaas.

'Hoe hadden we het afgesproken voor de feestdagen?' vroeg

hij. 'Heerlijke wijn trouwens.'

Hij keek op het etiket. 'Prima jaar.'

'Eerste kerstdag zijn we bij jouw ouders, zoals altijd. Tweede kerstdag moet ik werken, 's avonds zouden we kunnen gourmetten.'

'Goed. En oudjaar?'

'José en Hans hebben ons al uitgenodigd, dat vonden ze leuk voor Louise en de andere meiden. Ik had nog niet geantwoord maar nu Niels er niet bij is, kunnen we dat wel doen. Wat vind jij?'

'Goed. Blijft staan dat we nog iets leuks voor Nikki moeten verzinnen in de kerstvakantie.

We geven voor Niels ook aardig wat uit, is geld om te winkelen een idee? Heeft ze nog wat nodig?'

'Ze wil de hele tijd al nieuwe laarzen maar die zijn echt duur.'

'Hoe duur is duur?'

'Toch wel gauw honderd euro,' schatte Franny in.

'Laat haar die maar kopen,' zei Stefan.

Ze liep naar boven om het te vertellen. Nikki lag boven op haar bed met de koptelefoon op naar muziek te luisteren. Ze vertelde wat de plannen waren. Nikki sprong van het bed af en sloeg haar armen om Franny heen. 'Bedankt mam, echt heel erg gaaf. Ik heb al gezien welke ik wil hebben. En ik mag ook mee als Louise en haar pleegzussen een dag naar de ijsbaan gaan.'

Franny streelde Nikki over haar haren. 'Geniet er maar fijn van.'

Op de slaapkamer stak ze de stekker van het strijkijzer in het stopcontact. Het was al tien uur, beetje laat om nog te beginnen, maar Stefan had niet één overhemd meer hangen. Ze zou er drie strijken, de rest kwam een andere keer. Dat werd een heel andere kerstvakantie dan anders, Stefan veel aan het werk, Niels een hele week niet thuis, Nikki vaak bij Louise, ze zou eindelijk het huis eens voor zichzelf kunnen hebben. Ze voelde dat het boek lag te wachten, achter haar rug, in de kast, achter haar truien. Zou ze zich ziek melden zodat ze tijd had om het te lezen? Meteen schaamde ze zich voor die gedachte, iedereen op afdeling wilde een van die dagen vrij en je moest het hoe dan ook ieder jaar opnieuw met elkaar verdelen. Ze zou het boek ook ongelezen terug kunnen brengen maar diep in haar hart wilde ze weten wat er in stond. Binnenkort, op een dag, zou ze er in beginnen.

Ieder jaar had ze na de kerstdrukte de gewoonte het jaar te overzien, terug te kijken en te benoemen wat er gebeurd was. Niet dat ze er iets mee opschoot maar het hoorde erbij, net als oliebollen en appelflappen. Wanneer ze omkeek, zag ze het jaar als het ware op de rug, het glipte bij haar weg. De moed ontbrak alles op te noemen waar ze niet tevreden over was. Ze zag er altijd weer tegenop om de eerste stap in zo'n nieuw jaar te zetten, voelde zich meer thuis bij het oude jaar, hoewel ze alle weerhaakjes zag die als splinters bleven zeuren. Het oude kende ze, het nieuwe nog niet. Ze dacht na over het jaar dat kwam. Wat stond er gepland, waar kon ze naar uitzien? Ieder jaar probeerde ze iets te bedenken waar ze zich op kon verheugen.

Het werd vrijdag, een goede dag om het jaar af te sluiten. Ze was alleen thuis, Nikki was met Louise en haar pleegzussen naar de ijsbaan. Hans reed, ze zouden pas 's avonds na het eten terug zijn. Stefan moest naar zijn nieuwe klant, ook hij zou onderweg een hapje eten. Niels had een keer gebeld, hij had het prima naar zijn zin in de sneeuw. Hij leerde heel snel, had de skileraar gezegd. De wasmand was leeg, het huis opgeruimd en schoon, alle de boodschappen had ze in huis. Ze plukte een paar dode blaadjes uit de kerstroos die Stefans moeder voor haar had gekocht. Lief, maar ze hield niet van kerstrozen. De bloemen waren te rood. Ze had alleen groene planten in huis staan. Weggooien? Kritisch keek ze naar haar plantenverzameling. Ze kon de dag benutten om te verpotten, ze had er nu de tijd voor.

Stop. Geen uitstel meer.

Niet voor niets had ze gewacht tot er niemand thuis. Het was net alsof ze een geheime afspraak had. Haar voeten brachten haar naar boven, naar de kledingkast. Op de rand van het bed haalde ze het boek uit het tasje. Ze kon niet ontkennen dat ze nieuwsgierig was, tegelijk was het of ze zich eraan brandde.

Er stond een plaatje op de voorkant, een kommetje van twee handen met daarin een kluit aarde. Uit die aarde kwam een teer plantje tevoorschijn. Ze begon te lezen. Deze zin, dat ging over haar! Vlug klapte ze het boek dicht en op een andere bladzijde weer open. Hier, ook al over haar. Over haar moeder. Over Stefan. Wat had je man te maken met hoe je opgevoed was? Haar hart klopte in haar keel. Het voelde alsof ze op verboden terrein kwam. Kritisch kijken naar je ouders, mocht dat wel? Het was alsof ze over haar schouder mee lazen.

Het was koud op de slaapkamer, ze nam het boek mee naar beneden en kroop in de bank. Het leek of ze koorts had, zo zat ze te trillen.

Plotseling was het alsof iemand zei wat ze moest doen. 'Kom, pak aan, aan de slag ermee. Juist goed dat je dit boek in handen hebt. Het kan je helpen de band met je moeder te verbeteren. Dat wil je toch?'

Wie zei dat? Haar eigen geweten, de stem van José of was het leiding van Boven?

Diep in haar hart wilde ze zich maar al te graag overgeven aan Iemand die de leiding nam. Maar, hoe moest dat?

Begin bij het begin.

Haar ogen vlogen over de hoofdstukindeling. Woorden waar ze nooit van had gehoord. Inleiding. Welkom in het boek, in de wereld van dit boek. Ja, ze was nieuwsgierig en ja, ze vond het heel erg eng.

De tweede alinea: *God heeft moeders gegeven om kinderen te beschermen, te koesteren en naar de volwassenheid te leiden.* En: *misschien verlang je naar een betere relatie met je moeder, zijn er problemen in je relatie en op je werk. Die kunnen beïnvloed zijn door de manier waarop je bent grootgebracht. Wat is het verband tussen je kindertijd en je leven nu?*

Haar wangen gloeiden. Dit was niet zomaar een boek.

Als God dit werkelijk op haar weg had gebracht, kon ze er zeker niet meer omheen maar hoe wist ze dat het inderdaad zo was? Ze aarzelde want ze besefte het gevaar, het kon haar hele leven overhoop halen. Het was of het hek rondom een bouwplaats openging, ze zag het bord 'Verboden terrein voor onbevoegden.' Het hek sloot zich achter haar. Was ze bevoegd om de wereld van dit boek binnen te gaan?

Ze pakte een kop koffie en ging aan tafel zitten.

Het eerste hoofdstuk: *Hoezo, hoe zit het met de moeder?*

Na de eerste zin stokte haar adem. Dit kon niet, zoiets bestond niet, hier stond precies beschreven hoe ze zich voelde wanneer ze haar moeder aan de telefoon had. Inderdaad, ze had het idee dat ze niet met haar kon praten. Dat kwam dus blijkbaar niet alleen bij haar voor, er waren blijkbaar meer mensen die daarmee worstelden. Ze las verder.

Na een paar bladzijdes stond ze op en liep naar het raam, haar armen over elkaar heen geslagen. Het licht was grauw en vaal, alsof het zou gaan sneeuwen. In de tuin hing een koolmeesje aan het vetbolletje dat ze gisteren had opgehangen. Een grote kraai kwam aangevlogen en joeg het beestje weg. Gretig hakte hij met z'n grote snavel in de bol. Franny tikte tegen het raam, gepikeerd vloog de kraai weg. Even later kwam het vogeltje terug. Kon ze het maar net zolang beschermen tegen die kraai tot het z'n buikje vol had gegeten. Ze bleef lang voor het raam staan, met de armen over elkaar.

Haar opvoeding vroeger en de huidige relatie met haar moeder, het leken twee werelden. Was zij hetzelfde kind dat vroeger boven de bakkerij woonde? Het was alsof ze uit twee personen bestond, eentje die kind was geweest en de volwassen Franny. Ze kon niet bedenken hoe ze als kind was, niet terughalen wat ze toen dacht, voelde. Het boek suggereerde een verband tussen die twee werelden. Dat zag ze absoluut niet, hoe ze haar best ook deed. Hoe was haar jeugd, welke grote en kleine gebeurtenissen hadden haar gevormd tot wie ze was? Als ze terugdacht aan haar tijd thuis, zag ze een donker leeg gat. Toch waren er grote mensen en kinderen, een vader en een moeder, een oma, broertjes en zusjes. Het moest een en al bedrijvigheid geweest zijn met een bakkerij aan huis. Ze herinnerde zich niets, geen gesprek, geen gevoel. Alleen leegte. Ze moest er achter zien te komen wat er verborgen lag in de kindertijd. Waren er problemen en conflicten? Ze kon zich niets van belang voor de geest halen. Betekende dat dan dat het allemaal goed verlopen was? In het boek stonden aanwijzingen dat je dan juist op zoek moest gaan, dat het van groot belang was dat ze terug ging naar het kind dat ze was, contact maakte voor ze verder las.

Er zat niets anders op dan de komende tijd te graven in haar eigen verleden. Waar moest ze beginnen?

Plotseling dacht ze aan de doos met oude foto's die boven op zolder stond. Foto's zouden haar verder kunnen brengen, ieder plaatje vertelde een stukje van haar verhaal. Ze zou net zolang naar een plaatje kijken tot ze wist wat er was gebeurd, wat ze dacht, hoe ze zich voelde. Ze legde het boek terug in de kledingkast. In de verste hoek op zolder vond ze de doos met een rode sticker: losse foto's en albums, nul tot achttien jaar. Ze veegde het stof weg en klapte het deksel open.

6

Ze had geen idee wanneer ze voor het laatst foto's van vroeger bekeken had, misschien zelfs nooit. Toch was alles bewaard, haar moeder had de eerste twaalf jaar van haar leven in een album geplakt en later hield ze zelf het album bij. Die baby, was zij dat? Niet te geloven. Wat was haar moeder nog jong, en kijk, pap, zo te zien waren ze superblij en trots. Echt een plaatje. Naast haar ouders poseerden Trudy en Riet. Drie schattige meisjes zo bij elkaar.

Langzaam bladerde ze verder. Oma en opa van moeders kant, die ze nooit gekend heeft. De andere oma en opa, van haar vaders kant.

Op deze foto moest ze ongeveer vijf jaar zijn en ze stond met Trudy voor de bakkerij, het hondje Loesie aan de riem. Er liep een straatfotograaf door het dorp en voor ze het wisten, had hij een foto gemaakt. Ze herinnerde zich dat haar moeder de foto te duur vond, maar haar vader kocht hem toch.

*

'Ga je mee?'

Trudy stond al bij de voordeur met de rieten mand.

'We moeten eerst brood wegbrengen en dan gaan we Loesie uitlaten.'

'Letten jullie op de tijd?' zei mama. Ze was met de stoffer en blik de lege schappen aan het vegen. Al het brood was verkocht. 'We eten om halfzes.' Ze had haar zaterdagse schort voor, wit met blauwe bloemen en roesjes aan de banden, die elkaar precies midden op haar rug kruisten. Trudy wipte ongeduldig van haar ene been op de andere. 'Kom nou, Fransje.'

'Ik ga niet mee als je me zo noemt,' zei ik. Ik leunde over de toonbank. Nog drie bolussen, twee roombroodjes en een koffiebroodje. Wat overbleef, aten ze 's avonds op, eerst een gezonde bruine boterham en dan een lekker broodje. En je mocht kiezen. Vanavond zou ik een roombroodje nemen. Ik legde beide handen op het glas, alsof ik zo de broodjes wilde beschermen tegen klanten die nog konden komen.

'Niet doen, ik heb net de ramen gezeemd.' Mama gaf me een tik op mijn vingers met het uiteinde van de veger.

'Oké, ik zal het niet meer zeggen,' zei Trudy.

Ik huppelde naar de deur. Loesie uitlaten was het allerleukste wat er was. En het was zaterdag, dat was het tweede leuke. Zaterdag broodjesdag. Hand in hand liepen we over de stoep, op de hoek bleven we voor de zebra staan. Er was net een boot aangekomen want de stroom auto's hield maar niet op.

'Daar, na die zwarte, dan gaan we,' zei Trudy. 'Rennen!'

Even later belden we aan bij een bruine voordeur. Hier woonde een meneer van de kerk. Ik was een beetje bang voor hem, zijn ogen waren verstopt onder zijn wenkbrauwen. Net een hond met lang haar. Gelukkig was Trudy erbij, mijn grote zus die al bijna twaalf was. Iedere zaterdag brachten we brood want hij was arm. Wat duurde het lang vandaag voor hij opendeed.

'Misschien hoort hij de bel niet,' zei Trudy en ze drukte extra lang. Meteen zwaaide de deur open.

'Ik ben er wel, hoor,' zei de man en stak zijn hand uit. Trudy pakte het brood uit de mand.

'Alstublieft, met de groeten van mijn vader en moeder.'

Hij gluurde in de papieren zak. 'Lekker, twee kadetjes. En een bruin brood deze keer. Het witte brood was op? Komen jullie even binnen om wat te drinken?'

'Nee meneer,' zei Trudy.

'Een drukje dan?' Zijn hand verdween in zijn broekzak en kwam weer tevoorschijn met twee kleverige zwarte dropjes.

'Dank u wel,' zeiden we tegelijk. Meteen draaiden we ons om en renden weg. Een eindje verder gooiden we de dropjes in het zinkputje. Voor geen goud aten we die op.

Loesie was het hondje van Aagje. Aagje bakte de lekkerste

friet van het hele dorp. Op zaterdagmiddag kwamen grote jongens die gevoetbald hadden friet bij haar halen. Friet in een blauw geruite puntzak, met veel zout uit de grijze gebutste zoutstrooier en met een klodder roomgele mayonaise. Op zaterdag had Aagje echt geen tijd om Loesie uit te laten. Ook haar zoon Dré moest helpen. Ik kon bijna niet naar hem kijken, zo zielig vond ik hem. Hij was heel groot en dik maar zijn stem klonk als een klein kind. Hij kon niets onthouden, als de jongens hun bestelling riepen, werd hij rood tot achter zijn oren. Iedereen stak de gek met hem. Z'n moeder werd soms boos op de voetbaljongens, als ze het te bont maakten, joeg ze hen het frietkot uit.

Trudy en ik wurmden ons tussen een bos lange benen door zo vlug mogelijk naar de keuken. Loesie zat al achter de deur te wachten. Trudy pakte de riem van de kapstok en maakte hem vast.

'Mogen we een frietje, Dré?' vroeg Trudy.

'Ik heb hier voor allebei een hele dikke,' zei Dré. Hij kneep zijn ogen tot spleetjes. 'Lekker opeten, hoor.'

Ik verbrandde bijna mijn vingers, zo warm was de friet. Maar lekker! Om beurten hielden we Loesie vast. Ze snuffelde aan de lege rieten mand en nee, we hadden niets voor haar meegenomen want dat mocht niet van Aagje. Loesie was een klein wit hondje met zwarte vlekken, een vuilnisbakhondje. Ik begreep niet wat dat was maar dat deed er niet toe. Loesie was lief en als ik de riem mocht, voelde ik me heel gewichtig en vooral heel groot. Loesie luisterde namelijk echt naar me. Soms, in bed, bedacht ik allerlei verhaaltjes die ik tegen Loesie zou willen vertellen, als ik alleen met Loesie zou zijn maar ik mocht haar niet alleen uitlaten, ik was nog maar vijf jaar.

We kuierden het dorp uit.

'Ik weet iets wat jij niet weet,' zei Trudy op een geheimzinnige toon.

'Wat dan?'

'Heb je niks gemerkt aan mama?'

'Mama?'
Ik dacht na. Nee, ik had geen idee.
'Je moet raden,' zei Trudy. Ze hurkte in het gras langs de kant en sloeg haar armen om Loesie heen.
'Ik weet het!' riep ik ineens. 'We mogen toch een hondje!'
Trudy lachte. 'Mispoes. Het is veel leuker. Mama krijgt een baby.'
'Een baby, echt waar?'
Kregen ze echt een baby? Als er in de kerk een baby werd gedoopt, stelde ik me voor hoe leuk het zou zijn als papa en mama daar met een baby zouden staan. Of zou het niet leuk zijn om een klein broertje of zusje te hebben? Misschien huilde het wel 's nachts en dan zou iedereen wakker worden. Papa moest goed slapen, hij ging er altijd heel vroeg uit om brood te bakken.
'Ze hoopt heel erg dat het nu wel een jongetje is,' zei Trudy.
Eerst was Trudy geboren en twee jaar later Riet en nog eens zes jaar later ik, drie meisjes op een rijtje. Trudy en Riet leken heel erg op elkaar maar vooral op mama. Allebei een bos dik zwart haar en dezelfde gezichten. Ik had juist heel kort haar. Mama zei dat ik op oma leek, de moeder van papa, die een hele moeilijke Franse naam had.
'Hoe heet oma ook alweer met haar voornaam?' vroeg ik.
'Françoise,' antwoordde Trudy. 'Haar opa en oma kwamen uit Frankrijk.
'Als ik een jongen was geweest, zouden papa en mama me dan Frans hebben genoemd?'
Trudy schaterde. 'Wie weet!'
Ik deed een greep naar de riem. 'Ik mag.' Ik rende hard weg. Ik voelde me blij voor papa en mama dat er een baby kwam maar wat als het weer een meisje was? Ik voelde ook iets anders, net of ik een ijsje in één keer had ingeslikt.

'Ik ga nog even naar Coby,' zei Trudy. We stonden voor de winkeldeur. 'Jij moet naar huis.'

Ze duwde de rieten mand in mijn handen. Meteen holde ze weg, haar vlecht danste op haar rug. De bakkerswinkel was nog open want het bordje was niet omgedraaid. We mochten eigenlijk niet voorlangs naar binnen maar vandaag had ik reuze haast. Er waren geen klanten.

Klingelingeling.

'Blijf maar!' riep ik heel hard en er achteraan een liedje dat ik zelf verzonnen had: 'Blijf maar blijf maar blijf waar je bent.' Op de wijs van een verstopliedje. Blijf zitten waar je zit en verroer je niet. De broodjes waren niet verkocht, joepie! Mama kwam uit de bakkerij. Ze had haar oude schort voor en haar haren waren onder een hoofddoek gestopt. 'Je weet Franny, dat je niet langs voren mag komen. Hoe vaak heb ik dat nou niet gezegd.' Ze blies een losgeraakte haarlok van haar voorhoofd en pakte de mand aan.

'Ja maar mama, krijgen we echt een baby? Echt waar?'

Mama knikte. 'Ja. Het duurt nog wel heel lang, hoor, voordat de baby er is.'

Ik wilde vragen hoe lang dat was en hoe ze het wist, van die baby. Gek genoeg kon ik die vragen alleen in mijn hoofd bedenken. Zodra ik iets wilde zeggen, leek het of mijn tong niet mee wilde werken en kwam er helemaal geen vraag. Ik liep achter mama de bakkerij weer in. Papa was de grote deegmachine aan het schoonmaken.

'Zo Franny, was Loesie lief vandaag?'

Ik knikte. 'Weet u het al, dat we een baby krijgen?'

Papa lachte. 'Ja kind, dat weet ik. Vind je het leuk?'

'Natuurlijk!'

Ik klom op de hoge kruk voor de broodtafel. Papa gaf me een oude theedoek en een hele stapel afgewassen koekvormpjes. Dat kon ik goed, afdrogen. Het was een heel precies werkje, het puntje van mijn tong stak altijd uit mijn mond als ik ingespannen bezig was. Op zaterdagmiddag met papa en mama de bakkerij schoonmaken was misschien wel het allerleukste van de hele wereld.

*

Dat van die vragen in haar hoofd, dat kon ze zich ineens weer helemaal voor de geest halen. Er waren zoveel dingen die ze niet begreep en toch vroeg ze het niet. Dat was best vreemd voor een kind van vijf.

Ze nam de doos met albums mee naar beneden, het was te koud op zolder. Goed dat ze met de foto's was begonnen en niet met het boek, ergens wist ze dat het in deze volgorde moest. Foto's waren momentopnames, er stond niet bij hoe ze zich voelde en van vervelende dingen werd geen foto gemaakt. Een ruzie liet zich evenmin vastleggen op de plaat. Toch kon ze door het kijken naar foto's van vroeger zich blijkbaar veel herinneren.

Ze pakte de volgende. Een foto van het gebouw waar ze tot haar twaalfde naar school ging.

*

Minstens zo leuk als papa en mama helpen op zaterdag om de bakkerij schoon te maken, was naar school gaan. Ik had er de hele zomervakantie naar uitgekeken en eindelijk was het zover. Ik mocht naar de grote school!

Was de kleuterschool een klein gebouwtje met twee lokalen, de grote school deed z'n naam eer aan. Het leek zelfs meer op een kasteel dan op een school. Middenin was een soort torentje, aan weerszijden daarvan lagen de lokalen, twee aan iedere kant. Het kasteel had ook een muur. Geen hoge muur, je kon er zo overheen stappen, maar toch, een muur. Op dat muurtje kon je lopen maar je moest wel goed oppassen want het liep naar twee kanten schuin af. Alleen als je je voeten dwars zette en met je hakken achter de scherpe rand haakte, kon je erover lopen. Riet was de eerste keer dat ze het probeerde hard gevallen, ze had een kapotte knie en dat bloedde behoorlijk. Ik had het ook al eens geprobeerd, als ik met mijn zussen mee mocht om nog een poosje op het schoolplein te spelen. Ik viel er toen steeds af. Vanaf vandaag kon ik iedere dag oefenen want ik mocht iedere dag naar school.

Ik was die morgen heel vroeg wakker geworden. Ik kon niet meer slapen, zo spannend vond ik het.

'Is het al tijd om weg te gaan?' vroeg ik toen mijn boterhammetje met hagelslag op was.

'Nog even wachten,' zei mama. 'Zo vroeg is de juffrouw er nog niet. Jij brengt haar tot in de klas, Trudy.'

'Ja mama.'

Ik slikte. Ik had gedacht dat mama me zou brengen. 'Mama? Zal ik thuisblijven? Anders bent u helemaal alleen.'

Mama leunde tegen het aanrecht. Haar buik was al best een beetje dik. 'Nee, jij gaat vanaf nu fijn naar school. Ik heb het druk genoeg en straks zeker, als de baby geboren is.'

Ik deed mijn schoenen en jas aan, probeerde het nog een keer.

'Kunt u me niet brengen, mama, voor alleen deze ene keer?'

'Ik moet naar beneden, de mensen komen graag vroeg. Ze denken zeker dat al het brood een uur later op zal zijn.'

'We gaan,' zei Trudy.

Ik hield haar hand goed vast. Ondanks dat het vroeg was, liep er toch al een groepje kinderen op het plein. Ze renden, gilden en duwden elkaar omver.

'Kom,' zei Trudy. 'We gaan meteen naar binnen.'

De gang was donker, kil en lang. Trudy wist precies waar we moesten zijn, ze liep naar links en aan het einde van de gang tikte ze op een deur. 'Dag juffrouw, hier is mijn zusje Franny.'

De juffrouw keek me vriendelijk aan door haar ronde brilletje.

Ze gaf een zachte hand. 'Ha Franny, leuk dat je er bent, welkom in de eerste klas.'

Het lokaal stond vol met lege bankjes. Trudy praatte met de juffrouw over de baby in mama's buik. Ik trok aan haar hand.

'Trudy!'

'Ja? Wat is er?'

Ik vroeg weifelend of er geen andere kinderen waren. Trudy lachte. 'Natuurlijk wel. Klas 1 en 2 zitten in dit lokaal. Wacht maar, straks komen alle kinderen tegelijk binnen.'

De juffrouw wees me een bankje aan. Ik klom erin, grappig, ik kon mijn armen op het tafelblad leggen, het paste precies. Het blad liep iets omhoog, bovenaan was een gleuf met een zwart potje ernaast. Waar was dat voor? De bank zat aan de tafel vast. Naast me was plaats voor iemand anders.

'Ik ga naar mijn eigen klas,' zei Trudy. Ze gaf me een aai over mijn hoofd. 'Lief zijn en goed opletten. Om twaalf uur komt ik je weer halen en gaan we naar huis om te eten.'

Ik knikte, ik wist hoe het zou gaan. Er zat een prop in mijn keel, net of mijn boterham was blijven steken.

'Zo,' zei de juffrouw, 'heb ik net nog tijd om wat op het bord te zetten.' Ze draaide zich om, pakte een krijtje en begon te schrijven. Ik zat kaarsrecht in de bank, de armen over elkaar. Ik slikte wel tien keer om het nare gevoel weg te krijgen. Op de vensterbank stonden planten in allerlei verschillende potjes. Grote en kleine planten, met bloemen en zonder bloemen. Naast het schoolbord een bord met plaatjes. Ik zag een aap, een noot, een poes. Onder de plaatjes letters. Ik wilde meteen al weten wat daar stond en kon bijna niet wachten tot het zover was. Aan de muur tegenover het raam hingen platen. Die ene plaat, dat was van Jericho, dat zag ik zo.

'Dag juffrouw,' zei ineens een mamastem. 'Hier is Suzantje.'

In de deuropening stond een mevrouw met een klein meisje aan de hand. De juffrouw veegde haar handen af aan een doekje en gaf het meisje een hand. Ze had rood haar en zag er heel verlegen uit.

'Kijk, je kunt naast Franny van de bakker zitten,' zei de juffrouw. 'Dat lijkt me wel gezellig voor je.'

We schoven onwennig naast elkaar in het bankje. Suzan haalde haar neus op en veegde over haar ogen toen haar moeder weg was.

'Dit is een hele lieve juffrouw,' fluisterde ik zo zacht dat alleen Suzantje het kon horen. 'Mijn zus Trudy zegt het en Riet ook. Die zijn al heel groot.'

Suzantje keek me met grote ogen aan, dikke tranen liepen over haar wangen. Ik wist niet wat ik moest doen, voelde zelf ook de tranen prikken. 'Weet je, straks gaan we weer naar huis. Ik wil heel graag leren lezen en schrijven. Jij ook? Misschien mag je wel een keer bij mij komen spelen. Dan vraag ik aan m'n vader om koekjes die oud zijn en dan gaan we theezetten voor onze poppen. Heb jij een pop?'

Gelukkig, Suzan hield op met huilen, ze veegde haar wangen droog met een piepklein zakdoekje dat ze uit een zakje van haar jurk haalde. Ik veegde snel mijn eigen neus af met de rug van mijn hand. Het duurde niet lang of inderdaad, alle bankjes waren vol. De juffrouw pakte haar blokfluit en begon te fluiten. Wat klonk dat mooi. Ze zong de eerste regel voor en alle kinderen zongen die na. Het was een lied uit de kerk, wist ik. Ik deed mijn best om de woorden te verstaan en ze precies zo na te zingen. Na het zingen gingen we bidden en toen vertelde de juffrouw een Bijbelverhaal. Het duurde allemaal best lang en ik vroeg me af of we nog wel zouden gaan leren lezen en schrijven. Dat was toch het allerbelangrijkste op de grote school.

Het was twee uur in de middag. Ik deed heel erg mijn best om de schuine letter A zo goed mogelijk na te schrijven. Ineens voelde ik dat ik moest plassen. Dat was ik helemaal vergeten tussen de middag. Een uur was zo om, Trudy en Riet hadden veel te vertellen, ik kon niet eens wat zeggen. Papa had z'n handen voor z'n oren gehouden en gezegd dat we eerst ons bord leeg moesten eten. Pas daarna mochten we om beurten vertellen. Toen ik eindelijk aan de beurt was, moesten we alweer bijna naar school. Ik kon nog net een paar happen yoghurt met vla naar binnen werken.

Ik moest echt heel nodig plassen. Kon ik zomaar weglopen? Moest ik eerst mijn vinger opsteken? Zou Suzantje het weten?

‘Ik moet plassen,’ fluisterde ik tegen Suzantje.
‘Moet je je vinger opsteken,’ zei ze.
Ik prikte met mijn rechterwijsvinger in de lucht. De juffrouw liep net naar achter in de klas en hielp een jongetje uit de tweede met z’n taallesje.
Te laat.
Het werd heel warm tussen mijn benen. Het klaterde op de grond.
‘O!’ riepen de kinderen in de bank achter mij. De juffrouw was ineens bij me.
‘Moest je zo nodig?’ vroeg ze vriendelijk. ‘Geeft niet, hoor, we maken alles schoon.’
Ik huilde, ik was net een klein kind, dat kon toch niet nu ik in de eerste klas zat?
‘Ik heb niet gezien dat je je vinger opstak,’ zei de juffrouw. ‘Dus is het ook een beetje mijn schuld.’ Ze haalde een droog broekje uit de kast en een dweil uit de gang.
Na schooltijd liep ik aan Trudy’s hand naar huis.
‘Was het leuk vandaag?’ vroeg ze.
‘Beetje wel en een beetje niet. Ik kan alleen nog maar de letter A schrijven. Bijna dan.’
‘Wat had je dan gedacht? Dat je in een dag meteen het hele alfabet zou kunnen? En wat heb je daar in dat zakje?’
Ik voelde dat ik vuurrood werd. Trudy pakte het zakje af en keek. ‘Niet erg, hoor, heb ik ook weleens gehad toen ik klein was. Kan gebeuren.’
‘Hoef ik niet terug naar de kleuterschool?’
‘Nee joh, gekkie,’ lachte Trudy. ‘Kom, we zijn er, laat maar eens aan mama zien wat je geleerd hebt vandaag.’

*

Weer zoiets, dacht Franny, ze dacht dat ze naar school gaan altijd leuk had gevonden. Maar nu ze er vandaag op terugkeek, kwam deze gebeurtenis uit de eerste klas naar boven. Vreemd dat haar moeder er toen niet op lette dat ze naar het toilet ging tussen de middag. Of had ze het wel gezegd maar had zij het niet gedaan? Hoe dan ook, ze kon exact terughalen hoe ellendig ze zich voelde. Hoe ze zich schaamde, voor de anderen in haar klas, voor haar vader en moeder, voor Trudy en Riet.

Ze voelde haar lege maag en keek op de klok. Zes uur. Ze stak de oven aan en haalde een pizza uit de diepvries. Fijn dat er niemand was voor wie ze moest koken. Kijk, hier stonden ze met z'n allen op, haar ouders op de bank met ieder een baby in een doopjurk en de drie zusjes achter de bank. Ze was daar, even rekenen, zeven jaar.

*

Mama zat in een stoel voor het raam, haar gezwollen voeten lagen op het voetenbankje en haar handen lagen gevouwen op haar dikke buik. Het raam stond open, het was nog niet eens zomer en toch was het al erg warm. Ik zat aan tafel te kleuren. Ik had het schilderijtje van de drie beertjes dat op mijn kamertje hing, nagetekend in mijn schetsboek. Het was heel goed gelukt. Ik deed mijn best om het zo mooi als ik kon in te kleuren. Vast en zeker stak het puntje van mijn tong uit mijn mond. Ik rommelde in de kleurdoos op zoek naar goede kleurtjes. De doos was een oude bruine blikken koektrommel, een van de eerste die papa verkocht toen de winkel net geopend was. Er stonden plaatjes op van kinderen die in de sneeuw speelden, het meisje had een rode muts op en gooide een sneeuwbal de lucht in. Ze keek heel vrolijk. Het rood was niet meer zo mooi rood maar ik hield van de doos en van hoe de doos rook. Bijna net zo lekker als in de bakkerij, als papa cake aan het bakken was.

'Beetje zachter, Franny, ik heb al zo'n hoofdpijn,' zei mama.

Ik kieperde het doosje leeg op een oude krant. Behalve kleurpotloden viel er een heleboel slijpsel uit.

'Geen rommel maken,' zei mama. 'De werkster heeft gisteren gestofzuigd.'

Ik keek naar mama. Best zielig dat ze zich zo ziek voelde. 'Zal ik een nat washandje halen mama?'

Mama knikte met haar ogen dicht. Ik liep naar de badcel en maakte het blauwwit gestreepte washandje nat dat over rand van de wastafel hing. Ik hoopte dat de baby snel geboren zou worden en dat alles weer gewoon zou zijn. De werkster rook heel erg naar zweet en het meisje dat in de winkel hielp, kon niet rekenen. Papa was steeds boos op haar omdat ze verkeerd wisselgeld teruggaf. Trudy moest op zaterdag ook helpen, ze gingen nooit meer samen Loesie uitlaten. Riet vond daar niks aan, die was bijna altijd bij vriendinnetjes aan het spelen.

'Hoe heet de baby, mama?'

'Dat zeg ik niet want we moeten eerst afwachten of het een jongetje of een meisje is.'

'Het lijkt me leuk om een broertje te hebben. Mag ik hem dan ook vasthouden?'

'In het begin moet je heel voorzichtig zijn, zijn hoofdje wiebelt en hij wil het liefst bij mama zijn.'

'Of bij papa want dat is ook een, een…'

Nee, geen broertje, dat kan niet. Mama is net als Trudy en Riet en zijzelf, een meisje. Is papa dan een jongen? Maar dat zeg je toch niet zo? Ik wilde het vragen aan mama maar ze was in slaap gevallen, met het natte washandje op haar voorhoofd. Haar mond stond een beetje open en iedere keer als ze ademde, kwam er een belletje op haar lippen. Op mijn tenen liep ik naar mama en legde mijn hand op de bult. Plotseling voelde ik iets bewegen. Dat was de baby! Vlug trok ik mijn hand terug. Dat was raar, een baby die nog in de buik zat en toch al kon bewegen.

We moesten allemaal meehelpen, mama kon op het laatst niets meer. Ze mocht alleen van bed als ze naar het toilet moest. Op een dag kwam de dokter, hij deed de deur van de slaapkamer achter papa dicht. Wij, de kinderen, moesten in de keuken blijven.

'Komt de baby?' vroeg ik.

'Ik weet het niet,' zei Trudy.

'Volgens mij niet, hoor,' zei Riet. 'Hannie vertelde dat haar moeder ging schreeuwen en gillen voordat de baby kwam.'

'Dat doet mama nooit,' zei ik.

'Het hoort er wel bij,' wist Riet. Ze harkte haar haren bijeen in een paardenstaart. 'Een kind krijgen doet heel erg zeer.'

Daar kwam papa. 'Mama moet naar het ziekenhuis. De baby komt maar niet en mama is er goed ziek van. Ik zal oma vragen of ze hier komt logeren.'

'Joepie!' riep ik.

'Ssst, het is helemaal niet leuk voor mama dat ze naar het ziekenhuis moet,' zei Trudy streng.

Mama kwam uit de slaapkamer, ze kon bijna niet lopen en leunde op papa's arm. We gaven mama alle drie snel nog een kusje. De ziekenauto kwam aanrijden. Ineens stonden er een heleboel mensen stil bij de bakkerij en voor de kerk aan de overkant. Ze keken allemaal hoe mama in de ziekenauto geholpen werd. Papa deed de deur aan de binnenkant op slot en draaide het bordje om, de bakkerij was gesloten. We liepen allemaal via de voordeur naar buiten. Ik keek heel even in de ziekenauto, stak mijn handje op maar mama zag het vast niet want ze had haar ogen dicht.

'Lief zijn hè?' zei papa voor hij instapte. 'Kijk, daar komt oma al.'

Ik draaide me om en rende over de stoep naar het hoekje. Oma stond aan de overkant van de weg te wachten tot ze over kon steken. 'Hoi oma!' Ik mocht van mama geen hoi zeggen tegen grote mensen maar mama kon het nu toch niet horen.

'Blijven staan, hoor kind!' riep oma terug. 'Niet oversteken. Ik kom.'

Zodra de ziekenauto was weggereden, waren alle mensen als bij toverslag verdwenen. Oma ging met ons naar binnen en naar boven en deed mama's schort voor. Trudy mocht lekkere broodjes van beneden halen hoewel het pas donderdag was. Riet dekte de tafel. Na het eten las oma voor uit de kinderbijbel. Ik mocht kiezen omdat ik de jongste was. Dat was niet moeilijk, ik koos het verhaal dat ik altijd wel wilde horen: alle kinderen mochten bij Jezus komen en Hij tilde hen op en aaide over hun hoofd. Ik vond vooral het plaatje erbij heel erg mooi. Jezus keek zo aardig naar de kinderen, het was net of Hij ook naar mij keek. Zelfs Trudy en Riet luisterden, hoewel ze al te groot waren voor de kinderbijbel. Papa las tegenwoordig uit de grote bijbel als ze klaar waren met eten.

Oma vouwde haar handen. 'We zullen danken.'

Ik leunde tegen haar aan en wachtte. De eerste zin kon ik uit mijn hoofd. 'O Heere, Uw naam zij geloofd en gedankt dat Gij ons met deze...'

Dan kwam er een heel moeilijk woord. Maar oma bad heel anders, met haar eigen stem dankte ze God voor het eten en vroeg ze of de baby gauw gezond geboren mocht worden en of God mama's leven wilde sparen. Na het amen zag ik nog net dat Trudy snel de tranen van haar wangen veegde.

De volgende morgen werd ik op een rare tijd wakker, het was niet meer donker maar ook nog niet echt licht. Ik wachtte tot ik de torenklok hoorde. Die sloeg na een poosje één keer, wist ik nog niks. Ik sloop uit bed. Zachtjes liep ik de trap af, in de keuken stond de tafel al gedekt. Ineens stapte papa binnen, zijn haar zat helemaal in de war en hij zag heel bleek.

'Hé, wat doe jij uit je bed? Ga je zusjes en je oma maar eens wakker maken.'

Even later zaten we allemaal aan de tafel. Oma had de ketel al opgezet voor thee. Het gas ruiste zacht. 'Nou?' vroeg ze. 'Vertel!'

'Hou je vast,' zei papa en hij begon een beetje raar te lachen. 'We hebben niet één, maar twéé jongetjes gekregen! Joop en Koos.' Hij wreef met z'n hand door z'n haar en toen over z'n ogen. 'Mama is geopereerd en moet met de jongetjes nog een poosje in het ziekenhuis blijven.'

'Mogen we kijken?' vroeg Trudy.

'Ja, maar niet allemaal tegelijk, jullie mogen om de beurt

mee.'

'Joepie!' zei ik. Ik wist zo gauw geen ander woord.

Oma stond op, ze liep naar papa toe en gaf hem een zoen op z'n wang. 'Gefeliciteerd! Twéé jongens, twee opvolgers, wat een zegen!'

Toen goot ze het hete theewater in de theepot. 'Kopje thee?'

'Nee, ik moet deeg maken.'

Ik wipte van mijn stoel, ik wilde dat papa me zou optillen en dat ik met mijn hand door z'n haar mocht kroelen. Maar papa was al bij de deur. 'Wat er ook gebeurt, bij een bakker ligt er altijd brood op de schappen.'

De derde dag na de geboorte van de jongens mocht ik pas mee.

'Mag ik mijn zondagse kleren aan?' vroeg ik aan oma.

'Tuurlijk kind, op zo'n belangrijke dag mag dat.' Ze borstelde mijn haren en maakte er een bijpassende strik in vast, boven op mijn hoofd. Dat kon oma heel goed.

'Neem je deze bloemen mee?' vroeg oma aan papa.

'Wil jij ze dragen Franny?' vroeg papa.

Ik hield de bloemen een eindje van me af, ik was bang dat mijn jurk nat zou worden. De bloemen waren geel en ze roken naar een luchtje uit mama's flesje op het plankje in de badcel.

'Stapt u maar in, mevrouw,' zei papa.

'Ik ben toch geen mevrouw, gewoon een meisje!'

'Dat zeg ik omdat je er zo mooi uitziet,' lachte papa. 'Dat noem je een complimentje.'

Ik vond het maar een moeilijk woord maar papa keek er erg blij bij dus zou het wel iets goeds zijn. Hij klikte de gordel vast en zette de tas met schone kleren voor mama in de kofferbak. Het was niet ver naar het ziekenhuis. Ik gaf papa een hand toen we naar binnen liepen. Alles was groot, de deur, de ramen, en dan die gang waar we door liepen, het leek of er geen einde aan kwam. Het rook heel vreemd in het ziekenhuis, niet lekker. Ik werd er een beetje misselijk van. Ik duwde mijn neus tegen de bloemen, dan rook ik het niet zo erg.

Papa duwde de deur van mama's kamer open. Er stonde zes bedden en in het verste bed, bij het raam, lag mama. Het bed was heel hoog en er lag een gele deken op.

'Hier zijn we dan!' Papa zette de tas op het voeteneind van het bed en gaf mama een kus. 'Hoe gaat het vandaag?'

Mama barstte in tranen uit. Ik schrok. Mama huilde, was ze niet blij omdat ik er was? Of was ze niet blij met de broertjes?

'Mama,' zei ik met een klein stemmetje. 'Ik heb bloemen van oma meegenomen.'

Mama veegde haar ogen droog met een punt van het laken.

'Wat mooi, dank je wel, leg ze maar even op tafel, de zuster zet ze zo meteen wel in een vaas.'

Papa pakte een stoel en ging bij het bed zitten, ik stond naast zijn knieën.

'Je wilt natuurlijk je broertjes zien,' zei papa. 'Kijk, door het raam daar kun je ze zien liggen.'

Ik draaide me om en liep naar de plaats die papa wees. Er stonden een heleboel glazen bakjes in de babykamer, en overal lagen baby's in.

'Joop en Koos liggen precies voor je neus,' zei papa.

Ik zag twee hoofdjes, twee hele kleine hoofdjes met een blauw mutsje. Hun neusjes waren net te zien en piepklein.

'Als de jongetjes wat groter en sterker zijn, mag je ze vasthouden,' beloofde mama.

Ik wist niet of ik dat wel wilde, ze waren nog kleiner dan mijn babypop.

'Kijk, mama, ik heb mijn zondagse jurk aan en oma heeft een strik in mijn haar gedaan en op school mocht ik vertellen en mag ik even bij u op het bed?'

Voor mama iets kon zeggen, was ik er al op gesprongen.

'Oei, voorzichtig! Mijn buik!' Prompt begon ze weer te huilen.

'Weet je, we gaan weer,' zei papa. 'Mama is heel erg moe.' Hij pakte me bij de hand.

'Mag ik mama nog een kusje geven?'

Papa tilde me op en ik gaf mama heel voorzichtig een kusje op haar neus.

'Ik hoop dat uw buik gauw beter wordt,' fluisterde ik.

'Ik hoop het ook,' zei mama.

Na twee weken kwam mama weer naar huis en dat was fijn, vooral voor papa want nu hoefde hij niet meer twee keer per dag naar het ziekenhuis. De eerste tijd was er ook een zuster om mama te helpen met de kindjes, ze moesten een flesje melk drinken, een schone luier om en in bad. Mama had nog steeds een zere buik, ik mocht niet even bij haar op het grote bed liggen. Het rook anders in huis, onbekende luchtjes die te maken hadden met mama en de baby's. De zuster kookte eten wat ik niet lustte maar toch op moest eten, slijmerige andijvie en spinazie waar nog zand in zat. De werkster kwam voortaan twee keer in de week. Ik vond dat mijn bed niet lekker lag als de werkster het had opgemaakt. Trudy en Riet vonden dat ook. Mama moest er hard om lachen. 'Wees blij dat er hulp is, anders moesten jullie alles zelf doen.'

'Dat zou niet kunnen, ik heb het veel te druk,' zei Trudy en dat was waar want ze zat al op de middelbare school. Toch moesten we alle drie wel veel meer doen dan anders. Boodschappen bijvoorbeeld en afwassen, tafeldekken en soms stofzuigen. Koffie en theezetten voor de visite. Ik mocht niet zomaar meer een hele middag naar oma. Trudy hielp op zaterdag in de winkel en Riet hielp papa met brood rondbrengen.

Na een tijdje kwam de zondag dat Joop en Koos gedoopt werden. Mama leende een tweede doopjurk. Ik klom op een stoel bij de commode om te zien hoe mama de jongens aankleedde. Ik aaide Joop met een vinger over z'n hoofdje, vooral in het midden voelde het heel zacht.

'Voorzichtig hoor.'

Ik had een heleboel vragen in mijn hoofd klaarliggen. Waarom de jongens een jurk aan moesten. Dat was toch raar? Waarom ze water over hun hoofd kregen straks, ze waren net in bad geweest! Maar mama zag heel rood en haar handen beefden een beetje. Ik vroeg maar niets en besloot dat ik het later aan oma zou vragen, die wist heel veel. In de kerk was het drukker dan anders. Ik vond het een beetje vreemd dat ik niet op onze eigen plaats in de kerkbank zat. Met oma, de andere opa en oma, ooms en tantes zat ik in de voorste bank, recht voor de preekstoel. Ik keek precies tegen de rug van mama aan. Trudy had Joop vast en Riet droeg Koos. Op de leuning van hun stoel lag een kussen waar ze met hun arm op konden leunen en onder hun voeten stond een stoof. Zo konden ze het wel een tijdje uithouden. Trudy had eerst bezwaar gemaakt. Ze wilde haar broertje best naar binnen dragen in de kerk maar helemaal vooraan zitten, in de tuin, dat vond ze maar niks. Iedereen kon jou zien en zelf keek je de hele tijd alleen maar tegen de preekstoel aan. Om de dominee te zien moest je zelfs omhoog kijken, daar kreeg ze nog een stijve nek van. Kon Franny het niet doen? Mama en papa hadden heel beslist gezegd dat zij er nog te klein voor was. Bovendien was Trudy de oudste, en dan was het belangrijk dat je zoiets zonder mopperen deed. Ze was toch wel heel blij met haar broertjes? En met haar nieuwe jurk? Dus zat ze nu braaf voorin.

Ik vond tuin een heel vreemd woord voor het lege gedeelte voor de preekstoel. Een tuin, dan dacht je toch aan gras en bloemen! Soms, als het zo heel stil was in de kerk en alle mensen zo ernstig keken, zag ik mezelf huppelen door de tuin, van de ene kerkenraadbank helemaal naar de andere, zomaar, midden onder de preek. Alle mensen begonnen te lachen en te klappen en iedereen was ineens helemaal blij. Dat dacht ik, in het echt zou ik dat nooit durven.

Mama en papa stonden op en pakten ieder een kindje. De dominee noemde hun namen en goot water over hun hoofdjes en zei dat ze gedoopt werden in de naam van de Vader, de Zoon en de Heilige Geest. Ze begonnen allebei te huilen.

Ik stootte oma aan. ‘Ze vinden dopen niet leuk, ziet u dat?’

‘Ssst,’zei oma. ‘Dat is niet eerbiedig.’

Ik zag aan haar ogen dat ze eigenlijk ook een beetje moest

lachen maar niet echt, want lachen hoorde niet in de kerk.

*

Franny glimlachte, grappig dat ze als kind al zo'n goede neus had. De potloden in de doos, de ziekenhuislucht, bloemengeuren. Bijzonder dat door een geur herinneringen naar boven kunnen komen.

Lastig dat je als kind zo weinig begrijpt van de wereld om je heen. Ze dacht toen echt dat haar moeder niet blij was haar te zien, waarom vertelde niemand haar dat het kraamvrouwentranen waren? Dat het niet alleen bij haar moeder zo was gegaan maar bij veel vrouwen die net waren bevallen?

De volgende foto die ze uit de doos nam, was onmiskenbaar van de schoolfotograaf. Naast portretfoto's werd er ook altijd een plaatje geschoten van de hele klas, buiten op het schoolplein. Op deze foto was ze negen jaar en zat ze in de vierde klas, bij meester Onderkamp. Ze herinnerde zich ineens hoe ze er tegenop zag om bij hem in de klas te zitten.

*

Ik werd met buikpijn wakker, het was de eerste maandag na de zomervakantie. Vanaf vandaag zat ik in de vierde klas. Voor het eerst bij een meester, in de eerste klas had ik een juffrouw, juffrouw Jas, in de tweede en de derde klas ook een juffrouw en nu dan bij meester Onderkamp. Ik kon mijn boterham bijna niet weg krijgen.

'Schiet op Franny,' zei mama. 'Straks kom je nog te laat.' Ze maakte de tuigjes los waarmee van Joop en Koos in hun kinderstoel zaten en zette hen in de speelhoek achter het hekje. Daarna begon ze de ontbijtbordjes op te stapelen.

'Ik voel me niet zo lekker, mag ik thuisblijven?'

'Niks ervan. Schoolziek is geen ziekte.'

'Riet vond het niet zo leuk bij deze meester.'

'Flink zijn. Het zal ook wel aan Riet gelegen hebben.'

Ik spoelde het laatste stukje brood weg met een grote slok thee. Ik draalde bij het hekje en aaide de jongens over hun hoofdjes. 'Lief zijn hè, straks komt Franny weer naar huis en gaat ze met jullie spelen.'

Mama was aan het afwassen, ik wipte op mijn tenen en gaf mama een kus. Die belandde ergens op haar bovenarm. 'Dag mama.'

'Nou kind, tot straks!' zei mama terwijl de bordjes door haar handen vlogen.

Ik bonkte de trap af, door de achtertuin en de schuur naar het straatje, en het hoekje om. De weg naar school was heel makkelijk, toch voelde ik de boterham in mijn maag liggen. Ik moest helemaal alleen door het Rozemarijntje, Riet zat immers sinds vandaag op de middelbare school en fietste gezellig met Trudy naar Terneuzen. Ik wist precies wie waar woonde, hier een meisje uit mijn klas, daar een man en een vrouw uit de kerk met een zoon die niet goed bij z'n hoofd was. In dat kleine huisje een hele dikke vrouw, die niet meer door de voordeur kon. Maar er was één huis waar ik heel snel voorbij liep, daar woonde een man die zo vreselijk stonk dat je het op straat al rook. Hij waste zich nooit, zeiden ze. Iedereen was bang voor hem. Soms lokte hij kinderen naar binnen met een snoepje. Ik zou daar nooit naar binnen gaan. Het ergste wachtte me aan het einde van de straat. De slagerij.

Het was maandag, dan werd er geslacht. Eerst kwam ik voorbij de winkel, er lag geen vlees in de toonbank, een rij worsten hing de hele zomervakantie al aan het plafond. Dikke vliegen zwermden er omheen. Meteen na de winkel was daar die groene schuifdeur. O, ik zag het al, die stond wagenwijd open en jakkes, de koe stond klaar.

Ik wist wat er kwam. Eén keer had ik met Riet staan kijken hoewel papa en mama uitdrukkelijk gezegd hadden dat het niet mocht. Riet deed het vaak , zei ze, dus zo erg zou het niet zijn. Het was eng en spannend tegelijk, Maar daarna droomde ik nachtenlang over die slager die zomaar een koe door z'n kop schoot. Steeds weer zag ik het voor me, ik had zo'n medelijden met die koe. Vandaag stonden er weer kinderen te wachten in de steeg voor de slagerij. Ik voelde me misselijk worden. Kon ik er nog langs voor de slager begon met zijn werk? Ik duwde een paar meisjes opzij die net zo bleek zagen als ik en rende door, de Riemensstraat in. Daar was het muurtje al. Ik stoof het plein op en rende naar mijn vriendin Nellie.

'Je had eerder van huis moeten gaan,' zei ze. 'Net als ik. Stop je hoofd tussen je knieën, dan gaat het wel over.' Nellie wist zulk soort dingen want haar vader was dokter.

De meester stond bij de ingang van de school te wachten. Hij droeg een grijs pak met een wit overhemd en een rode stropdas. Zijn buik was dik en zijn kin ook. Hij hield de armen over elkaar geslagen. De bovenmeester blies op z'n fluitje en alle kinderen gingen netjes in de rij staan op het plein voor de ingang van de school. Klas 1, klas 2 en 3 bij elkaar, klas 4 en 5, en klas 6. Ik vond het vreemd om in een nieuwe rij te staan. Naast Nellie leek het net op vorig jaar en toch was alles anders. Ik telde de kinderen in de rij. Zestien, achttien, twintig. Pas toen het helemaal stil was op het plein, mochten we naar binnen lopen. Ik hing mijn jas aan de kapstok. De meester wees de plaatsen aan.

'Jij bent Franny, zus van Riet en Trudy. Jij mag vlak voor mijn bureau zitten. Lijkt me een fijn plekje voor je.'

Ik schoof achter de tafel. Dit was wel erg ver vooraan. Dat kwam vast door Riet. Wie zou er naast me komen zitten? Ah, nee, het was Conny. Een bleek snotterig meisje dat nooit iets zei en waar je echt niet mee kon lachen. Trouwens, zo vooraan viel er waarschijnlijk niet veel te smoezen. Ik slikte en slikte, deed mijn ogen dicht en dacht heel hard aan Joop en Koos, aan hun kleine handjes en hoe lekker ze roken als ze in het zinken badje geweest waren en mama lotion uit het groene flesje op hun bolletjes had gedaan.

We begonnen met zingen, het psalmversje van de week. Het

was de eerste dag dus niemand kon het versje geleerd hebben. Volgende week zouden we één voor één, of soms met z'n tweeën, het psalmvers moeten zingen. Daar kregen we een cijfer voor. Papa vond dat je daar altijd een tien voor moest krijgen, net als voor gedrag en vlijt. Meestal lukte dat ook wel. Het leuke was, dat we in de kerk soms een versje zongen dat we op school hadden geleerd. Dat was fijn want dan kon ik meezingen.

Na het bidden dat bijna net zo lang duurde als in de kerk, volgde het Bijbelverhaal. Ik dwaalde niet één keer af, zo mooi kon de meester vertellen. Ik zuchtte diep toen het afgelopen was.

Daarna rekenen, altijd eerst rekenen. Ik hield ervan om de rijtjes zo netjes mogelijk onder elkaar te schrijven. De meester had het best druk, hij moest eerst klas vier aan het werk zetten en daarna de nieuwe sommen uitleggen voor klas vijf. Toen iedereen aan het werk was, ging hij op de stoel achter zijn bureau zitten. Hij strekte zijn benen uit, de punten van zijn schoenen raakten mijn knieën. Geschrokken trok ik mijn benen onder de bank. Was dat per ongeluk of expres? Ik boog me diep over mijn rekenschrift. Weer voelde ik de schoenen van de meester. Dat was niet per ongeluk.

'Wil jij wel iets voor je meester doen?' fluisterde hij.

Ik knikte zonder op te kijken. Wat kon ik anders?

'Loop eens naar de wc en haal een flink stuk wc-papier voor me.'

Wat raar. Toch aarzelde ik geen moment, schoof uit de bank en liep naar de wc's. Bah, het stonk hier. Ik ging nooit op school, altijd thuis. Wat een rare meester, zou hij iedere dag tegen mijn knieën tikken met z'n schoenen? Wat moest hij met wc-papier en hoeveel moest ik meenemen? Een flink stuk leek me goed, ik trok er drie keer drie vellen af. Alle kinderen hielden op met rekenen toen ik die aan de meester gaf. Heel de klas hield de adem in. Hij toeterde als een olifant toen hij z'n neus snoot. Ik schoot bijna in de lach. Gelukkig gooide hij het vieze papier in de prullenbak, een zucht van opluchting golfde door de klas. Stel je voor dat ik het had moeten aanpakken en doorspoelen! Het was niet te hopen dat ik niet iedere dag dit vervelende werkje zou moeten doen.

Om twaalf uur rende ik met Nellie door het Rozemarijntje naar huis. Nellie woonde op de hoek. Ik schoot het straatje in, de schuur door, de trap op.

'Mama, mama!'

Niemand in de keuken. Waar was mama? Ik holde weer naar beneden en hoorde Joop en Koos brullen in de bakkerij. Mama deed net de voordeur op slot. 'Wat een drukte vanmorgen, kochten ze maar net zoveel als ze kletsten. Kom, gauw naar boven.' Ze plukte de jongens achter het speelhek vandaan en gaf Koos aan mij.

'Ze mogen wel los,' zei mama terwijl ze de doos met autootjes pakte. 'Let jij op, dan ga ik vlug de aardappels schillen.'

Tussen twaalf en één was de winkel dicht, mama maakte dan het warme eten klaar, ze kon net alles opruimen voor de winkel weer openging. Papa deed na het middageten eerst een dutje, daarna bracht hij brood rond. De jongens vonden het heerlijk om niet achter een hekje te hoeven spelen. Ze renden door de keuken. Ik zorgde ervoor dat ze mama niet in de weg liepen bij het koken. Ik kieperde de auto's op de grond en begon een lange rij te maken. Dat vonden ze allebei leuk en al snel lagen ze tegenover elkaar op de grond met de auto's te spelen.

'De meester kan heel mooi vertellen mama,' zei ik tegen mama's rug. 'En heel lang bidden. Zit hij bij ons in de kerk?'

'Nee, niet bij ons.' Er waren wel vier kerken in ons dorp, twee grote en twee kleine. Mama wist precies wie naar welke kerk ging, dat hoorde ze in de bakkerij.

'Ik zit helemaal vooraan, niks aan.'

'Hij denkt natuurlijk dat je net zo'n ondeugd bent als je zus.'

'En ik moest wc-papier halen om z'n neus te snuiten! Gek hè?'

'Misschien was hij zijn zakdoek vergeten. Zo, nu de speklapjes nog.'

Als ik vertelde van die arme koe hoefde ik misschien geen vlees te eten. 'Ik lust geen speklapje mama.'

'Natuurlijk eet je een speklapje,' zei mama. 'Goed eten is belangrijk voor kinderen in de groei. Kijk uit, Koos gaat ervandoor.' Hij was al bij de deur en reikte naar de klink.

'Hier jij!' Ik zwaaide hem boven mijn hoofd, hij gilde van plezier.

Ik griezelde van het speklapje, toch at ik het op want dat hoorde zo. Alle kinderen moesten hun bord leeg eten.

's Middags had ik voor het eerst muziekles. Daarvoor moest ik helemaal naar de andere kant van het dorp, daar was de openbare school en in een van die lokalen was er voor de kinderen die dat wilden muziekonderwijs. Trudy had erop gezeten, en Riet ook. Ze deden er een beetje lacherig over toen ik vroeg wat je daar leerde.

'Muzieknoten,' zei Riet .

'Ritme,' wist Trudy. 'Je kunt ook leren blokfluiten. Of pianoles volgen. Iemand uit mijn klas krijgt daar orgelles, die wil later in de kerk spelen.'

Ik had er niet zo'n zin in. Na schooltijd speelde ik liever nog een poosje buiten, in de tuin achter de bakkerij. Of ik ging naar oma, of Loesie uitlaten. Maar mama en papa vonden muziekles belangrijk.

'Je zult zien, later is het handig dat je er iets van weet,' zei papa.

'Wees maar blij dat het allemaal kan,' zei mama. 'Vroeger was dat niet zo. Ik kan geen noot lezen. Ik had graag op een koor gezeten.'

Gelukkig waren we met z'n vieren uit onze klas, Suzan, André, Jan en ik. De andere zes kinderen kende ik niet, die zaten allemaal op de openbare school. Dat waren geen christelijke kinderen, had mama gezegd. Ik bekeek hen nieuwsgierig, ze zagen er net uit dan wij. Toch was ik niet van plan iets tegen hen te zeggen. De muziekmeester zag er wel een beetje raar uit, hij had geruite kousen aan en een broek tot z'n knieën.

'Een drollenvanger,' proestte Suzan achter haar hand.

Meteen tikte de muziekmeester met z'n stok op de grond. 'Stil zijn daar, anders kun je gaan!'

We kregen een schrift zoals op school maar de lijntjes waren anders. Er stonden steeds vijf lijntjes onder elkaar. Wat er op het bord stond, moesten we overschrijven met een potlood. Zwarte rondjes en open rondjes, met een stokje naar boven of naar beneden. Daarna tikten we met de punt van het potlood op de bank.

'Dit heet ritme,' zei de muziekmeester.

Ik vond het best leuk. We zongen ook versjes, hele andere versjes dan op onze school. De muziekmeester floot erbij op een blokfluit die was veel groter was dan de kleine blokfluiten die de meesters en juffen op school hadden. Het klonk mooier, dieper.

'Ik vond het best leuk,' zei ik tegen Suzan toen we met z'n vieren een uur later naar buiten liepen.

'Ik ook. Zeg, weet je dat onze meester hier vlakbij woont?'

'Nee, waar dan?'

'Zullen we erlangs lopen en kijken of ie thuis is?' stelde Jan voor.

'Ik moest meteen naar huis komen,' zei ik aarzelend.

'Het is vlakbij, kom.'

Jan rende al en we holden achter hem aan.

'Daar, het derde huis, daar is woont hij,' wist André.

'Zullen we belletje trekken?' zei Jan.

'Dat durf ik niet, hoor,' riep Suzan.

'Doe niet zo flauw, er kan niets gebeuren. Hier is een bosje, kruip daar maar in, dan zal ik wel bellen,' zei Jan.

Ik dook weg achter een prikstruik en viel op mijn knieën op de grond. De aarde was een beetje nat en de bladeren zwiepten in mijn gezicht. Ik maakte me heel klein. Suzantje zat achter een andere struik, ik kon net de zolen van mijn schoenen zien.

Wat rook het hier raar, een beetje zoals in de wc. Ik duwde de bladeren opzij zodat ik kon zien wat er gebeurde. Toen Jan op de bel drukte en hard wegliep voelde ik het in mijn buik. Wat als de meester ons zag? Er gebeurde eerst niets. Toen ging de deur open, een vrouw met een kind op haar arm keek rond. Ze haalde haar schouders op en ging weer naar binnen. Ik sprong op, veegde de modder van mijn knieën en holde weg.

'Nou, ik ga naar huis, hoor,' riep ik achterom.

'Wacht nou,' riep Suzan. Pas op het hoekje haalde ze me in. 'Wat doe je nou raar,' zei ze hijgend.

'Ik vind het stom.'

's Avonds kon ik niet slapen. Ik zag nog die grote koe voor me, voelde de schoen van de meester tegen mijn been. Toen ineens dacht ik aan de grote blokfluit en aan de klank die daaruit kwam. Dat was mooi. Misschien mocht ik dat ook wel leren, later. Of op een piano spelen. Zou dat moeilijk zijn?

Ik voelde spijt dat ik had meegedaan met belletje trekken. Dat was niet goed. Zou dat 'het boze wat ik heb gedaan' zijn? Ik gleed uit bed, op mijn knieën en vouwde mijn handen.

*

Twee meesters die ze niet zo mocht. Waarom, dat kon ze toen niet benoemen. Ze zorgde er altijd voor niet te dicht in de buurt te komen. Later, toen ze haar eigen meester beter leerde kennen, bleek hij best aardig te zijn. Aardig maar eigenaardig.

Franny schonk voor de derde keer koffie in en nam de rol koekjes mee naar de tafel. Nog één foto. Dit was bij Nellie thuis, alle kinderen uit de klas mochten op haar tiende verjaardag komen. De film, ze wist het nog precies.

*

Op een vrijdagmiddag in april mocht Nellie van de meester voor de klas iets zeggen tegen alle kinderen van de vijfde klas.

'Ik ben woensdag jarig en jullie mogen 's middag allemaal op mijn feestje komen, meteen om twaalf uur. We gaan iets heel erg leuks doen!'

'En ik, mag ik ook komen?' vroeg de meester.

Nellie werd een beetje rood. 'Oei, ja, weet ik niet.'

De meester lachte. 'Ik plaag je maar. Op woensdagmiddag moet ik thuisblijven van mijn vrouw en op onze kleintjes passen.'

Ik vond het leuk en spannend tegelijk als ik bij Nellie mocht spelen. De regels waren ingewikkelder dan bij ons thuis. Nellie en haar broertje en zusje mochten 's morgens niet langs de achterdeur naar binnen want dan zaten er mensen in de wachtkamer van de dokter, Nellie's vader. 's Middags moesten ze juist wel door die deur, want dan was hun moeder in de apotheek aan het werk. Ze had dan een witte jas aan en vulde potjes met pillen, doosjes met poeders en flesjes met geheimzinnige drankjes. Ze had een heldere stem en vriendelijke ogen, die alles leken te zien. Nellie's vader had een hele zachte stem, je kon hem amper verstaan. Hij aaide me weleens over mijn hoofd, daar werd ik heel verlegen van. Mama vond de dokter en zijn vrouw deftig en bekakt, dat kwam omdat ze geen Zeeuws spraken maar Algemeen Beschaafd Nederlands. Papa zei dat je geen Zeeuws kon praten als je niet in Zeeland was geboren.

Op de woensdag dat Nellie jarig was, liepen we om twaalf uur in een lange sliert dwars over straat door het Rozemarijntje. Lacherig en lawaaierig stormden we de praktijkgang door, de hoek om, de keuken in. De grote tafel was versierd met bloemen en gele bordjes en Nellie's moeder was wafels aan het bakken. Wafels! Het water liep al in mijn mond.

'Ho ho,' zei Nellie's moeder. 'Eerst jas uit en handen wassen.'

'Was dat de verrassing Nellie?' riep Wim.

'Nee, die komt nog!'

Toen alle wafels op waren en Nellie de cadeautjes had uitgepakt, kwam Nellie's vader thuis. Hij had zieke mensen bezocht. Eigenlijk deed papa hetzelfde, hij bracht brood naar de mensen die te ver weg woonden en Nellie's vader ging zieke mensen beter maken die niet naar de praktijk konden komen.

'Zo, komen jullie maar mee,' zei hij vrolijk.

We liepen naar de spreekkamer. Nellie's vader duwde het rode gordijn opzij. Voor zijn bureau stond een wit scherm en op de grond lagen dikke platte kussens.

'We gaan film kijken,' zei Nellie trots. 'Een echte film.'

We ploften op de kussens. Nellie's vader maakte eerst een foto van de groep en daarna startte hij de film. Het was een zwart-witte stomme film, er werd niets gezegd, je moest maar raden waar het over ging. De ene man was heel lang en dun en de andere klein en dik. Ze maakten voortdurend grapjes die ik niet begreep. Op een gegeven moment gingen de twee mannen stoeien. De jongens uit hun klas joelden van plezier. Ik wilde niet kijken maar ook weer wel. De lange magere man was slim en sterk, de kleine dikke dom en onvast op z'n benen, bij het minste of geringste duwtje viel hij om. Op een gegeven moment was daar die modder, dikke zwarte vette modder. De dikke rolde er als een varken in rond. Toen gingen ze met de modder gooien, het kwam zelfs in hun mond. Alles zat onder de modder. Ik kokhalsde. Het was alsof de hele spreekkamer veranderde in stinkende vieze modderboel. Ik kokhalsde, kneep mijn ogen dicht en gluurde af en toe door de spleetjes of het al klaar was. Het was niet eerlijk dat die ene zo gemeen was tegen die andere. En het was zo verschrikkelijk smerig. Tranen rolden over mijn wangen. Nellie gaf me een duw. 'Stel je niet zo aan joh, het is niet echt!'

Alle kinderen keken en lachten me uit. Nadat de film afgelopen was, wilde ik niet langer op het feestje blijven, ik rende zonder haar moeder te bedanken voor de wafels het huis uit, door het straatje, beukte de schuurdeur open en botste tegen papa op.

'Wat een haast, wat is er?'

'Nellie is stom en het feestje was stom en ik speel nooit meer met Nellie. Nooit meer!' snikte ik.

‘Is ’t zo erg?’ Papa trok zijn zakdoek uit zijn broek. Hij wreef ermee over mijn wangen. Daar griezelde ik van want papa snoot altijd zijn neus in die zakdoek. Van mama moest hij iedere dag een schone pakken maar dat vergat hij nogal eens.

‘Weet je wat,’ zei hij. ‘Je mag met mij mee brood rondbrengen. Pak je fiets maar.’

Ik klaarde meteen op.

‘Riet heeft al best veel huiswerk,’ zei papa. ‘Het is handig als jij ook leert hoe je brood moet rondbrengen.’

Daar fietste ik naast papa. De zon scheen, er was geen wolkje aan de lucht en het waaide bijna niet. Ik was die akelige film alweer bijna vergeten. Ik trapte stevig door want ondanks de volle broodmand zette papa er aardig de vaart in.

‘Kijk Fransje, die roze boompjes, dat is Japanse kers. En die boom, die zo lekker ruikt, dat is een meidoorn. En dat witte daar bij de dulf, dat is fluitenkruid. En kijk daar, op het land, een haas.’

Ik kwam ogen en oren tekort. Ik vond papa de liefste papa van de hele wereld. Hij zag er het leukst uit van alle vaders, z’n dikke buik bolde over de band van zijn geruite bakkersbroek, de schone witte bloes glansde in de zon.

‘Papa?’

‘Ja?’

‘Mag je erom lachen als iemand een ander heel erg plaagt?’

‘Nou, dat ligt er een beetje aan. Waarom vraag je dat?’

Toen vertelde ik van de film.

Papa lachte. ‘Ik denk dat het Laurel en Hardy was, die noemen ze de dikke en de dunne. Die zijn best onschuldig maar als je het niet leuk vindt, hoef je er niet om te lachen. Bij deze boerderij moeten we als eerste zijn. Kom.’

Op het erf sloeg de hond aan. Ik schrok. Straks sprong hij nog tegen mijn fiets aan. Of erger, beet hij in mijn been. Ik bleef zo dicht mogelijk naast papa.

‘Rustig boef, ik ben het maar,’ riep hij.

De hond bleef blaffen tot we het brood afgeleverd hadden en

weg fietsten. Ik dacht aan het moment dat de kinderen allemaal naar me keken en me uitlachten. Dat voelde precies zoals dat blaffen van die woeste zwarte hond. Op de tweede boerderij kwam er gelukkig geen hond ons tegemoet. Wel hoorde ik een ander raar geluid. Gak-gak-gak.

Ganzen,' zei papa. 'Daar moet je niet te dicht bij in de buurt komen, die kunnen in je vinger bijten.' Hij leverde het brood af, stopte het geld dat hij kreeg in een grote zwarte portemonnee en schreef het op in een boekje. Hij liet me zien hoe het moest.

Op de derde boerderij mocht ik met de boerin mee naar de stal terwijl papa een kopje koffie dronk met de boer in de keuken. Bij de achterdeur stonden wel tien paar klompen op een rij, van groot naar klein.

'Jouw maat is er vast wel bij,' lachte de boerin. De klompen deden pijn aan mijn voeten maar ik liep dapper mee naar de stal. De boerin schoof de grendel weg. Meteen kneep ik mijn neus dicht, want het stonk verschrikkelijk.

'Kijk, dat is ons varken, ze heeft net biggetjes, zijn ze niet schattig?'

Ik keek over het hek. In het stro lag een enorm groot bruin varken op haar zij. Onder aan haar buik lagen wel zes, zeven kleine biggetje en ze dronken allemaal tegelijk. Het varken had hele kleine oogjes en keek me boos aan.

'Als ze wat groter zijn, mogen ze naar buiten, lekker in de modder wroeten.'

Ik dacht meteen aan de film, sloeg mijn hand voor mijn mond en rende zo hard ik kon op die klompen de stal uit. Bijna moest ik spugen, bijna. Bij de keuken trok ik snel mijn schoenen weer aan. Gelukkig kwam papa meteen naar buiten toen hij me zag. Ze lachten alle drie, ik begreep alleen niet waarom.

Vanaf die bewuste dag mocht ik iedere woensdagmiddag met papa mee brood rondbrengen. Ik leerde niet bang te zijn voor honden en ik zag de biggetjes groeien. Ze vonden het fijn buiten in de modder. Ik speelde niet vaak meer bij Nellie. Op woensdagmiddag ging ik liever met Suzantje mee, die woonde vlakbij school in een piepklein huisje. Suzan was klein en dik, dat kwam door de friet want Suzan d'r moeder bakte dat iedere woensdagmiddag. De frieten waren nog lekkerder dan die van Aagje. We mochten zoveel eten als we wilden, haar moeder had alle tijd.

Op een dag vroeg de meester na schooltijd of we even wilden blijven, ik en Suzan.

'Zouden jullie morgen uit school een poosje bij ons op willen passen? Tot een uur of vijf. Vraag maar aan je ouders of het mag.'

Ik voelde me heel gewichtig maar mama keek bedenkelijk. Wie moest er dan op de jongens passen?

'Ze kunnen ook best eens even alleen spelen,' zei ik. 'Ze zijn al vijf jaar!'

'Nee, dat is nog niet vertrouwd,' vond mama. 'Riet heeft morgen maar tot het zesde les. Zij kan wel een oogje in het zeil houden.'

Suzan mocht ook en samen holden we na schooltijd door het dorp naar het huis van de meester. Het was een enorme bende binnen. Overal in de kamer lag speelgoed. De kleinste zat in de box, de andere twee waren winkeltje aan het spelen.

'Het lukt wel, hè,' zei de vrouw van de meester. 'Jullie zijn thuis wel wat gewend. Om vijf uur zijn we terug.'

Het waren lieve kinderen. Ze maakten geen ruzie en huilden niet. Ik rook wel een poepbroek maar daar begon ik niet aan. De tijd vloog om en voor ik het in de gaten had, stonden de meester en zijn vrouw weer in de kamer.

'Heel goed gedaan!' riep de meester uit. 'Hier is voor jullie allebei een dubbeltje.'

We liepen samen naar huis, de zon ging bijna onder en kleurde de lucht roze. Ik kneep het muntje stijf in mijn hand. Mijn eerst verdiende geld!

Ik voelde me zo licht als een veertje, alsof er in mijn lichaam een grote ballon was opgeblazen. Ik, Franny Cornelisse, was bijna tien en ik woonde hier in dit dorp, in Zeeland, in Nederland, in de wereld. In het heelal! Ik liep hier over straat, het waren mijn voeten, mijn benen, mijn ogen die alles zagen. Thuis waren papa en mama en de jongens en Trudy en Riet. Oma was er. De meester. De kinderen in de klas. En ik.

De hele wereld was roze en licht en mooi; alsof ik werd opgetild en zo naar de zon vloog.

*

Franny knipperde met haar ogen, had ze ooit nog zo'n geluksmoment beleefd, iets dat zoveel indruk maakte? Zelfs na zoveel jaren kon ze het nog terughalen. Kon ze nog maar zo zijn, zo blij en onbevangen als het kind dat ze toen was. Het voelde alsof ze iets kostbaars ergens onderweg was verloren.

Plotseling had ze het helemaal gehad met de foto's van vroeger. Ze werd er op dit moment niet echt wijzer van, integendeel, het maakte haar week. Dat gevoel duwde ze liever diep weg.

Vanaf morgen moest ze drie dagen werken, het was beter zich daar op te richten. Daarna Oud en Nieuw, voorlopig kwam er niet veel meer van. Misschien liet ze het hier wel bij, ze had niet het idee dat ze veel nieuws zou ontdekken.

Ze klapte de doos dicht, zette hem in de trapkast achter de stofzuiger en de emmers en deed de deur op slot.

7

Voor de zoveelste keer die dag liep ze de eenpersoonskamer binnen. Mevrouw Bos was terminaal. Het licht in de kamer was getemperd, de gordijnen bijna dicht tegen de laagstaande winterzon. Dezelfde zoon en schoondochter, al de hele dag, hij leunde tegen het achtereinde van het bed. Zij zat vlak naast haar schoonmoeder en hield haar hand vast. Het borrelen van de zuurstoffles aan de wand was het enige geluid in de kamer, naast de diep raspende ademhaling van mevrouw Bos. Franny voelde de pols. Zwak. Zweetdruppeltjes op het voorhoofd, de ogen gesloten. Het infuus druppelde langzaam maar gestaag, de zak was nog lang niet leeg.

'Kunt u nu echt niets doen, zuster?' vroeg de zoon. Hij klonk bijna wanhopig. 'Moet het echt zolang duren? Ze heeft het zo benauwd en zoveel pijn.'

'Ik heb vanmorgen nog overleg gehad met de dokter. Mevrouw krijgt medicatie tegen de pijn en de benauwdheid.' Ze werkte de lijst bij die achter aan het bed hing, maakte de mond van de patiënte schoon met een citroenkwastje en schoof het kussen wat gemakkelijker. 'Kan ik verder nog iets voor u doen?' vroeg ze toen ze sterfkamer wilde verlaten.

De schoondochter schudde haar hoofd terwijl ze een washandje natmaakte aan de wastafel.

'Vanmiddag komen de anderen ook,' zei ze. 'Denkt u dat het nog lang duurt?

'Ik weet het niet.'

De zoon liep achter Franny aan naar de gang. 'Ik vind het onacceptabel, dit is ondraaglijk lijden.'

'Ik begrijp het best, het is heel moeilijk om aan te zien als het sterven zo langzaam gaat.'

'Kan ze niet meer morfine krijgen?'

'De dosis is al verhoogd.'

In de zusterpost hoorde ze de telefoon overgaan. 'Het spijt

me, ik moet verder.'

Aan het einde van de dag, vlak voor ze naar huis ging, was mevrouw Bos nog steeds niet overleden. Franny zag de wallen onder de ogen van de kinderen, ze hoorde hun vragen aan en voelde zich machteloos, zoals zo vaak als mensen op sterven lagen. Ze deed alles wat ze kon om hen te helpen maar het laatste stukje moest iedereen zelf afleggen. Soms, als mensen nog niet klaar waren met het leven, kon dat lang duren, heel lang. Ze raapte al haar ervaring bij elkaar toen ze voor de deur stond. Wat trof ze binnen aan? Moest ze mevrouw Bos nog opfrissen of lag ze er netjes genoeg bij? Alle kinderen plus de aangetrouwde kinderen waren bij elkaar. Het was vol en benauwd in de kamer. De pols was zwakker maar rustiger, het hijgen minder, de ademhaling al oppervlakkiger.

'Kunt u blijven, zuster?' vroeg de zoon. 'Het kan nu toch echt niet lang meer duren.'

Franny aarzelde, haar dienst zat erop en ze was doodmoe. Aan de andere kant, het was druk op de afdeling, er liep niemand vrij op het moment. Ze trok er een krukje bij en keek naar het gezicht van de stervende vrouw. Na een uurtje verliet ze de kamer, er was nauwelijks iets veranderd in de toestand van mevrouw Bos maar ze moest nu echt naar huis. Zodra ze op de gang stond, kwam Jeroen op haar af. Jas open, om z'n nek de stethoscoop en hij had een belachelijk strakke jeans aan. 'Zuster, kunnen wij het nog even over meneer Klaverblad hebben?'

Ze leunde tegen de muur. Hij kwam vlak voor haar staan, ze rook zijn slechte adem.

'Ik wil weten waarom er geen vochtbalans is bijgehouden. En mevrouw de Zoete mag echt meer tegen de pijn.'

Franny deed een stap opzij. 'Mevrouw de Zoete zeurt. Ze krijgt wat je hebt voorgeschreven.'

'Is dat zo?' Hij keek haar onderzoekend aan.

Ineens had Franny er genoeg van. 'Weet je wat, zoek het lekker zelf uit. Je weet het toch allemaal zo goed?' Ze liep meteen door, wisselde van kleding en liep het ziekenhuis uit.

Het was twee dagen later, de dag voor Oudjaar. Ze stond bij de liften te wachten om naar huis te gaan.

'Franny, heb je even?' Gerda stond in de deuropening van haar kantoor. Franny liep naar haar toe. Gerda sloot nadrukkelijk de deur, draaide zich langzaam leunde met haar vingertoppen op haar bureau. Over haar ronde metalen bril keek ze haar indringend aan.

'Jeroen was hier net.'

Het bloed schoot naar Franny's hoofd. 'En?'

'Hij vindt het moeilijk werken met je.'

Franny zei niets.

'Ik wil graag jouw kant van het verhaal horen. Ga even zitten. Of heb je geen tijd?'

'Nee, het kan wel even.' Ze vertelde zo summier mogelijk wat er gebeurd was en ook wat ze tegen Jeroen had gezegd. 'Ik had het anders moeten verwoorden, daarin heeft hij wel een beetje gelijk,' bekende ze op het laatst.

'Ik begrijp dat je intensief met patiënt Bos bezig was geweest. Daardoor reageerde je anders.'

Franny knikte.

'Andere vraag, vind je het moeilijk dat er steeds nieuwe arts-assistenten zijn?'

'Best wel. Sommige doen net of ze alles al weten.'

'Vanuit jouw kant gezien begrijp ik dat wel.' Gerda sloeg haar armen over elkaar. 'Mensen zoals Jeroen moeten nog leren zich in anderen te verplaatsen. Toch is dit niet de eerste keer, er zijn meer arts-assistenten geweest die niet tevreden waren over de samenwerking met jou. Tot nu toe heb ik het zo gelaten maar we moeten er wel een keer dieper op in gaan.'

Franny staarde naar buiten. Het idee dat ze over haar gepraat hebben terwijl ze van niets wist, vreselijk. Dat had ze van Gerda niet verwacht.

'Graag zou ik de werksituatie op de afdeling eens helemaal

met je doornemen. Misschien moeten er maatregelen getroffen worden, het werk anders verdeeld of misschien heb je zelf een idee over de komende jaren .'

Franny wist zo gauw geen antwoord.

Gerda liep naar het planbord. 'Je hebt de laatste dagen veel gewerkt, tweede kerst en daarna nog drie dagen. Je bent nu vier dagen vrij, ik zie dat je nog vakantiedagen over hebt . Neem er maar drie op zodat je een hele week vrij bent. Rust goed uit en denk er eens over na. In januari maken we een afspraak.' Ze stak haar hand uit. 'Fijne jaarwisseling.'

Franny stond te trillen op haar benen terwijl ze weer bij de lift wachtte. Wat bedoelde Gerda met maatregelen nemen? Wilde ze van haar af? Boosheid borrelde omhoog, met grote passen liep ze naar de kleedruimte, rukte haar uniform uit en smeet het in de waszak. Het was al donker buiten, en het miezerde. Ze vluchtte de auto in. Het zat eraan te komen, nog voor ze het ziekenhuisterrein af was, raakte ze gedesoriënteerd. Het kon haar deze keer niets schelen, ze gaf zich eraan over en deed geen moeite weer in het nu te komen. Het duurde lang voor het over was, pas na een uur kwam ze thuis. Ze ging meteen op de bank liggen.

'Is er iets, mam?' vroeg Nikki.

'Hoofdpijn.'

Nikki haalde twee paracetamols en een glas water.

'Zal ik een keer koken? Dat kan ik best. Laatst hebben we bij Louise thuis nasi gemaakt, helemaal niet moeilijk.'

'Goed, fijn.'

Nikki verdween in de keuken. 'Ik moet wel nasigroenten halen en kruiden, die hebben we niet.'

Franny gaf haar geld. 'Niet te lang wegblijven, het is al halfzes.'

Op Oudjaar zaten ze om vier uur bij Hans en José. Franny verbaasde zich dat José in deze chaos van schoenen, boeken, speelgoed en een vol aanrecht de weg wist in huis. Zij zou zo niet kunnen leven. De oliebollen die Hans had gebakken smaakten heel goed, niet vet en lekker knapperig. Stukken beter dan die uit de supermarkt of van de oliebollenkraam. Ze was er nooit aan begonnen om ze zelf te bakken, veel te veel werk.

Stefan had voorgesteld dat ze met elkaar naar de kerk zouden gaan, José en Hans waren ergens anders lid maar wilden graag mee. De dominee preekte gewoontegetrouw uit psalm 90. Franny kon zich niet goed concentreren, ze dacht steeds aan het gesprek met Gerda. Ze had bovendien niet zo'n einde van het jaar gevoel dan anders, ze miste haar ritueel van terug- en vooruitkijken. Het was al tegen negenen eer ze thuis waren. Er was net nog tijd voor een spelletje. De meiden met z'n vieren monopoly en zij begonnen aan een potje klaverjassen. Zij en Stefan tegen Hans en José.

'Hé, hallo,' riep Stefan nadat ze drie keer achter elkaar de verkeerde kaart had opgelegd. 'Waar zit jij met je gedachten?'

Ze glimlachte. 'O, nergens speciaal.'

'Jullie staan zwaar achter,' merkte José op. 'Meestal verliezen wij.'

'Sorry,' antwoordde ze. 'Ik zal beter opletten.'

Hans hield haar de schaal met oliebollen voor. 'Dat helpt vast.'

Het was gewoon te druk in haar hoofd, gedachten schoten als vuurpijlen de lucht in. Ze voelde zich heel erg moe, een week vrij was geen overbodige luxe. De laatste tijd droomde ze regelmatig over de bakkerij en over haar vader. Vannacht had ze zelfs over de afdeling gedroomd. Gerda en Jeroen lagen op dezelfde kamer en zij moest hen helpen. Alles wat ze deed was fout, het water te koud, de kussens lagen niet goed, ze bracht de verkeerde medicijnen. Verward en bezweet was ze wakker geschrokken.

Ze besloot de moeheid te negeren, vanavond moest ze proberen gezellig te zijn. Hans schonk haar glas bij.

Om half één staken ze de straat over naar hun eigen huis. Nikki wilde nog langer naar het vuurwerk kijken.

'Het is mooi geweest zo,' vond Stefan. 'Tijd om naar bed te gaan. Morgenochtend gaan we na de kerk naar opa en oma in Zwolle.'

'Moet dat echt?'

'Ja, opa en oma rekenen erop dat je komt. Niels is er ook al niet bij. Hup naar boven.'

De volgende morgen had Franny barstende hoofdpijn. 'Ik blijf thuis. Ik voel me echt niet goed.'

'Ik zie het, vervelend voor je,' zei Stefan. 'Kom op Nikki, doe je jas aan.'

De voordeur sloeg dicht. Franny kroop weer in bed. Na anderhalf uur werd ze wakker, de hoofdpijn was al wat minder. Ze kon nog naar Zwolle rijden, Stefan en Nikki zouden er onderhand wel zijn. Wat als ze niet ging? Zou iemand daar iets van zeggen?

Ze kon de rest van de dag beter gebruiken om verder te gaan met de foto's, ze was aan zichzelf verplicht het af te maken. Ze opende de kast en haalde de doos tevoorschijn. Waar was ze gebleven?

8

Ze stonden met de armen om elkaar op de foto, Nellie, Wim, Jacco en zij. Hun clubje. Ach ja, Jacco.

*

'Zul je goed hun handjes vasthouden, Franny?' waarschuwde mama zonder om te kijken. Ze legde bruine broden op de schappen. 'Niet loslaten, want ze zijn zo weg.'

'Ja, mama.'

'Je haalt hen ook weer op om twaalf uur. Niet vergeten.'

'Nee, ja, mama. Zal ik meteen het bordje omdraaien?'

'Nee, ik moet de was nog ophangen.'

Ze kwam vanachter de toonbank, bukte zich en gaf de jongens een kus. Ze draaide zich half om en keek me recht aan. 'En niet blijven spelen op het schoolplein.'

'Nee mama.'

Ik trok de winkeldeur open. 'Kom, we gaan.'

Met aan elke hand een broertje liep ik over de stoep naar de kleuterschool. Nellie kwam net de deur uit. Ik was het voorval van de film alweer vergeten en trok weer meer met haar op.

'Loop je mee?' vroeg ik.

'Nee, ik wil mijn poëziealbum nog aan de meester geven,' zei Nellie. 'Ik zie je zo.'

Ah, ik wilde ook zo graag een poëziealbum, maar dat was best duur. Daar hadden ze nu even geen geld voor, zei mama, misschien kreeg ik er een voor mijn verjaardag. Maar dat duurde nog heel erg lang.

'Kom, we gaan rennen,' zei ik. In de gang trok ik hun jasjes uit en duwde hen naar binnen. 'Hier zijn ze juf! Ik ga gauw.' Buiten zwaaide ik nog een keer maar de jongens keken al niet meer. Ik was net op tijd voor de bel. Gauw schoof ik naast Nellie in de rij. Wim en Jacco stonden voor ons. Jacco draaide zich om. 'Komen jullie bij mij spelen vanmiddag? Mijn moeder heeft gevraagd of jullie ook komen eten. Ze bakt pannenkoeken. Er is genoeg.'

We hadden een clubje met ons vieren, ik en Nellie met Jacco en Wim, verder mocht niemand er bij. Op woensdagmiddag speelden we soms bij Jacco. Zijn vader had een bedrijf met landbouwmachines, enorme gevaartes die op het land tegenover het huis gestald waren, overdekt met een zeil om ze te beschermen tegen de regen. Het mocht niet maar we speelden er verstoppertje. Dat was echt spannend want er waren zoveel verstopplaatsjes. Soms kropen we samen weg, ik en Nellie maar soms ging Nellie met Wim. En ik met Jacco. Dat was het leukste. Ik zou best met Jacco willen trouwen later maar hij was van een andere kerk en ik wist zeker dat papa en mama dat niet goed zouden vinden.

'Ik moet eerst m'n broertjes ophalen,' fluisterde ik terug. 'Dan vraag ik het.'

De bovenmeester blies heel lang op z'n fluitje. Hij zag helemaal rood, altijd als hij zich boos maakte over geklets in de rijen. Hij was echt streng, die bovenmeester. Nog een jaar en dan zaten we bij hem in de klas. Niet aan denken. Om twaalf uur rende ik zo hard ik kon naar de kleuterschool, deed de jongens hun jas aan en trok hen mee naar huis. Wat vervelend, de deur was al op slot, moest ik weer helemaal achterom.

'Mag ik bij Jacco spelen, mama?' riep ik al bij de keukendeur.

Mama zette de boterhambordjes op tafel. We aten tegenwoordig 's avonds warm, dat was gemakkelijker want Riet en Trudy aten op school tussen de middag brood.

'En je broertjes dan? Je weet best dat ze niet de hele middag alleen in de bakkerij kunnen spelen.'

'Een halve middag?' bedelde ik.

'En dan weer de tijd vergeten zoals laatst? Nee, je blijft thuis. Zaterdag ben je er ook al niet, dan moet je naar Willies verjaardag.'

Er woelde iets in mijn buik, iets donkers en dreigends. Ik

hield heel veel van mijn broertjes maar ik moest naar Jacco. Dat wilde ik nog liever dan naar Willies verjaardag gaan. Mama zuchtte en streek haar haren naar achter.

'Handen wassen en aan tafel.' Haar stem klonk moe.

Terwijl we op papa zaten te wachten, probeerde ik een manier te bedenken om toch te gaan. De jongens meenemen? Nee, het was te ver om te lopen en bovendien, ik zou hen zo kwijt zijn. De jongens alleen laten en vlug de trap af rennen? Konden ze alleen spelen? En wat zou mama zeggen als ze het merkte? Ik zuchtte. Iets wat je heel graag wil en niet mag, dat was net zo erg als spugen. Ik telde de boterhammen in het metalen broodmandje. Twee, vier zes, acht. Twaalf. Papa schoof aan. Hij had een diepe rimpel in zijn voorhoofd. Ik probeerde die in gedachten glad te strijken; ik stelde me voor hoe zijn gezicht eruit zou zien als hij weer als vroeger zou lachen. Ik wist best hoe het kwam dat hij nooit meer vrolijk was, de mensen kochten hun brood tegenwoordig liever bij de nieuwe winkel op het plein. Een supermarkt heette dat en je kon er van alles tegelijk kopen. Best gemakkelijk want dan hoefde je niet meer apart naar de bakker en de slager en de groenteboer. Papa en mama hadden het er aan tafel vaak over. Papa wilde een nieuwe oven en andere apparaten om dezelfde producten te kunnen bakken als ze in de supermarkt verkochten maar dan van de echte bakker, dus lekkerder. Stokbrood en croissantjes en vijf soorten bruin brood. Meer gebak. Mama vond het eng om zoveel geld bij de bank te lenen. En wat kostte een verbouwing wel niet! Ze hadden ook al geen personeel meer, ze deden alles samen tegenwoordig. En dan had ze nog het huishouden en de kinderen. Ik kauwde op mijn brood. Het was oud. Zat ik maar aan de grote tafel bij Jacco thuis, ik kon de pannenkoeken bijna ruiken. Meteen schaamde ik me, ik moest papa en mama nog beter helpen en het was niet echt erg om op Joop en Koos te passen. Als ze maar niet iemand anders in het clubje vroegen omdat ik er niet bij kon zijn.

Het was zaterdag, samen met Suzan fietste ik naar de boerderij waar Willy woonde. Ik wist de weg want het waren klanten, ik had er al een paar keer brood gebracht met papa. Heel veel brood, want bij Willy thuis waren wel tien kinderen.

'Wat heb jij gekocht als cadeautje?' vroeg Suzan.

'Een pen en een schrift. En jij?'

'Een verfblok met cijfers om in te kleuren. Ik hoop dat ze het leuk vindt.'

'Ik weet het niet, volgens mij is Willy altijd aan het gymmen. Ze kan heel goed de radslag en de handstand.' Ik had het al een paar keer gevraagd maar papa en mama vonden gymles te duur. Ik zat al op muziekles, dat was genoeg.

We fietsten over een pad met aan weerszijden bomen. Aan het einde zagen we het huis al liggen. De schuur stond ernaast. Behalve een hond en een paar poezen waren er geen andere dieren. De hond blafte nooit en sprong ook niet tegen me op gelukkig. We zetten de fietsen tegen de muur bij de andere fietsen. Het feest was in de schuur. We zaten in een kring op hooibalen. Aan de balken hingen vlaggetjes en ballonnen. Deze schuur rook lekker naar hooi en niet naar vieze beesten. Het was een verjaardagsfeestje zoals alle andere, met cadeautjes, limonade, cakejes en spelletjes. Verstoppertje op de hooizolder was te gevaarlijk, vond Willies oudste zus Jenny die er bij was maar ze had wel veel andere, nieuwe spelletjes bedacht. De verrassing kwam aan het eind, toen het tijd was om te eten. Dat was bijzonder, blijven eten op een verjaardag gebeurde nooit.

'Kom maar mee,' zei Willy geheimzinnig.

We liepen naar buiten, naar de achterkant van de schuur. Daar lag een berg takken opgestapeld. Eromheen stonden lange lage banken. In een mand lagen witte puntbroodjes klaar.

'We gaan een kampvuur maken en jullie mogen worstjes roosteren in het vuur,' zei Willy trots.

'Leuk!'

'Gaan we echt een vuur maken?'

Een van haar oudere broers, Ben, kwam helpen. Hij stak met

lucifers de kranten aan die onder de takken gepropt waren. Die vlogen meteen in brand. Ik schrok van de grote vlammen. De kleine takjes begonnen al snel te branden en kleine vuurvlammetjes likten aan de grotere. Na een poosje stond de stapel in brand.

'Blijven zitten, hoor,' waarschuwde Willy, 'Straks als het vuur smeult, mogen we de worstjes roosteren.'

Ik keek naar de vlammen, voelde de warmte op mijn wangen. Het was mooi en eng tegelijk. Ik moest er niet aan denken dat ik er te dichtbij zou komen. Stel dat ik in brand vloog. Willies broer had alles onder controle, dat zag je zo. Hij porde in het vuur, duwde een tak naar binnen met een ijzeren staaf en lette op dat de kinderen niet te dichtbij kwamen. Na een tijdje waren de vlammen kleiner en bijna helemaal weg. Jenny gaf ons een stok met een worstje. Ik hield het boven de smeulende stapel hout en draaide het om en om. Wat rook dat lekker! Het water kwam in mijn mond.

'De worst mag niet zwart worden,' waarschuwde Ben. 'Die van jou is klaar.'

Toen ik ermee naar Jenny liep, viel de worst van het stokje af.

'Ah, geeft niets,' zei Jenny. 'Zand schuurt de maag.'

Ze pakte het vlees op met een servetje, veegde het zand eraf en klapte een broodje open.

'Mayonaise of mosterd er op?' vroeg Jenny.

'Mayonaise,' zei ik meteen. Mosterd had ik nog nooit geproefd. Ik ging op mijn plekje op de bank zitten en hapte in het broodje. Tussen mijn tanden knarste het zand maar het was toch lekker. Toen alles op was, pakte Ben z'n gitaar. We zongen een aantal vrolijke versjes die iedereen kende. Daarna zongen Ben en Jenny samen een ernstiger lied. Alle kinderen zaten stil te luisteren, de lucht werd al donkerder, het vuur gloeide. Ik slikte, het leek wel of ik moest huilen maar dat kon niet want er was niets akeligs. Toch, zo mooi klonk het. Dit was het mooiste feestje ooit, wist ik. Het allermooiste.

Op een dag werd ik wakker met buikpijn.

'Zal wel over gaan,' zei mama. 'Probeer maar naar school te gaan.'

Om twaalf uur had ik nog steeds buikpijn, niet erg, het kwam en het ging.

'Mama, ik ben vast heel erg ziek.' Ik fluisterde in haar oor wat ik voelde en wat ik zag in mijn broekje. Mam werd een beetje rood. Ze nam me mee naar de slaapkamer. Daar vertelde ze over iets dat alle vrouwen kregen en hoe het heette. Ik mocht dat niet hardop zeggen, tegen niemand. Ze bleef maar praten en ik snapte er niets van. Trudy en Riet keken me een beetje lacherig aan toen ze merkten wat er aan de hand was. Ik wilde aan hen vragen of zij het ook zo lastig en vervelend vonden maar mama had gezegd dat ik er niet over mocht praten, alleen met haar.

Al snel werd het gewoon, al keek ik wel met andere ogen naar vrouwen en meisjes en vroeg me stilletjes af wie het waren en wie niet. Het was alsof ik met hen allemaal een geheim had. Een geheim waar je niet over praatte.

Op een keer deed ik boodschappen in de supermarkt. Voor me stond een vrouw met een hele dikke buik, nog dikker als bij mama toen ze in verwachting was van de jongens. Ik werd bang van die hele dikke buik. Het was net een bal die te hard opgepompt was. Als ik erin zou prikken, kon hij zomaar springen. De vrouw was zo dik, ze kon bijna niet over haar buik heen kijken. Ze kon vast en zeker haar teennagels niet meer knippen of haar sokken aandoen. Ik schrok toen de vrouw me plotseling aansprak.

'Zeg meisje, wil jij voor mij dat pak waspoeder pakken, daar, dat blauwe pak, op de onderste plank?' vroeg ze.

Ik bukte me, pakte het pak en gaf het haar. Snel deed ik mijn boodschapje en holde naar huis. Zou ik mama vragen hoe dat zat met die dikke buik van die vrouw? Hoe kwam de baby eruit? En erin? Ik vroeg het niet, ik durfde niet.

*

Er lag een steen in Franny's maag en dat was niet van de oliebollen van gisteren. Ze had intens veel medelijden met het kind dat ze was. Zo onwetend, zo naïef ook. Niet te geloven hoe slecht ze was voorgelicht. Langzaam begon het te dagen waar het mis gegaan was, ergens over doorpraten was er vroeger niet bij.

Op de volgende foto was een glimlachende vrouw te zien. Wie was dat? Franny keek nog eens goed. Het was juffrouw Jas! Meteen zag ze kerkbank voor zich, het rode kussen en het zilveren doosje met pepermunten.

*

Ik werd wakker van het piepen van mijn slaapkamerdeur. En meteen daarop papa's stem.

'Wakker worden! Kopje thee!' Hij zette het kopje op het nachtkastje, ernaast een schoteltje met twee koekjes op elkaar met daartussen boter en lichtbruine basterdsuiker.

'Over een kwartiertje aan tafel, hè?' Hij liet de deur open staan. Van beneden klonk muziek, papa had de langspeelplaat met zijn lievelingspsalmen opgezet. Zondag was de enige dag dat hij niet vroeg op hoefde te staan. Zondag was echt zijn vrije dag. Af en toe trakteerde hij de kinderen op een voorafje voor het ontbijt. De zandkoekjes waren meestal oud, maar met een laagje boter en lichtbruine basterdsuiker was het net een gebakje. Ik duwde het kussen in mijn rug en hield het schoteltje vlak bij mijn mond. Kruimels in bed waren niet fijn.

'Kan het wat zachter?' hoorde ik mama roepen. 'Denk aan de buren!'

Papa zei wat terug. Ik wist zeker dat hij zei dat het hem niet kon schelen. Ik wipte uit bed, heerlijk dat papa weer wat vrolijker was. Vooral op zondag, de hele dag waren ze onder elkaar en als papa dan boos en ongeduldig was, werd het helemaal geen leuke zondag, zeker nu Trudy en Riet vaak bokkig waren.

Aan tafel bleven hun stoelen zoals vaker op zondagmorgen leeg, mama had al twee keer onder aan de trap geroepen maar ze kwamen niet uit bed. Het voorafje had niet geholpen. Sterker, ik wist zeker dat ze het lekkere koekje lieten liggen. Vooral Riet was bang dat ze te dik zou worden.

Papa pakte de Bijbel en sloeg hem open bij de psalmen. Dat kon ik vanaf mijn plaats zien. Trouwens, ook al kon ik het niet zien, papa las op zondagmorgen altijd uit de psalmen. 84 of 92. Om en om.

'Hoe lieflijk zijn Uw woningen, o Heere der heerscharen! Mijn ziel is begerig, en bezwijkt van verlangen naar...'

Trudy en Riet stommelden binnen en vielen op hun stoel neer. Papa keek op. 'We zijn aan het lezen. Dan wacht je met binnenkomen tot we klaar zijn.'

Riet schoof haar stoel weer naar achter. De poten krasten op de tegels. 'Ik ben al weg.'

Trudy volgde haar. Mama keek papa vragend aan.

'Zo kan ik niet lezen.' Papa klapte de Bijbel dicht en liep zonder te danken van tafel. Ik wist niet wat ik moest doen. In mijn hoofd zei ik dank U voor het eten amen en stond toen net als mama op. In de kerk in onze eigen bank telde ik de stenen in de muur boven de preekstoel. Het was nog nooit gelukt uit te reken hoeveel het er waren. Iedere keer raakte ik de tel kwijt. Ik moest een systeem bedenken waardoor het wel lukte. Mama reikte langs Koos en gaf me een pepermuntje. Joop zat tussen papa en mama in. Trudy en Riet waren heel laat binnen gekomen. Ik zag dat ze helemaal achterin bij hun vriendinnen gingen zitten, terwijl ze wisten dat het niet mocht.

Ik vond mijn zussen echt niet meer lief. Ze deden zo lelijk tegen papa en mama. Eert uw vader en uw moeder, zei de dominee iedere zondag. God vond het vast heel erg dat ze zo ongehoorzaam waren. Ik was vast van plan niet zoals mijn zussen te worden. Kon ik maar altijd elf blijven. Ja, dat wilde ik, de tijd stilzetten en altijd hetzelfde blijven. Op zondagmorgen koekjes eten en met papa en mama naar de kerk lopen, met de jongens spelen, altijd op deze school blijven. Nog een paar maanden en dan was het zomervakantie. Daarna moest ik naar de middelbare school. Dan kreeg ik in plaats van één een heleboel meesters en juffrouwen, maar die noemde je dan leraren. Niet meer naar de school in de Riemensstraat, niet meer bij meester Weidema in de klas. Het was zo leuk op school, klas zes had het lokaal voor zich alleen, de meester kon heel goed geschiedenis- en Bijbelverhalen vertellen, maar zingen was zijn favoriet. Ik vond Nederlandse taal het leukste vak, vooral als we een dictee hadden of een opstel moesten schrijven.

'Amen.'

Ik schoot rechtop. Niets van de preek gehoord! Gelukkig vroegen papa en mama nooit waar het in de kerk over gegaan was. Dat was bij sommige kinderen thuis wel anders, wist ik. Die moesten onder het koffiedrinken navertellen en als ze het niet wisten, kregen ze niks lekkers. Wij hadden op zondagmorgen bijna altijd taart want wat er over was van zaterdag gooide mama niet weg. Papa ging na de koffie en de taart de kranten van een hele week lezen. Als oma ernaar vroeg, moest hij weten wat er gebeurd was, in de wereld en vooral in de kerken in Nederland.

Snel zocht ik de psalm op en zong op mijn allermooist mee. Af en toe, als ik er aan dacht, oefende ik mijn rechterhand; vingers strekken en buigen. Mijn ringvinger was soms nog gevoelig. Op mijn verjaardag hadden we allerlei spelletjes gedaan, ook zaklopen. Toen was ik gevallen. Mijn vinger deed zo'n pijn dat ik was flauwgevallen. Mama zei dat ik flink moest zijn en mijn hand heel lang onder de kraan houden. Dat had ik gedaan, net zolang tot mijn hele arm pijn was gaan doen en mama kwam kijken waar ik bleef. Later had ik gezien dat mijn vinger scheef stond. Oma had verwijtend opgemerkt dat die vinger gebroken was en dat ze ermee naar de dokter hadden moeten gaan. Mama had niets teruggezegd maar ik zag aan de manier waarop ze keek dat ze vond dat oma zich niet met hun gezin moest bemoeien. Ik probeerde iedere dag de vinger recht te duwen maar het had niet geholpen, hij bleef scheef. Gelukkig had ik er geen last van met schrijven, de ringvinger hoefde daarbij niets te doen. Toch was het niet mooi, zo'n scheve vinger.

Bij het uitgaan van de kerk liep ik langs de bank met de lege plek van juffrouw Jas. Haar rode kussen lag er nog. Het was een paar weken geleden dat ik voor het eerst bij haar had aangebeld. De juffrouw woonde alleen in een groot huis. Ik was er vaak voorbij gelopen als ik Koos en Joop naar de kleuterschool bracht. Soms zwaaide ze. Nu stond ik voor de deur, dat was een beetje raar. Ik had bij haar in de eerste en tweede klas gezeten, zag haar 's zondags in de kerk zitten maar nu ik voor de deur stond, leek het net of ik bij een vreemde mevrouw aanbelde. 'Ik kom de Mesoz zegeltjes halen.'

'Ah, jij gaat de zegeltjes verkopen. Is Riet ermee gestopt?'

Ik knikte.

'Kom maar even binnen.'

Aarzelend veegde ik mijn voeten. Het rook hier net als, als... bij Nellie in de gang.

In de kamer stonden mooie stoelen met een kleedje erover. Een dikke poes sprong van de bank.

'Hier is het zegelboekje. Wil je een pepermuntje?'

De juffrouw hield me het ronde zilveren doosje voor dat ze altijd meenam naar de kerk. Ik had het vaak genoeg gezien en gehoopt dat ik op een keer naast de juffrouw mocht zitten en dan een pepermuntje uit het doosje mocht pakken. Maar papa en mama zaten altijd in hun eigen bank. En de juffrouw ook. Ze droeg vandaag een mooie roze jurk en een gouden broche op haar brede borst. Het brilletje stond op de punt van haar neus. Haar stem was lief en zacht. Ik kon bijna niet geloven dat ik zo dicht bij haar was, ik kon haar bijna aanraken. Toch durfde ik niet te blijven, ik kwam de zegeltjes halen en niet op visite. Een meisje uit de zesde dat op bezoek komt bij de juffrouw van de eerste, dat was toch raar. Hoewel ik een hele lijst vragen klaar had liggen in mijn hoofd wist ik niets anders dan dank u wel te zeggen. De deur sloeg dicht. Buiten op de stoep zwaaide ik naar de juffrouw die voor het raam stond. De poes zat in de vensterbank.

Een poosje later was de juffrouw zomaar ineens gestorven. Mama hoorde het in de bakkerij, de dominee zei het in de kerk. Hoe kon dat? Wat was dat eigenlijk, sterven? Ja, dan ademde je niet meer en kon je niet meer staan en lopen, maar hoe kon het dan dat je naar de hemel ging? Want daar was ze vast en zeker naar toe gegaan. Aan tafel had Trudy gevraagd of de juffrouw ziek was voor ze stierf. Mama vond dat geen onderwerp voor aan tafel, waar de jongens bij waren. 'Daar hebben we het een andere keer over.'

Die andere keer kwam niet, ze bleef geheimzinnig doen over de ziekte waaraan de juffrouw overleden was. Dat woord mocht je niet noemen.

Er was een brief gekomen. Voor papa en mama maar eigenlijk voor mij. De muziekles stopte per direct, de muziekleraar was ontslagen. Tot er een nieuwe leraar was, konden de kinderen niet naar muziekles. Ouders kregen over die periode hun geld terug. Papa vertelde het toen we bijna klaar met eten waren.

'Jammer,' zei ik. 'Ik kon al een beetje blokfluiten.'

'Daar kun je thuis mee verdergaan,' zei papa.

'Ik vind het niet jammer,' zei Trudy. 'Ik vond het altijd al een engerd.'

'Trudy, zoiets zeg je niet!' Mama's stem klonk streng.

'Staat er niets over de reden in?' vroeg Riet. Haar stem trilde een beetje. Papa vouwde de brief op en stak hem tussen de band van z'n broek.

'Nee.'

'U bedoelt dat wij het niet mogen weten,' zei Riet weer.

'Ga nu maar naar boven Riet, zulke taal horen we niet graag,' zei mama.

Riet schoof haar stoel naar achter. 'Prima hoor, ik ga wel.

Echt raar dat wij nooit iets mogen weten.'

Ze knalde de deur dicht. Ik voelde me vuurrood worden, waarom deed Riet zo? Papa pakte de Bijbel en mama las verder waar ze gebleven waren, bij het verhaal van Jacob toen hij op weg moest gaan om een vrouw te zoeken. Ik luisterde graag naar papa als hij uit de Bijbel las maar deze keer dwaalden mijn gedachten na een paar minuten af naar de muziekleraar. Hij was niet altijd aardig maar dat was de meester op school ook niet altijd. En sommige kinderen waren echt stout. Ik had nog nooit een tik met de liniaal gehad. Op muziekles moest er geregeld een kind nablijven, die had de les niet goed geleerd. Ik en Suzan konden het altijd, dus we hoefden nooit na te blijven. Na het danken hielp ik mama met de tafel afruimen.

'Mama? Mag ik dan nu op gym?'

Mama keek me peinzend aan. 'Wie zit er nog meer op van je school of uit je klas?'

Ik noemde de namen van een paar meisjes uit de vijfde.

'Uit mijn klas alleen Willy, die is heel goed in gym. Toe mama, het lijkt me echt heel leuk.'

'Ik zal erover nadenken.'

Ik bedacht dat ik nog harder mijn best zou doen om mama te helpen.

Een tijdje later mocht ik een keer gaan kijken. Het rook in de kleedkamer niet zo fris en ook in de gymzaal hing een apart luchtje, niet lekker maar ook niet vies. Ik kon niet goed zeggen hoe het rook. Naar gymzaal, besloot ik. Van de gymjuf moest ik een paar oefeningen doen, een evenwichtsoefening op een omgekeerde bank, een koprol op de mat, dribbelen met een zware bal. Ik kon alles.

'Volgens mij pas jij prima in deze groep,' lachte de gymjuf. 'Ik hoor het wel als je mag van je ouders.'

Gelukkig vonden papa en mama het goed. Vanaf die dag raakte ik de blokfluit niet meer aan. Ik speelde veel minder met Suzan en was vaker bij Willy. Handstand oefenen in de schuur, het hooi was heerlijk zacht om je in te laten vallen. Op blote voeten in het verende zachte gras de radslag oefenen vond ik was het heerlijkst. Hoe sneller hoe beter. Vooral als het gras pas gemaaid was. Dan kriebelden de grassprietjes aan mijn tenen. Het zat zelfs in mijn haren als ik weer eens gevallen was. Ik lette er wel op dat ik eerst mijn haren borstelde voor ik thuis naar binnenging, mama wilde geen gras in de keuken. En ook niet in de kamer of in mijn bed. De geur van pas gemaaid gras vond ik het fijnst, daar werd ik heel vrolijk van. Hadden wij ook maar gras achter de bakkerij in plaats van stenen. Toen ik het eens vroeg, lachte papa en zei dat hij al genoeg werk had. Gras maaien was iets voor de boeren en voor mensen met veel tijd.

*

Franny legde de foto terug in de doos. Ze was helemaal vergeten hoe leuk ze gymnastiek vond als kind. Vooral het zwaaien in de ringen, het gevoel van vrijheid wanneer ze hoger en hoger kwam.

Ze smeerde een paar boterhammen. Wat was dit een vreemde Nieuwjaarsdag, iedereen ging bij elkaar nieuwjaar wensen en zij zat hier in haar eentje met hoofdpijn over vroeger na te denken. Langzaam bladerde ze verder. Veel dezelfde foto's, van verjaardagen, sinterklaasfeesten, kerstvieringen. Veel foto's van hen als kinderen bij elkaar. Haar vader wilde hen het liefst met elkaar op de foto zetten. Zelden vond ze foto's van haar alleen, behalve die door de schoolfotograaf gemaakt waren. Dit was op de camping, voor de caravan van oom Karel en tante Joke. Je kon zien dat ze al wat groter werd, twaalf was ze daar.

*

'Echt? Mag ik ook?' Ik schoof mijn stoel naar achter en maakte een luchtsprong. Ik zou mama wel om de nek willen vliegen.

'Ik wil ook mee,' zei papa. Dat was zeker een grapje want ze gingen juist nooit op vakantie. Dat kon niet. Een bakker die geen brood bakt en de deur op slot doet, is geen goede bakker. Daarom mochten de meisjes ieder jaar bij tante Joke en oom Karel op de camping logeren.

'Ik mocht toch eerst?' vroeg Riet. 'Sanne en ik hebben het al heel lang afgesproken.'

'Dit jaar komt het beter uit dat Franny eerst gaat. Tante Joke heeft gebeld en gezegd dat Sanne vakantiewerk heeft gevonden en daardoor later op de camping komt.'

'Ik ga niet meer, hoor,' zei Trudy. 'Ik blijf wel thuis.'

'De hele vakantie?' vroeg ik. 'Dat is toch vreselijk saai?'

'Voor Trudy niet,' zei Riet plagerig. 'Die gaat iedere middag naar het zwembad en niet in haar eentje!'

'Houd je mond,' riep Trudy. Een vuurrode blos kroop vanuit haar hals naar haar wangen.

'Geef me de Bijbel eens aan, Fransje,' zei papa. 'Dan gaan we eindigen.'

Riet was aan de beurt om af te wassen. Ze kneep een scheut afwasmiddel in het hete sop en roerde met de afwasborstel tot er een dikke schuimlaag op de teil stond.

'Schiet nou op,' zei ik en wapperde met de theedoek. 'Ik moet nog een lijstje maken van wat ik allemaal mee wil nemen.'

'O, dat is niet zo moeilijk, hoor,' zei Riet. Ze begon aan het eerste glas. 'Een luchtbed en een slaapzak en je badpak en dan ben je al een heel eind.'

'Ik ga ieder dag zwemmen.'

'Wat je lekker vindt, met die kwallen langs je benen. En vissen en krabben. Mij niet gezien. Sanne en ik gaan lekker bakken.'

Ze zette de kopjes in het afdruiprek. 'Maar eerst moet ik de hele week op Koos en Joop passen, bah, niks aan.'

'Ik vind dat helemaal niet erg.'

'Slijmbal.' Ik zag aan haar gezicht dat ze het niet meende. Vlug nam ik een handvol schuim en gooide het naar Riet. Die schudde de borstel leeg over mijn hoofd.

'Kan het wat rustiger?' riep mama die aan tafel . Iedere avond pakte ze de krant om het feuilleton te lezen en dan wilde ze niet gestoord worden.

Eindelijk werd het zaterdagmiddag.

'Lief zijn hè?' zei mama. 'En tante Joke helpen als het nodig is.'

Ze zette de tas in de kofferbak. Ik ging op mijn tenen staan en gaf mama een kus op haar wang. Er zat een rare brok in mijn keel. Het was vreemd, ik had heel veel zin in maar tegelijkertijd wilde ik ook thuis blijven.

'Instappen! We moeten gaan,' zei papa. 'Anders missen we de boot.'

'O, ik vergeet de bolussen,' riep mama. Op een drafje liep ze de bakkerij weer in. 'Hier,' ze gaf me de papieren zak met bolussen. 'Doe ze de groeten van mij!' Ze sloeg het portier aan mijn kant van de auto dicht. Papa startte de auto en reed weg. Ik keek achterom maar mama was al naar binnen. 'Heb je er zin in?' vroeg papa.

Ik knikte, vervelend die brok in mijn keel.

'Een week is zo om. Ik kom je volgende week zaterdag weer ophalen. Je zult zien, je vindt het vast erg leuk.'

Op het parkeerterrein bij de boot stonden lange rijen.

'Ik hoop dat we er nog op kunnen,' zei papa bezorgd.

En ja, dat ging precies. De auto achter ons was de laatste die erop mocht. Op de boot kreeg ik voor deze ene keer een flesje chocomel. Papa nam een broodje bal. Toen we het op hadden, gingen we naar het dek. Ik leunde met mijn armen over de reling, de wind woelde door mijn haren. Het nare gevoel was bijna helemaal weg. Bijna. Meeuwen vlogen krijsend achter de boot boven de golven, op zoek naar een visje. Ik wilde zelf zo'n meeuw zijn, heerlijk zweven, met de wind mee of er juist tegenin. Moest een vogel altijd met de wind mee vliegen? Gek eigenlijk, wind, je kunt het niet zien en toch is het er, net als de lucht. Een wolk kun je zien maar lucht en wind niet. Hoe langer ik erover nadacht, hoe moeilijker het werd. De boot stootte tegen de palen. 'We zijn er,' zei papa.

Ik liep achter hem aan de smalle trap af naar de auto.

Papa bleef veel langer op de camping dan hij van plan was. Hij en oom Karel waren broers en ze hadden elkaar al heel lang niet gezien. Dat zei hij maar ik vermoedde dat hij dit vakantiedagje zo lang mogelijk wilde rekken.

Carla had met haar vader afgesproken dat ze iedere dag zouden gaan zwemmen. Natuurlijk deed ik mee. De eerste dagen was dat geen punt, het was zonnig en warm, er was nauwelijks branding. De zee koelde mijn roodverbrande benen en armen. Halverwege de week sloeg het weer om, ik hoorde het toen ik 's morgens wakker werd. De tent stond te flapperen en de regen tikte op het doek, geen zwemweer vandaag. Ik vond het niet erg, ik had zin om verder te lezen in mijn boek. Het was geschreven door een meisje dat net maar iets ouder was dan ik. Het ging over thuis, school en ook hoe het was toen ze ziek werd. Ik wilde alles van haar weten.

'Gaan we, meiden?' vroeg oom Karel om een uur of vier.

'Dat meen je niet!' zei tante Joke.

'Wat je afgesproken hebt, moet je doen!' vond oom Karel. 'Of zijn jullie bang voor een beetje wind?'

'Kom op, Franny!' riep Carla. 'Dat laten we ons niet zeggen. We geven nooit op, papa!'

Met z'n drieën liepen we het duinpad op.

'Weten jullie wel waar de wind vandaan komt?' vroeg oom Karel. Hij moest hard roepen om zich verstaanbaar te maken. Carla lachte, ze had geen zin om daarover na te denken. Wind, dat is er gewoon, vond ze.

'De wind komt uit de lucht,' riep ik.

'Correct. Maar waarom is er de ene dag geen wind en de andere dag wel? Waarom zijn er wolken, waarom regent het?'

'Houd nou maar op papa,' lachte Carla. 'We hebben vakantie!'

'Ik zou dat best willen weten,' riep ik tegen de wind in.

'Als we terug in de caravan zijn, leg ik het uit,' beloofde oom Karel.

Ik kon me niet voorstellen dat papa en oom Karel broers waren. Oom Karel was lang en slank. Hij was heel aardig, nou ja, dat was papa ook dus dat was geen verschil maar oom Karel was anders aardig. Grappiger. Er was nog een verschil, oom Karel zat altijd in een boek te lezen. Dat had ze papa nog nooit zien doen. En mama ook niet. Daar hadden ze natuurlijk helemaal geen tijd voor. Oom Karel was leraar Nederlands, hij moest natuurlijk alle boeken lezen die er waren.

Boven op de duin werden we bijna omver geblazen, zo'n harde wind stond er. Het water kwam op en was bijna op z'n hoogst, het strand was heel smal geworden. We legden onze handdoeken op een rolletje tegen de duinen aan en liepen bibberend naar het water. Schuimvlokken vlogen over het zand, de branding bulderde. Ik was het liefst teruggerend naar de warme caravan. Oom Karel pakte ons ieder bij de hand. 'Niet bang zijn, ik ben erbij! Juist mooi, zo'n wilde zee!'

De golven sloegen tegen mijn benen, duwden me bijna omver. Ik hield de hand van oom Karel stevig vast.

'Joehoe!' juichte Carla. Ze rukte zich los en dook in een golf.

'Niet dieper gaan!' riep haar vader.

Ik stond inmiddels tot aan mijn bovenbenen in het water. Bij iedere golf die omsloeg, tegen me aan, kon ik me nauwelijks staande houden. Ik kneep oom Karels hand bijna fijn. Ineens werden we door een reuzegolf opgetild. Mijn hand schoot los, ik ging kopje onder en een tel later kwakte ik op de pier. Ik kon niet meer overeind komen. Er kwam water in mijn mond en ik kon bijna geen adem meer halen.

'Hier jij!' riep oom Karel terwijl hij me uit het water tilde. Hij droeg me de zee uit, door het mulle zand naar de duinen. 'Kom, snel afdrogen.'

Ik spuugde het zoute water uit en snikte. Carla gaf me mijn badjas aan. Ze keek naar mijn bebloede knieën. 'Kun je wel lopen?'

'Klim maar op mijn rug,' zei oom Karel.

Ik sloeg mijn armen om zijn nek. Ik rook shampoo en zee.

'Je had wijzer moeten zijn,' zei tante Joke terwijl ze jodium op mijn kapotte handen en knieën deed. Au, dat prikte.

'Je hebt gelijk,' zei oom Karel. Hij maakte een kop thee voor ons. Zelf nam hij een stevige borrel voor de schrik.

'We wilden het zelf,' zei ik met een bibberstemmetje.

Later, thuis, vertelde ik trots dat ik bijna was verdronken maar dat oom Karel me had gered. Hoe vaker ik het vertelde, hoe hoger de golven werden en hoe erger ik gewond was. Maar ik zei er niet bij hoe bang ik was toen ik kopje onder ging en niet meteen weer boven kwam, en al helemaal niet hoe fijn het was om gedragen te worden.

Ik dacht vaak na over de wind en de lucht, de wolken. Waarom vogels kunnen vliegen. Hoe een meeuw van zo ver een visje kan zien en het op het juiste moment uit de zee kan vissen. Het kwam niet in me op het aan papa of mama te vragen. Of aan de meester op school. Of aan wie dan ook.

*

Nee, dacht Franny, hardop vragen stellen was er niet bij, ze zocht het zelf wel uit. Ze deed of ze flink en dapper was om geen kwetsbare indruk te maken. Haar moeder leerde de kinderen flink te zijn en zij wilde haar moeder niet teleurstellen. Nooit.

Ze keek op de klok, vijf uur al. Stefan en Nikki bleven lang weg, het was zeker erg gezellig. Nog één foto, de laatste.

Joop zat bovenaan op de glijbaan in het zwembad. Koos stond schuin achter hem. Het was alsof ze een stomp in haar maag kreeg, zo scherp herinnerde ze zich alles van die dag. Hoe oud was ze toen helemaal? Elf? Nee, twaalf. Het was vlak voordat ze naar de middelbare school ging.

*

Het was augustus en snikheet. De blaadjes van de bomen hingen slap, de vogels zongen niet en de dagen duurden eindeloos lang. Ik was al een middag met Riet naar de HEMA geweest om schoolspullen te kopen. Agenda, kaftpapier, schriften, een tekendoos, een passer. Potloden, een paar balpennen en ook een mooie vulpen met een doosje vullingen. Alles lag keurig klaar op mijn bureau. Het zou nog weken duren voor de school begon.

'Mag ik naar het zwembad met de jongens, mama?' vroeg ik.

'Goed. Zelf niet zwemmen, dat weet je.'

'Ik ga vanavond met Willy baantjes trekken.'

Mama gaf me geld voor een ijsje. Ik vulde mijn geruite badtas met handdoeken, een paar appels en een rolletje drop. De bal. Joop en Koos deden hun zwembroek aan en een T-shirt. Slippers pakken, klaar. Wacht, mijn boek nog. Ik slingerde de tas over mijn schouder en nam de jongens bij de hand. Voor het zebrapad bleven we netjes staan tot we konden oversteken. De personenauto's waren net gepasseerd, de vrachtwagens denderden in een lange rij voorbij. De grond onder onze voeten trilde, een warme dieseldamp streek langs onze benen en armen. Toen de colonne gepasseerd was en we over konden steken, was het ineens heel stil op het plein. De Polderstraat was lang en heet. Er was niemand te zien. Ik hoorde in de verte al het gejoel van de kinderen in het zwembad.

'Wanneer mogen wij leren zwemmen, Franny?' vroeg Joop.

'Ik denk na de zomervakantie.'

'Dan leren we ook lezen en schrijven,' wist Koos. 'Op jouw school.'

'Franny gaat naar een andere school na de vakantie. Maar jullie zijn altijd samen.'

Juffrouw Jas was altijd heel lief geweest voor kleintjes die net op school kwamen. Echt erg dat ze er niet meer was. Jammer ook voor Koos en Joop. Hopelijk was de nieuwe juf ook lief. Maar het was toch gek zonder de juffrouw. We liepen voorbij de gymzaal. Door de hoge ramen zag ik dat de ringen waren opgetrokken. In de zomer was er geen gymles. Gek eigenlijk, ik en alle andere kinderen hadden dan juist veel tijd. Het liefst zwaaide ik in de ringen, hoger en hoger en hoger, tot ik een keer bijna met mijn tenen het plafond raakte. De juf had het gezien en was geschrokken. Je kon lelijk vallen als je oversloeg. Volgend jaar mocht ik de dislock leren, dat leek me helemaal geweldig. Bij de kassa van het zwembad liet ik het familieabonnement zien.

Het grasveld bij het pierenbadje was helemaal bezet door moeders met kinderwagens. In het water spetterden een hele hoop kleintjes.

'Wij mogen al in het tweede,' zei Joop. 'Tot aan het touw. Daar kunnen we nog staan.'

Ik keek om me heen, waar konden we onze spullen neerleggen? Joop trok z'n T-shirt al uit.

'Even wachten,' zei ik streng. 'We moeten eerst een plekje hebben.'

Ik liep langs de rand van de douche de zonneweide op. Voor zover ik kon zien waren alle kanten bezet. Om de hoek bij het diepe wilde ik niet zitten, bovendien was dat de plek van de grote jongens en meiden. Trudy lag daar meestal ook.

'Zullen we helemaal naar achter gaan, bij de familieschommel?' stelde Koos voor.

'Veel te ver lopen,' vond ik. 'Weet je, ik leg onze handdoeken gewoon hier neer.' Ik spreidde de handdoeken ergens midden op het gras uit, legde de slippers en de T-shirts op een hoopje en liep met de jongens langs het derde bad naar het water. De badmeester keek me streng aan. 'Kinderen die geen diploma hebben moeten langs het pierenbadje lopen.'

Ik voelde me rood worden. 'Helemaal vergeten. Sorry.'

Joop en Koos gingen meteen in de rij staan voor de glijbaan. Ik liet me op het randje zakken en wiebelde met mijn voeten in het water. De zon brandde op mijn schouders. Vlug liet ik me in het water zakken. Heerlijk. Zou ik even in het diepe springen? Nee, ik moest Joop en Koos in de gaten houden. Vooral Joop, die durfde nog weleens iets uit te halen. Koos was braver maar deed alles wat Joop zei. Na een uurtje nam ik de jongens mee voor een waterijsje. Ik plofte op de handdoek en pakte meteen mijn boek, het tweede deel al en rolde me op mijn buik.

'Mogen we gaan voetballen?' vroeg Joop toen het ijsje op was.

'Ja, goed, ik kijk naar jullie.' Mooi, kon ik lekker lezen.

Ze holden weg. Ik bladerde in het boek, waar was ik gebleven?

Het fluitje van de badmeester. En nog eens, harder nu.

Ik ging rechtop zitten, en tuurde tegen de zon in. Ik zag de jongens niet. Meteen stond ik recht. Waar waren ze? Ik rende richting douche. Ineens werd het helemaal stil om me heen. Het was alsof ik naar een film keek die vertraagd werd afgespeeld. Alle kinderen stonden rechtop in het water of hingen aan de kant en allemaal keken ze naar het vierde. Niemand zei iets. Ik voelde mijn benen slap worden. Daar, in het water, dat was de badmeester. In z'n kleren. In z'n armen had hij een kind. Was dat...?

Koos begon hard te huilen toen hij me zag. Ik liep naar hem toe, tilde hem op en voelde hoe koud hij het had ondanks de zon. De tweede badmeester pakte Joop aan, legde hem op de grijze tegels op z'n zij. Meteen golfde er een heleboel water uit z'n mond. Ik stond verlamd. Joop! Mijn broertje! Was hij...?

De beide badmeesters zaten op hun knieën naast Joop, het open EHBO-koffertje tussen hen in. Ik kon niet goed zien wat ze deden. Ik hield de bibberende Koos in mijn armen. Er liep iets warms langs mijn buik. Het duurde eindeloos lang voor Joop begon te huilen, eerst zacht, toen harder. Een zucht van opluchting golfde door het zwembad. De badmeester ging staan en keek me ernstig aan.

'Dat scheelde niet veel. Het was dat ik net zag hoe je broertje over de rand van het vierde liep. Ik floot maar hij reageerde niet. Toen viel hij erin. Gelukkig was ik er heel snel bij.'

Ik zette Koos op de grond en tilde Joop op. 'Wat deed je nou toch?'

Hij huilde alleen maar.

'Ga maar snel naar huis, je had beter op ze moeten letten. Ik had je al een keer gewaarschuwd dame.'

Ik durfde het thuis niet te zeggen maar mama zag meteen dat er iets mis was.

'Het was mijn schuld,' zei ik toen ik alles opgebiecht had. 'Ik had beter op moeten letten. Maar Joop wist best dat hij daar niet mocht lopen.'

'Hij had wel kunnen verdrinken. Dan was het jouw schuld geweest.'

Mama tilde Joop op en streek over z'n natte haar. 'Domme jongen. Domme lieve jongen.'

Ik voelde het warm worden achter mijn ogen, knipperde en slikte. Mama keek me heel streng aan. 'Jij gaat deze vakantie niet meer naar het zwembad.'

Wat erg, wat oneerlijk! Ik stampvoette, stormde de trap op en smeet de deur van mijn kamertje dicht, draaide de sleutel om. Niemand kwam er meer in. Ik zou altijd op mijn kamer blijven. Niet naar beneden om te eten, niet met Willy zwemmen vanavond, morgen niet naar oma. Ik zou hier net zolang blijven totdat...totdat wat?

Ik trok het dakraam wijd open om frisse lucht binnen te laten. De zon brandde op het glas. Vlug schoof ik het gordijn weer dicht. Ik rolde me als een egel op mijn bed. Boven op de oranje sprei kwamen de tranen.

Wat later kalmeerde ik en ineens zag ik het slappe lichaam van Joop voor zich, de badmeesters op hun knieën bij hem. Stel je voor dat hij... Niet aan denken, het was goed afgelopen. Joop wist heel goed dat hij daar niet mocht lopen, het was niet eerlijk dat ik alleen de schuld kreeg. Echt helemaal niet eerlijk.

Onder mijn kussen lag een boek dat ik al uit had. Ik snoot mijn neus, veegde mijn ogen droog en begon het opnieuw te lezen. Ik rook etensgeuren, hoorde hoe ze aan tafel gingen. Niemand kwam de trap op. Ik las nog een hoofdstuk en nog een. Een boek voor de tweede keer lezen was helemaal niet leuk.

De zon ging onder. Mijn maag rammelde. Ineens een klopje op haar deur.

'Franny?' Het was de stem van Joop.

'Franny! Doe eens open.' Dat was Koos.

Ik draaide de sleutel om. Koos droeg een bord met boterhammen en Joop een glas melk. Ze hadden hun pyjama al aan.

'Ik heb er spijt van,' zei Joop zacht. 'Ik mocht daar niet lopen.'

'Hij zal het nooit meer doen,' zei Koos.

Ik pakte het bord en het glas aan en zette dat op mijn bureau. 'Ik ben erg geschrokken.'

'Ik ook,' zei Joop. 'Ik had wel kunnen verdrinken.'

'Nou, dat is niet gebeurd gelukkig.' Ik zakte op mijn hurken en sloeg mijn armen om de jongens heen. 'Ik ben heel blij dat het zo goed afgelopen is.'

Ze gaven me allebei een kus. 'Welterusten Franny.'

Ik deed aarzelend de deur van mijn kamer open en luisterde. Het was heel erg stil in huis. Waar was iedereen? Wanneer kwam mama om te zeggen dat ik weer naar beneden mocht? Dat alles weer goed was? Op mijn tenen sloop ik de trap af, de gang door. Het toilet was vrij, gelukkig. Ik gluurde om het hoekje van de kamerdeur, mama's hoofd stak net boven de stoelleuning uit.

'Mama?'

Ze gaf geen antwoord. Ik liep op mijn tenen de kamer in en pas toen ik voor mama's stoel stond, zag ik dat ik in slaap gevallen was. Zacht liep ik de trap op, poetste mijn tanden en kroop in bed.

*

Franny voelde weer de verontwaardiging, ze had beter moeten opletten, zeker, maar ze was nog een kind! Kon ze die verantwoordelijkheid wel dragen? Mocht dat van haar verwacht worden? Ze sloot met een klap het deksel en zette de doos terug in de trapkast.

Bijna op hetzelfde moment kwamen Stefan en Nikki binnen.

'Hoe gaat het met je?' vroeg hij. 'Nog hoofdpijn?'

'Het is te doen. Was het gezellig?'

'Zeker, Michel en co waren er ook. Heb jij je een beetje vermaakt? Heeft er nog iemand gebeld?'

'Nee, niemand. Ik ga gauw koken.'

'Wij hebben niet veel trek meer, mijn moeder heeft ons helemaal volgestopt.'

Haar moeder had hen niet verwend, niet met eten en niet met aandacht, dacht ze ineens terwijl ze de soeppan op het gas zette. Zelfs een kaartje terug sturen was blijkbaar teveel.

Die gebeurtenis in het zwembad, zou het kunnen dat ze Joop daarom niet zo mocht? Ze voelde zich schuldig, hij was toen zelf ook nog maar een kind, ze waren allebei kinderen De reactie van haar moeder was typerend voor veel gebeurtenissen, realiseerde ze zich. Ze had minder oog voor haar derde dochter dan voor de anderen. Ze besefte ineens dat het een keerpunt in haar jonge leven betekende, in plaats van langzaam aan was in één klap was ze volwassen geworden.

9

De volgende dag, 2 januari, kwam het er niet van om foto's te kijken. Stefan was boven aan het werk, Nikki sliep heel lang uit en hing daarna wat rond in huis. Ze had buikpijn. Franny haalde de stofzuiger door de benedenverdieping, draaide een was en gaf de planten water. Er stopte een auto voor de deur. Niels! Ze liep naar de voordeur.

'Ha, daar zijn jullie weer. Komen jullie binnen?'

'Dat kunnen we wel doen,' antwoordde Peter, de vader van Sjaak. 'Ik parkeer mijn auto even.'

Stefan kwam naar beneden. 'Jullie zien er goed gebruind uit!'

'Het was fantastisch, pap,' zei Niels. 'Dat moeten wij ook eens doen. U zult het ook geweldig vinden.'

Franny verzorgde de koffie en luisterde naar de verhalen. Fijn om Niels weer te zien. Hoewel hij maar een week was weggeweest, leek het veel langer. Dat kwam natuurlijk omdat ze zelf zoveel beleefd had. Die verhalen hield ze wijselijk voor zichzelf. Later die dag sorteerde ze de was van Niels. Wat een lucht! Niet alleen een transpiratiegeur steeg op uit de hoop kleren, ze rook nog wat anders, iets zurigs. Het deed haar denken aan de afdeling, aan braaksel. Hier, dit shirt was de boosdoener. Met twee vingers hield ze het voor zich. Zou ze het maar meteen weggooien? Of in een sopje met Biotex zetten? Echt iets voor een knul om zo'n vies shirt in een tas te stoppen.

's Avonds zaten ze aan tafel, als vanouds met z'n vieren. Nikki praatte Niels bij over het schaatsen en de oudejaarsavond. Ze liet haar laarzen zien.

'Ik vond een verschrikkelijks vies shirt in je tas,' zei Franny toen er een gaatje viel. 'Ben je ziek geweest?'

Niels werd rood en mompelde wat.

'Kon Sjaaks moeder dat niet wassen?'

'Mam, we zaten in een hotel.'

Stefan keek Niels doordringend aan. 'De waarheid graag.'

Niels bestudeerde zijn nagels. 'Een keer had ik wat gedronken en toen kon ik niet op tijd bij de wc komen.'

'Wat gedronken?' Stefan klonk streng. 'We hadden afgesproken, geen alcohol.'

'Ja maar pap, Sjaak mocht het wel en zijn zus en haar vriendin ook. Dan was ik de enige.'

Franny stond op en stapelde de borden. 'Hoe vaak is het gebeurd?'

Niels haalde zijn schouders op. 'Een of twee keer, ik weet het niet meer precies. Bij het eten 's avonds mochten we altijd een glas wijn drinken. Ik vond het niet lekker eigenlijk.'

'Je had er met Peter afspraken over moeten maken, Stefan,' vond Franny. 'Je had hem toch gebeld?'

'Nou nog mooier, is het straks mijn schuld!' riep Stefan uit. 'Van één glas wijn word je trouwens niet dronken. Dus ik denk dat er wat vaker iets is genuttigd.'

Franny zuchtte. Ze had steeds al het gevoel dat de ouders van Sjaak anders in het leven stonden. Ze had naar dat gevoel moeten luisteren en scherpere afspraken moeten maken. Aan de andere kant, ze hadden Niels met hen meegegeven dus mochten ze erop vertrouwen dat Sjaaks ouders een oogje in het zeil hielden. De ware toedracht wilde ze eigenlijk niet weten. Ze hoorde weleens verhalen van kinderen die overdag al bier en wijn dronken, terwijl ze boven op de piste waren. Vreselijke ongelukken konden het gevolg zijn. Niels en Sjaak hadden de hele dag in een skiklas gezeten. Maar wie weet wat er 's avonds gebeurde.

De kerstvakantie liep naar het einde. Na het weekend zou alles weer z'n gewone gang gaan. Zelf was ze nog een paar dagen vrij, ze was er Gerda bijna dankbaar voor. Aan het gesprek dat moest volgen, dacht ze liever niet.

'Ik heb helemaal geen zin om naar school te gaan,' zei Nikki. Ze zat met Louise aan de grote tafel te knutselen. Ze maakten zelf sieraden: oorbellen en armbandjes. Soms waren het net nog kinderen, echt tussen mal en dwaas in.

'Ik ook niet,' zei Louise. 'De klas is wel leuk, hoor, maar sommige leraren...'

'En huiswerk, niet te vergeten. Zo saai.'

Franny kwam erbij zitten. 'Als je eenmaal weer bezig bent, vind je het best leuk. Bovendien, je hebt geen keus, alle kinderen moeten naar school. Als je niets leert, blijf je dom. Wat wil jij later worden, Louise?'

'Ik? Nou, ik denk wel iets met kleine kinderen. Die vind ik schattig.'

'Echt?' riep Nikki. 'Mij niet gezien. Ik zou wel bij de politie willen.'

'Hoe kom je daar nu weer bij?' vroeg Franny.

'Gewoon, boeven vangen lijkt me spannend. Ik ga in elk geval niet als u in een ziekenhuis werken. Brr, al die zieke mensen, lijkt me maar eng.'

'Mij ook,' zei Louise.

'Wanneer wist u wat u ging worden?' vroeg Nikki. 'Hoe oud was u toen?'

Franny dacht na. De foto's van de middelbare school lagen op haar te wachten in de doos achter de stofzuiger. Ze wilde ze deze week bekijken maar eigenlijk ook weer niet. Het waren geen fijne jaren.

'Ik denk dat ik het pas wist vlak voordat ik eindexamen deed. In elk geval hebben jullie veel mogelijkheden dan ik destijds.'

'Ik heb geen zin meer,' zei Nikki. 'Kom, we gaan naar mijn kamer.'

'Ik ga boodschappen doen,' zei Franny. 'Blijf jij vanavond bij ons eten, Louise? Wat lust je graag?'

'Ze is dol op spaghetti,' was Nikki haar voor.

Niels kwam binnen en hoorde het. 'Nee hè mam, dat heb ik heel vaak gegeten in het hotel. Dat was bijna het enige wat ik lustte.'

'Niks mee te maken,' zei Nikki. 'Jij wilde mee skiën. Wij eten spaghetti. Punt uit.'

'Mama hoeft niet altijd te doen wat jij wilt.'
'En ook niet wat jij wilt.' Nikki stak haar tong uit.
'Ik kan lekker al skiën en jij niet.'
'Ophouden!' riep Franny. 'Allebei!'
Louise stond al bij de keukendeur. 'Ik eet toch liever thuis, doei.' De deur sloeg dicht.
'Dat is jouw schuld!' riep Nikki tegen Niels.
'Niet waar.'
'Wel.'
Franny hield haar handen voor haar oren. Het liefst had ze de deur achter zich dichtgetrokken maar ze kon hen toch niet zo achter laten. 'Stop! Nu!' Ze moest hard roepen om erboven uit te komen.
'Jullie lijken wel kleine kinderen. Nikki, jij gaat met mij mee en Niels, jij hebt vanavond extra corvee.'
'Ik ga vanavond naar Sjaak.'
'Helemaal niet, je blijft thuis. Nikki, trek je jas aan. We moeten gaan, anders zijn de winkels dicht.'
Mopperend deed Nikki was ze zei. Ze bleef boos tot ze in het winkelcentrum waren.
'We nemen eerst iets lekkers,' stelde Franny voor. 'De oliebollenkraam staat er nog. Ik lust wel een appelflap. En jij?'
Nikki's boze bui was even snel voorbij als dat hij gekomen was.

Het was tien uur 's avonds. Ze bladerde in een tijdschrift, zonder te zien wat er stond. Stefan las een boek. Eindelijk waren de kinderen naar boven vertrokken, in de vakantie waren ze niet naar bed te krijgen. Morgen weer in het gewone ritme, aan de ene kant prima, tegelijk zag ze het lege jaar levensgroot en leeg voor zich. Wat moest ze met de kennis die ze had opgedaan de laatste tijd? Had ze de moed verder te gaan in de fotoboeken? Wat bracht het op? Hoe moest ze alles een plek geven? Klopte het wel wat ze dacht?
'Wat is er met je?' vroeg Stefan. 'Heb je nog hoofdpijn?'

'Nee, dat niet. Had ik je al verteld dat ik extra vrije dagen heb komende week? Ik had nog vakantiedagen van vorig jaar en Gerda vond dat ik die maar op moest nemen.'

'Heerlijk voor je. Rust maar eens goed uit, je ziet er de laatste tijd niet zo florissant uit.'

'Valt wel mee toch?' Ze stond op. 'Wil jij wat drinken?'

'Is er nog cola? In januari maar even geen alcohol.'

Hij kwam achter haar aan en sloeg zijn armen om haar heen. 'Wat is er toch met je? Je bent zo anders.'

Ze wurmde zich los, draaide zich om. 'Er is niks.'

'Waarom doe je dan zo afstandelijk? Het lijkt wel of je iets voor me verbergt.'

Ze leunde tegen het aanrecht, met haar rug naar hem toe. Het brandde achter haar ogen. Ze moest dit proces in haar eentje voeren, zonder zijn invloed en mening. Hij was vaak zo stellig, hij zou vast beweren dat ze spoken zag, of hij zou het misschien afdoen als vrouwengepraat. Dat kon ze niet aan, ze moest zich eerst wapenen tegen zijn reactie. Wat er op de afdeling gebeurd was, zou ze pas later vertellen, als het gesprek met Gerda achter de rug was. Ze pakte een doekje en schoonmaakmiddel en begon de kookplaat schoon te maken.

'Ga je nu nog poetsen? Franny, kom, laten we op de bank gaan zitten en dan vertel jij me wat er allemaal omgaat in dat mooie hoofdje van je.' Zijn stem klonk verleidelijk. Hij sloeg zijn armen om haar heen.

'Nee, niet doen.'

'Goed goed, ik ben al weg! Ik ga wel naar boven.' De deur sloeg dicht.

Bevend ging Franny verder met poetsen. Ze hoorde duidelijk teleurstelling in zijn stem. Hij voelde zich terecht afgewezen. Ze hield inderdaad niet zo van intimiteit terwijl hij daar vaker behoefte aan had. Maar moest zij altijd de minste zijn? Ze voelde zich machteloos en schuldig, op deze manier verwijderden ze steeds verder van elkaar.

Nadat er geen plekje in de keuken was waar ze niet was

geweest, liep ze naar boven, kleedde zich uit en ging op het uiterste randje in bed liggen. Ze sloeg het dekbed strak om zich heen. Aan zijn ademhaling hoorde ze dat hij nog niet sliep.

Na anderhalf uur had ze nog geen oog dichtgedaan, ze gleed uit bed, liep naar beneden en kroop op de bank onder een deken. Met open ogen staarde ze in het duister. De klok tikte. Af en toe gleed er een bundel licht voorbij. De meubels hielden de wacht, onbeweeglijk als altijd.

De volgende dag was de hoofdpijn weg. Ze deed haastig wat ze moest doen in huis en om tien uur zat ze met de doos naast zich op de bank. Uitrusten en nadenken over de afdeling kon altijd nog, eerst verder met nadenken over haar leven als kind, als puber en morgen in het boek beginnen. Ze pakte het album waarop ze indertijd zelf het jaartal had geschreven.

Hier was ze dertien en ze had deze foto zelf gemaakt, met haar eigen toestel. Ze maakte niet veel foto's, het afdrukken was best duur. Op deze foto waren ze met de klas op excursie geweest. Dat kon ze zich best nog herinneren. Het regende de hele tijd. Waar ze heen waren geweest, wist ze niet meer. Kijk, daar had je Corine nota bene. De vriendin die geen vriendin was.

*

De wekker liep af. Slaapdronken drukte ik het knopje in. Onder de deur kierde een streepje licht. De regen tikte op het dakraam. Ik dook diep onder de dekens. Maandag, de ergste dag. Ik zag het voor me, de zeven lesuren, de leraren, de anderen uit haar klas. De dag leek nog het meest op een lange, donkere en gevaarlijke tunnel waar ik doorheen moest. Ver achterin wenkte een heel klein lichtje, het moment dat ik mijn eigen kamer weer binnenstapte, mijn bureaulampje aanknipte en mijn dagboek opensloeg.

Op school plakte de gele regenbroek tegen mijn benen, ik

zweette en dat haatte ik nog meer dan wiskunde. Ik keek opzij naar Corine. 'Heb jij de rep bio al geleerd?'

'Een beetje, vanavond de rest. En jij?'

'Ik heb het zaterdagavond doorgelezen.'

Zat ik maar op de havo en niet in twee atheneum, dan was het allemaal anders geweest. Vorig jaar was het nog leuk. Met een heleboel van de zesde waren we naar de brugklas gegaan. Onderweg op de fiets hadden we best veel plezier en het was helemaal niet moeilijk op school. Ook de leraren vielen mee. Papa en mama vonden dat ik met zulke goeie cijfers wel naar het atheneum kon. Ik had geprotesteerd, dat was veel te moeilijk. Zoveel huiswerk, ik moest ook al naar catechisatie en meisjesvereniging. Maar papa en mama luisterden niet naar me en vonden dat ik het moest proberen. Hoe hoger je schoolopleiding, des te meer kansen kreeg je later. Suzan was naar het lbo gegaan, Nellie en Willy naar de mavo en Jacco jammer genoeg ook. Wim zat op de havo. Ik kende geen andere kinderen dan Corine. Op de lagere school zaten we al die jaren bij elkaar in de klas en 's zondags gingen we naar dezelfde kerk maar we waren geen vriendinnen, pertinent niet. Hoewel Corine daar volgens mij anders over dacht. Ze bleef de laatste tijd als een schaduw bij in me buurt en kletste aan een stuk door, nooit was ze eens even stil. Ze wist alle roddels van het dorp. Corines vader was ouderling en het leek wel of ze daar trots op was. Mijn vader kon geen ouderling worden, hij moest 's avonds vroeg naar bed om 's morgens brood te kunnen bakken. Hij had geen tijd voor vergaderingen en huisbezoeken. Nou en?

De school was een kaal en ongezellig noodgebouw, in alle haast neergezet. Het functioneerde al jaren als volwaardige school zonder dat er sprake was van nieuwbouw. In de winter was het er koud en in de zomer bloedheet. In de gang rook het naar natte jassen en naar nat hout.

De eerste twee uur wiskunde. Ik probeerde zoveel mogelijk sommen in de les te maken, zodat ik thuis minder te doen had. Als de leraar het net uitgelegd had kon ik de opgaven nog wel maken, maar begrijpen deed ik het niet. Wiskunde was een kwestie van veel oefenen, zodat de cijfers van repetities nog enigszins goed uitpakten. Onvoldoendes halen was vreselijk, dan schaamde ik me diep.

Het derde uur godsdienst. Dat kwam goed uit, hoefde ik niet op te letten. Wat de leraar vertelde ging mijn ene oor in en mijn andere oor uit. Ik was niet de enige, als ik om me heen keek, zag ik dat iedereen intussen iets anders aan het doen was. Ik pakte vaak het boek dat ik aan het lezen was uit mijn tas, daaroverheen legde ik mijn godsdienstboek. De aantekeningen nam ik over van het bord, daar vroeg hij bij de repetities naar.

Pauze.

Het regende nog steeds. We hingen rond bij de jassen en aten een boterham. Het vierde uur was het beste uur van de hele dag. Nederlands, het stond met zonnig geel in mijn agenda. Sommigen vonden grammatica moeilijk, ik vond het een makkie. Ik hield echter het meest van lezen. Lezen was misschien nog wel leuker dan schrijven. Als ik las, vergat ik alles om me heen. Ik leefde me zo in dat ik vaak niet wist waar ik was als ik opkeek uit het boek.

Sinds ik de eerste pocketboekjes gelezen had, besefte ik dat er ook andere mensen waren, mensen buiten ons gezin, buiten de familie en de kerk om. Ze leefden in een heel andere wereld. Een wereld waarin gelachen en gehuild werd, waar ook oorlog was en ziekte, waar liefde was en pijn. Mijn honger om meer van die andere wereld te weten was onverzadigbaar. Elke week haalde ik minstens drie boeken uit de bieb.

Daarna had ik Frans. De leraar was een grappig rond dik mannetje, zijn Frans klonk net echt. Zijn dochter Polly zat bij ons in de klas. Ze had heel lang blond golvend haar, droeg altijd leuke kleren en haar gezicht was net als dat van Barbie. Maar dan mooier. En ze had een hele zachte stem. Ik voelde me zo gewoontjes naast haar. Ik durfde haar niet aan te spreken, zou ook niet weten wat ik moest zeggen. Polly was net iemand uit een boek, aanwezig maar niet helemaal echt.

In de ochtendpauze wist ik nooit goed wat ik moest doen, zeker niet als het zo regende en we niet naar buiten konden. In de etenspauze mochten we gelukkig in de lokalen blijven. Iemand haalde voor een dubbeltje thee of soep in plastic bekertjes. Nou ja, soep, het was water met een kleurtje en het stonk! Ik nam altijd thee.

'Heb jij je schrift van bio bij je?' vroeg ik. 'Dan kunnen we vast gaan leren.'

'Heb ik,' zei Corine. We gingen op de achterste tafel zitten, met onze rug naar de rest, de broodtrommels open op schoot. Corine haalde een los blaadje uit het schrift.

'Kijk, ik heb de vraag voor vanavond voor catechisatie opgeschreven, kunnen we die ook meteen leren. Wat eist God in het vijfde gebod?'

'Eert uw vader en uw moeder,' zei ik met volle mond.

Corine dreunde de rest van het antwoord op. Ik checkte of ze het goed zei. De inhoud van de catechismus begreep ik vaak niet, het was voldoende als ik het antwoord kon opzeggen. De dominee was streng, nog strenger dan de meeste leraren. Hij belde naar huis als iemand de vraag niet geleerd had en dan kreeg je de wind van voren. Dat wilde ik niet. Ik sloeg het schrift open. Plantkunde. Wat moest ik nou met zaadbeginselen en bloeiwijzen? Vorig jaar was het dierkunde, ook al zo saai. Volgend jaar menskunde, dat zou veel interessanter zijn.

De bel.

We sprongen van de tafels, pakten onze tassen en liepen naar de volgende les.

Daar was het zoals gewoonlijk een bende. De leraar was dik, had een rood hoofd en tikte met z'n stok tegen de landkaart. Niemand luisterde. Hij ontplofte van woede en ontstak in een tirade.

Ik wilde het liefst wegrennen, ik kon het niet verdragen dat die man zo gepest werd. Ik boog me diep over mijn boek en deed net alsof ik er niet bij hoorde. Het was mijn schuld niet maar omdat ik in de klas zat, voelde dat wel zo.

Het laatste uur tekenen. Ook daar was het een chaos maar dan een gezellige chaos. De leraar was net van school af, hij droeg zijn haar lang tot op z'n schouders en we mochten doen waar we zin in hadden, als het maar iets met ecoline was. Ik tekende met potlood een raam, het zou een kerkraam kunnen zijn. In het raam tekende ik figuren uit de wiskunde, alles symmetrisch. Ik was er best wel trots op. Volgende keer verder met ecoline.

Op de terugweg was het gelukkig droog, we hadden ook nog eens de wind mee. Corine had het de hele tijd over de herfstvakantie, hoe leuk het was op het park in het bos. Er was zelfs een groot zwembad met glijbanen. Ik luisterde niet, liet me voortduwen door de wind en registreerde de oriëntatiepunten waar we langs kwamen. Het water met het riet, de weg, het restaurant, de bogerd rechts en de grote boerderij links. Dan de smalle straat waar we 's zondags vaak liepen als we een eindje gingen wandelen. Rond het vierkantje kuieren, zeiden papa en mama. Dat was een grapje. Ik had een hekel aan wandelen, het was zo niet spannend en het ging zo langzaam. Op zondagmiddagen in de zomer reden we na de middagdienst naar de zeedijk. We namen brood mee en thermosflessen thee. Dat was veel leuker. Boten kijken. Lezen. Met de jongens van de dijk afrollen.

'Tot straks!' riep Corine en sloeg rechts een straatje in.

Straks?

O ja. Cat. Ik zette mijn fiets in de schuur en aarzelde of ik naar de bakkerij zou lopen of meteen door naar boven. Kabaal op de trap, Joop en Koos stormden naar beneden. 'Hé, waar gaan jullie heen?'

'Voetballen in het straatje,' riep Koos. 'Doe je mee?'

'Daar heb ik helemaal geen tijd voor, ik moet huiswerk maken.'

Ik plofte op een stoel aan de keukentafel. Er zat nog thee in de pot. Ik trok de trommel met koekjes naar me toe. Bah, er zaten alleen maar kale droge koekjes in. Mama kwam de keuken binnen.

'Hebben we nog iets lekkers?' vroeg ik.

'Op maandag? Nee, je moet het daarmee doen. We eten vroeg. Heb je je vraag al geleerd?'

'Een beetje.' Ik sopte de koekjes in de thee. Mama begon de aardappels te schillen, zette de pan op het gasfornuis en droogde haar handen af.

'Wil jij de wortels en de uien snijden? Ik neem de bakkerij over tot sluitingstijd. Betsy wilde eerder naar huis, haar moeder is ziek.'

'Ik? Nu?' Ik duwde mijn stoel naar achter. 'Kan Trudy dat niet doen? Of Riet? Waarom moet ik alles doen?'

Mama vouwde haar armen over elkaar, leunde tegen het aanrecht en keek me streng aan.

'Trudy heeft cursus vandaag, die is nog niet thuis en Riet heeft volgende week de eerste toetsweek. Die moet leren. Dat weet je best trouwens. Er is niks mis met je moeder helpen.'

Ik was al bij de deur. 'Het is niet eerlijk!'

'Franny!'

Ik keek niet om. 'Ja-aa. Ik doe het zo.' Op mijn kamertje gooide ik mijn tas tegen mijn bureau, viste mijn agenda eruit en bladerde. Wat stond er voor morgen? Twee maakvakken, twee leervakken en een repetitie. En de vraag nog leren. En wortels en uien snijden. Ik hield niet eens van hutspot. Ik klikte het dakraam open en hing naar buiten, een waterig zonnetje zakte net achter de daken weg. In de verte kleurde de lucht vaag roze. De kerktoren stond onbeweeglijk op z'n vaste plek. Alles was steeds hetzelfde, naar school, naar huis, naar bed en weer naar school. Alle weken verliepen volgens een vast patroon. Zou daar ooit een eind aan komen? Eindeloos doorgaan, eeuwig en altijd hetzelfde, hoe hield ze dat vol?

*

Soms zou Franny het meisje op de foto toe willen roepen:

'Moed houden! Het komt allemaal best goed.' Tegelijkertijd kwam de onzekere wereld van toen steeds dichterbij. Was er wel iets veranderd? Zou ze de dagboeken nog ergens hebben, ze kon zich niet indenken dat ze die bij een verhuizing had weggedaan. Misschien lagen ze ook op zolder, in een andere doos. Het was verleidelijk die te gaan zoeken. Ze bleef zitten, met de albums naast zich. Ze was hiermee begonnen en ze zou het afmaken. Als het kon vandaag. Nikki had een lange dag op vrijdag en Niels zou gaan squashen met een jongen uit z'n klas. Ze had tot vijf uur tijd.

Op de volgende foto waren Trudy en Anton te zien, innig omstrengeld. Anton keek zo lief, nog steeds vond ze hem de aardigste van allemaal. Op haar veertiende was ze stilletjes een beetje verliefd op hem.

*

'Ben je ziek of zo?'

Ik was nog in mijn nachtpon, leunde tegen de muur van de gang en keek naar Trudy die met haar hoofd boven de toiletpot hing.

'Jakkes, Trudy, kun je dat niet met de deur dicht doen. En ik moet nodig.'

Ze kon niets terugzeggen en kwam overeind. ''t Is alweer over, gisteren iets verkeerds gegeten denk ik.' Steunend tegen de muur liep ze langzaam door de gang. Ik pakte haar net op tijd vast, anders zou ze gevallen zijn.

'Jij moet maar even op de bank,' zei ik. 'Hier, een kussen. En zal ik een emmer halen?'

Trudy knikte met haar ogen dicht.

Later op school sloeg ik mijn biologieboek open en bladerde. Ja, op dit plaatje zag je die roze kronkelige darmen en daar lag de maag en daarboven was de slokdarm. Als het er langs boven niet uitkwam, kwam het langs onder. Of allebei. Op een plaatje was het nog niet zo eng maar als ik eraan dacht dat dit bij iedereen vanbinnen zat, werd ik misselijk. Toch fascineerde het me. Ik leerde alles uit mijn hoofd, ook de moeilijke woorden. De derde klas was net iets minder moeilijk dan de tweede, hoewel ik nog meer uren had. Duits was erbij gekomen. Volgend jaar mocht ik een vakkenpakket kiezen, dan waren het ineens maar zeven vakken die ik had. Maar dan moest ik wel weten welke vakken. Daarvoor was het nodig dat ik wist wat ik wilde worden. Pff, hoe kon ik dat nou weten?

Duitse les. Ik vond het een harde taal. Het Frans rolde zacht uit je mond maar sprak je Duitse woordjes dan was het net alsof je zand in je mond had. Het knarste tussen je tanden en deed zeer aan je oren. En zeker wanneer de leraar fanatiek werd. De eerste helft van de les besteedde hij steevast aan naamvallen en aan rijtjes stampen, het tweede deel behandelde hij een actueel onderwerp. Een van de jongens had al eens opgemerkt dat het bij geschiedenis hoorde maar de leraar vond dat we er niet genoeg van konden weten. Vandaag was het weer raak. Hij liep voor het bord heen en weer, met z'n armen op z'n rug.

'Schrijf op! Rote Armee Fraktion!'

Met grote letters kalkte hij de woorden op het bord. Daaronder een paar namen.

'Een hele belangrijke beweging in Duitsland met invloed in alle landen van Europa.'

Hij begon een uiteenzetting van de achtergronden en vooral van de idealen. Ik hoorde de woorden verzet, neonazi's en kapitalisme, Rusland en marxisme, aanslagen. Ik was niet in staat iets van verband te zien, verlamd van angst keek ik naar de leraar, die steeds roder werd en steeds harder ging schreeuwen. Communisme? Daar had de dominee het laatst ook over. Het eerste beest kwam uit de zee en het tweede uit de aarde en volgens de dominee was dat de dreiging van het communisme. Levensgevaarlijk. Het einde van de wereld was in zicht. Ik wilde mijn vingers in mijn oren stoppen. Of moest ik er juist iets over zeggen, hem waarschuwen?

Ik raapte al mijn moed bij elkaar en stak mijn vinger op.

'Wil je iets vragen, dan kan dat straks, als ik klaar ben.'
'Ik, eh, mag ik naar het toilet?'
Hij keek me bozig aan. 'Nu? Kan dat niet wachten tot de pauze?'
'Ik heb buikpijn, meneer.'
Ik had ontdekt dat buikpijn een goede smoes was. Bij gym op school bijvoorbeeld, als we op het veld rondjes moesten rennen. Thuis had het geen zin, mama wist precies wanneer ik het moest worden.
'Goed, vooruit, ga dan maar.'
Ik sleurde mijn schooltas mee en verdween. Op de bagagedrager van mijn fiets wachtte ik tot de bel ging. Ik zou het huiswerk straks wel van Corine overnemen. Geen denken aan dat ik terugging naar de les.
Na het avondeten, na het Bijbellezen en het danken en nadat de jongens naar de kamer waren verdwenen om naar hun favoriete televisieprogramma te kijken, zou ik het vragen. Natafelen hoorde erbij. Papa en mama rookten een sigaret, de benen languit op een andere stoel. Riet deed tegenwoordig ook mee. Ze vertelden elkaar nieuwtjes, uit de bakkerij en van school. Riet was het meest aan het woord.
'Papa, wat is de Rote Armee Fraktion?' vroeg ik toen het even stil was.
'Wat zeg je, kind?'
Ik herhaalde het. 'De leraar Duits is er helemaal vol van.'
'Ach die,' zei Riet smalend. 'Daar moet je niet naar luisteren, die is zo links als wat.'
'Links?' zei mama. 'Dat kan toch niet op een christelijke school?'
Papa zei niets, hij blies rook in kringeltjes naar het plafond. 'Ik weet het niet, als ik er iets over in de krant lees, zal ik het zeggen.'
Ik steunde met mijn hoofd in mijn handen. Nu wist ik nog niet of het erg was of niet.
Trudy trok afwezig lijntjes over het tafelzeil. Haar schaaltje

yoghurt met vla stond onaangeroerd.
'Ben je nog ziek?' vroeg ik.
'Nee hoor, ik heb gewoon niet zo'n honger.'
'Wat heb je?' vroeg mama.
'Niets,' zei Trudy snel.
'Vanmorgen moest ze spugen,' zei ik.
Trudy schoof met een ruk haar stoel naar achter. 'Ik heb jou niets gevraagd, bemoei je met je eigen zaken.' Ze vloog naar boven.
'Wat heeft dat kind tegenwoordig,' zei Riet.
Ze begon de tafel af te ruimen. 'Ik moet nog een hoop doen voor morgen, geschiedenis en Frans. Ik red het nooit.'
Razendsnel stapelde ze de borden op, zette ze op het aanrecht en begon te spoelen.
'Help je nog?' vroeg ze aan mij. 'Jij bent net zo goed aan de beurt.'
Na de afwas klopte ik aan bij Trudy. 'Mag ik binnenkomen?'
'Nee.'
'Kan ik iets voor je doen?'
'Nee, ga weg.'
Besluiteloos bleef ik in de gang staan. Ik hoorde Trudy snikken. Zou haar verkering uit zijn? Dat zou jammer zijn, Anton was een leuke jongen. Trudy was dol op hem. Ik ook. Dat zei ik natuurlijk niet want het was Trudy's vriend maar ieder keer als ik Anton zag, werd ik warm vanbinnen. Er waren meer jongens die ik leuk vond. Meer dan leuk vond. De meesten waren onbereikbaar ver weg, een leraar op school, een jongen uit de zesde, iemand uit de kerk die altijd precies aan de andere kant tegenover me zat. Waarom was het nou nooit gewoon een jongen uit mijn klas?
Op mijn kamer schreef ik alles op in mijn dagboek:
'... steeds als ik Trudy en Anton bij elkaar zie, lijkt het wel alsof haar gezicht glanst. Ze wordt steeds knapper. Kan dat, als je verliefd bent? Misschien is er dan voor mij nog hoop. Nee, ik schrijf geen namen op, stel je voor dat iemand het leest. Als

het maar goed blijft gaan tussen Trudy en Anton. Ze huilde zo erg vandaag.'

Het was een paar weken later. We zaten weer met z'n vijven om de tafel, de jongens speelden in de kamer met de auto's. Mama rookte een sigaret, ze had hem nog maar half op toen ze hem uitdeed en meteen een nieuwe opstak.

'Ik heb een nieuwtje,' zei Trudy. 'Anton en ik gaan trouwen.'

'Echt?' riep ik meteen. 'Echt waar? Wat leuk!'

Ik had het dus helemaal mis laatst. 'Wanneer?'

Ze noemde de datum. In mijn hoofd buitelden de vragen over elkaar heen. Mocht ik vrij van school en wat zou ik aandoen? Ik spuide mijn vragen.

'Even rustig jij,' zei papa. 'Er zijn belangrijkere dingen. Trudy en Anton moeten in die tijd nog heel veel regelen. Laten we met de belangrijkste dingen beginnen. Hebben jullie al een huis op het oog en heb je al met de dominee gepraat?'

Trudy werd rood. Ze begon over een huis in het nieuwste gedeelte van het dorp, de huur was erg hoog, dat konden ze nauwelijks opbrengen. Ik luisterde maar half. Eigenlijk was Trudy nog best jong, twintig pas. Maar ze hadden al wel lang verkering, al vier jaar of zoiets. Dan was het toch niet gek dat ze wilden trouwen? Papa en mama hadden allebei een frons in hun voorhoofd, het leek net of ze niet zo blij waren. En Riet deed ook al zo raar, ze zat maar te snuiven en haar neus te snuiten. Plotseling stond ik op, ging achter Trudy's stoel staan en legde mijn handen op haar schouders. 'Ik vind het hartstikke leuk voor jullie.'

Trudy pakte mijn handen vast. 'Dat is lief van je. Dank je wel.'

Na de bruiloft had ik een hele zaterdagmiddag nodig om alles op te schrijven in mijn dagboek. Ze zag er zo mooi uit, maar wel jammer dat haar jurk niet wit was maar lichtgeel. Ook mooi maar als ik trouw wil ik een witte met een hele lange sleep. Maar misschien trouw ik wel helemaal niet. Wie wil er nu met mij trouwen. Ik ben niet eens knap en ik kan een heleboel dingen net niet goed genoeg. Gym bijvoorbeeld. Ik win nooit een prijs.

Op de bruiloft hadden alle vrouwen een lange jurk of rok aan en de mannen waren allemaal in pak. Nou ja, Joop en Koos niet natuurlijk, dat zijn nog maar jongens. Ik kreeg een lange rok met een witte bloes. Ik had liever die rode rok gewild met bloemen maar mama zei: Kind dan val je teveel op. Neem die groene maar. Nou ja zeg. In de kerk was het wel mooi maar de dominee had het steeds over zonde. Dat vond ik een beetje jammer, trouwen is toch juist iets heel feestelijks?

Het is stil in huis. Riet is op vakantie (ze is geslaagd!) en Trudy woont met Anton in hun eigen huis. Het is wel echt klein en ze hebben niet veel mooie spullen maar Anton zegt dat ze daar nog alle tijd voor hebben. Trudy is dik geworden, komt zeker omdat ze nu zelf kookt en boodschappen doet. Ze was altijd al dol op chocola.'

Toen ik later met Corine naar school fietste, vertelde ik haar alles over de bruiloft. Nu had ik iets beleefd! Daar had Corine niet van terug. Het was bijna zomervakantie, het gras stond hoog in de berm en de zon scheen op onze blote armen. In de zomer was alles iets gemakkelijker, zelfs de leraren waren minder streng. De avonden op mijn kamer waren korter omdat het zo lang licht was. Jammer dat het zwembad 's avonds nog niet open was.

'Nou?' vroeg ik vrolijk toen ik klaar was met vertellen. 'Was dat leuk of was dat leuk?'

'Ja, leuk ,' zei Corine. 'Maar ze waren nog niet getrouwd als het niet moest.'

'Moest, hoezo?'

Corine lachte een beetje. 'Ze moesten toch trouwen omdat er een kindje kom?' zei ze triomfantelijk. 'Dat is zonde.'

'Je liegt!' riep ik. 'Je bent gewoon jaloers dat jij geen zus hebt die getrouwd is.'

'Mijn vader heeft het zelf gezegd. Die kan het weten want hij is ouderling.'

Ik voelde dat ik heel erg kwaad werd, ik wilde Corine wel van haar fiets duwen. In plaats daarvan trapte ik hard door en liet Corine achter me. Ik wilde nooit meer iets met haar te maken hebben. Het licht verflauwde, een wolk schoof voor de zon. Ik rilde en ineens begreep ik alles.

Corine had gelijk. Daarom was er niemand echt blij geweest en daarom had de dominee het over zonde. Iedereen wist het, behalve ik. Iedereen in het dorp en in de kerk natuurlijk. Waarom had niemand iets tegen me gezegd? Riet niet en papa en mama niet? Zelfs oma niet! Vonden ze me nog te jong? Of, waren ze mij gewoon vergeten?

*

Nog steeds voelde Franny zich verontwaardigd dat ze uit Corines mond de waarheid moest horen. Haar ouders hadden er open over moeten zijn. Maar hoe gaat dat op een dorp? Ze schaamden zich vast. Ze herinnerde zich plotseling dat ze na die tijd nog veel meer op zichzelf was. Altijd zat ze boven, op haar kamer, ook als alle anderen gezellig met elkaar in de kamer zaten.

Dat van die rok, ze hoorde het haar moeder nog zeggen. 'Kind dan val je teveel op. Neem die groene maar.' Alsof ze er niet mocht zijn, alsof zij niet Trudy's zus was. Er viel haar nog iets op. Haar moeder noemde haar kinderen zelden bij hun eigen naam. Het was kind, of meisje, of als ze over hen sprak tegen iemand anders, de jongens of de meisjes. Net of ze geen eigen naam hadden. Ze bleef in gedachten verzonken zitten met de bruidsfoto in haar hand. Zou ze echt willen dat haar moeder alsnog met antwoorden kwam? Los van de vraag of ze dat zou willen, het loste niets op, wat gebeurd was kon niet teniet gedaan worden.

Ze legde de foto terug in het album en pakte de volgende. Ze kreeg meteen een droge keel. Hier was hij dan, Sjoerd. Haar allereerste vriendje. Vijftien was ze. Best apart dat ze een foto van hem had bewaard.

*

'Kom je volgend weekend bij mij logeren?' vroeg Riet op een zondagavond toen ze op het punt stond naar Amersfoort te gaan. Ze zat daar op de pabo, ze leerde voor juf. Ze had haar jas al aan, de weekendtas met schone kleren stond tussen haar voeten. We zaten nog na te tafelen.

'Ik heb wel een luchtbed en een slaapzak voor je. Lijkt me gezellig, overdag winkelen en 's avonds naar de koffiebar.'

'Mag dat, pap?' vroeg ik.

'Van mij wel, vraag maar aan je moeder.'

'Moet je niet werken Riet?' vroeg mama.

'Ik werk op koopavond en op zaterdag. Eens in de maand ben ik op zaterdagmiddag vrij. Leuk toch voor Franny om een keer bij mij te logeren?'

'Vooruit dan maar,' zei mama.

Ik had er de hele week naar uitgekeken. Ik zou voor het eerst alleen reizen en dat was spannend. De bus nemen was niet moeilijk, ik kon blijven zitten tot ik bij het station was. Maar ik had nog nooit met de trein gereisd, echt nog nooit. In Zeeuws-Vlaanderen lagen geen rails, was er geen station. Eigenlijk zag ik er vreselijk tegenop, aan de andere kant leek het me zo leuk om bij Riet te logeren. Riet had opgeschreven hoe ik moest reizen, heel precies, er kon niets misgaan. Op vrijdag had ik maar tot het vijfde les, zo kon ik mooi de bus van drie uur nemen. Ik ritste mijn jack dicht, hing mijn tas over mijn schouder en liep naar beneden.

Papa bracht brood rond, de jongens waren nog net niet uit school. Mama was in de bakkerij, ze maakte de toonbank schoon, haar gezicht zag rood van inspanning.

'Nou, ik ga.'

'Is het al zo laat? Veel plezier bij Riet. Goed oppassen. Heb je geld?'

'Ja, van papa gekregen gisteravond.'

'Hier, nog een broodje voor onderweg en puntjes voor morgenochtend.'

Ik stopte de zak in mijn weekendtas. Ik aarzelde. Zou mama al eens met de trein gereisd hebben? Ik dacht van niet. Mijn maag kneep samen, ik moest eigenlijk ook weer naar het toilet, hoewel ik net was geweest.

'Volgens mij zie ik de bus komen,' zei mama.

Vlug trok ik de deur open en rende naar de bushalte. De zware tas sloeg tegen mijn heup.

Uiterst geconcentreerd zat ik in de bus. Op het station liep ik meteen naar de kassa en kocht een weekendretourtje. Er waren maar twee sporen, had Riet gezegd, naar Vlissingen of naar Rotterdam. Kon niet missen. Ik had nog twintig minuten de tijd. Op het perron stond een bankje.

Het was net of ik van een afstandje naar mezelf zat te kijken. Ik was het echt en toch ook weer niet, het leek alsof ik in een toneelstuk was gestapt. Daardoor wist ik ook precies hoe het allemaal moest. Het scenario lag klaar. Daar was de trein. Over een uur moest ik in Rotterdam overstappen. Ik moest echt naar het toilet maar durfde niet. Ik keek voor de honderdste keer op het briefje dat Riet had geschreven. Toen de trein Rotterdam binnengleed, zag ik hoeveel sporen er lagen, ze krioelden door elkaar heen. Ik repeteerde wat ik moest doen. De trap naar beneden nemen, op de borden kijken waar spoor veertien was, weer een trap op en wachten tot de trein richting Groningen kwam. Het lukte, natuurlijk lukte het. Triomfantelijk zat ik in de volgende trein, of ik een wedstrijd gewonnen had. Nu kon er weinig meer fout gaan. Ik ontspande wat en zag de rails onder de wielen wegglijden. Bij de wissels keek ik geboeid welk spoor mijn trein koos. Op station Amersfoort stond Riet me op het perron op te wachten.

Uitgelaten liepen we de volgende dag door de binnenstad, arm in arm. Riet trok me mee winkel in, winkel uit en paste wel tien paar laarzen voor ze tevreden was en een paar zwarte kocht. Ik vond het jammer dat ik maar zo weinig geld bij me had, ik vond die laarzen ook echt heel mooi. Riet beloofde dat ik haar oude zou krijgen. We hadden dezelfde maat.

In een klein restaurant dronken we een colaatje.

Net toen we weg wilden gaan, kwam er een groepje jongelui binnen. Riet kreeg een kleur als vuur. Een van de jongens kwam meteen naar Riet toe, legde zijn arm om haar schouder en zoende haar vol op de mond, zomaar waar iedereen bij was. Ik wist niet waar ik moest kijken, Riet had helemaal niets over een vriend verteld. Of was het nog maar net aan?

'Dit is Franny, mijn zus,' zei Riet. 'En dit is Albert.'

Hij pompte mijn arm op en neer. 'Leuk je te ontmoeten, Riet heeft me al over je verteld. Door jou had ze voor mij vandaag geen tijd!'

Ik voelde me ongemakkelijk en overbodig.

'Niet waar, hoor,' lachte Riet. 'Ik kook toch vanavond voor ons. Komt Sjoerd ook mee?'

'Ja, hij zou proberen op tijd te zijn. Zeven uur?'

'Goed. Kom zus, hoogste tijd om boodschappen te doen. We gaan chili eten. Ken je dat?'

Met mijn bord op schoot zat ik een tijdje later naast Sjoerd op de bank. Riet zat in het lage stoeltje en Albert op de grond. Hij leunde tegen Riets benen.

'Heerlijk,' zei Sjoerd. 'Wat heb je er allemaal in gedaan?'

'Geheim van de kok,' lachte Riet.

'Ik ga het thuis ook een keer maken,' zei ik. 'Ik heb gezien hoe je het doet.'

'Ha, dat kun je mij dan weleens mooi vertellen,' zei Sjoerd. Hij leunde tegen me aan en hield zijn oor bij mijn mond. 'Ik luister...'

Ik voelde me helemaal warm worden, wat een leuke jongen. Hoe oud zou hij zijn? Deed dat ertoe?

'Wat is precies een koffiebar?' vroeg ik toen we er 's avonds heen liepen.

'Het gaat uit van de kerk maar het is in feite een gewoon café,' legde Riet uit. 'Met dit verschil dat er geen alcohol geschonken wordt. Alleen koffie, thee en frisdrank. Iedereen kan erbinnen lopen, over het algemeen zijn het alleen jongeren. Iedere zaterdagavond hebben er drie mensen bardienst. Vaak praten we over het geloof en over de kerk. Als je dienst hebt, is het de bedoeling dat je gesprekken niet uit de weg gaat.'

'O.'

'Ik heb geen dienst vanavond, wij gaan voor de gezelligheid.'

'Waarom gingen Albert en Sjoerd niet mee?'

'Die hadden afgesproken om te gaan biljarten. Albert is niet zo'n prater, hij gelooft eigenlijk helemaal niet meer.'

'Hè? Hoe moet dat dan? Of zijn jullie ...'

Riet gaf me een duw en lachte. 'Niet zo zwaarmoedig zusje, dat komt allemaal nog wel. Maak je geen zorgen. Maar je hoeft het niet thuis te vertellen.'

Dat was ik ook niet van plan.

Het was er druk, er was geen plaats meer om te zitten. Al die vreemde gezichten, ik werd er moe van. Tegen elven trok ik Riet aan haar mouw. 'Gaan we?'

'Tuurlijk, sorry, ik was vergeten dat je pas vijftien bent.'

De andere morgen werden we zo laat wakker dat de kerk al bijna uit was. 'We gaan vanmiddag wel,' zei Riet 'Eerst lekker uitgebreid brunchen.'

'Wat is dat?'

'Dat is ontbijt en middageten tegelijk, bedacht voor langslapers zoals wij.'

Ze legde afbakbroodjes in het oventje en al gauw rook het net als in de bakkerij. Te laat dacht ik aan de broodjes in mijn tas. Jammer dan. Riet moest nog wat studeren en ik probeerde te lezen. Bijna verlangde ik ernaar om weer thuis te zijn, op mijn eigen kamer. Ik zou veel te schrijven hebben.

's Middags zorgden we ervoor op tijd te zijn voor de kerk. Op het plein voor de kerk stonden Albert en Sjoerd ons op te wachten.

'Verrassing!' riep Albert.

'Wat leuk!' Riet was echt verrast. 'Doe je het alleen voor mij of...?'

'Wat ben je toch een nieuwsgierig Zeeuws meisje,' plaagde Albert. 'Mijn boterbabbelaartje.'

Ik keek snel de andere kant op. Riet en Albert stonden te zoenen alsof het niets was en dat vlak voor de kerk begon. Sjoerd schoof naast me in de bank. Hij hield de Bijbel voor me open. Hij kon heel goed zingen. Hij rook lekker, naar ... Ik kon het niet thuisbrengen. Hij had lange slanke vingers en een stoer horloge om. Z'n nagels waren schoon en kortgeknipt. Ik kon niet naar z'n ogen kijken, jammer. Gisteren had ik gezien dat ze donker waren. Ik voelde zijn warmte en schoof wat dichter naar hem toe. Hij pakte mijn hand en streelde een voor een mijn vingers. Van de preek hoorde ik niets.

Zondagavond terug in de trein leek alles een droom. Ik liet me meevoeren op de cadans van de wielen en dacht alleen nog maar aan Sjoerd. Ik zou vaak bij Riet gaan logeren, zo vaak als het kon.

Al gauw was het alsof ik hem al jaren kende. Ik schreef niet meer in mijn dagboek, in plaats daarvan stuurde ik Sjoerd kantjeslange brieven. Dat hij niet zo vaak terugschreef, vond ik niet erg. Daar had hij had natuurlijk geen tijd voor. Na drie weken hield ik het thuis niet meer uit.

Ik belde Riet. 'Mag ik weer bij je logeren?'

Riet lachte. 'Natuurlijk zusje. Je hebt toch niks tegen papa en mama gezegd?'

Ik schrok. 'Nee, natuurlijk niet. Ze weten niets van Sjoerd.'

'Hè? Ik ga met Albert, hoor.'

Gelukkig kon Riet niet zien hoe rood ik werd.

'O!,' klonk het door de telefoon. 'Ik snap het al. Is mijn kleine zusje verliefd geworden?'

Weer ging ik met Riet op stap en weer naar de koffiebar. Albert en Sjoerd waren er ook.

'Zullen we een eindje om?' vroeg Sjoerd na een kwartier.

Ik knikte en haalde mijn jas. Yes! Buiten sloeg hij zijn arm om me heen, we liepen door straten die ik niet kende maar het maakte me niets uit zolang Sjoerd naast me liep.

Bij het afscheid zoende hij me. Eerst op mijn wang. Toen op mijn mond. Ik wist niet wat ik moest doen en voelde me opgelaten. Sjoerd lachte erom.

'Geeft niet, alles heeft een eerste keer.'

Thuis droomde ik alle nachten over hem. Hij was mijn echte grote liefde en we zouden altijd samen blijven. Het was een tijd waarin alles lukte, op school liep ik stralend rond en haalde goede cijfers. Vergeten waren de tobberige momenten en de zwarte gedachten. Ik was lief voor mijn broertjes en hielp mijn ouders zoveel als ik kon. Het leven was een feest.

Op een avond waren we met een groepje uit geweest. Riet en Albert, ik en Sjoerd en nog twee stellen. Lachend en plagend waren we met z'n allen weggefietst. Iemand kreeg het idee nog naar een bekend café te gaan.

'Daar mag jij niet naar binnen, je bent te jong,' zei Riet tegen mij. 'Ga maar vast naar huis, ik zie je straks. Breng jij haar thuis, Sjoerd?' Ze gaf me haar sleutel.

Ik zat achterop bij Sjoerd en hield mijn armen om z'n middel geklemd. Dat was het fijnste, met mijn hoofd tegen zijn rug en mijn ogen dicht. Binnen nam hij me mee naar de bank, legde een kussen onder mijn hoofd.

'Lig je lekker zo?' vroeg hij.

Hij trok de gordijnen dicht en deed het grote licht uit. 'Vind je dat goed?' vroeg hij toen hij de knoopjes van mijn bloesje losmaakte. Ik wilde iets zeggen maar wist niet wat. Hij trok zijn trui over z'n hoofd en z'n hemd uit. Wat zag hij er gespierd uit. Hij frunnikte aan de haakjes van mijn beha.

Huid op huid.

Zijn hand op allerlei plaatsen die ik zelf nog niet kende.

Ineens sprong het licht aan.

'Sjoerd! Wat doe je!'

Hij stond onmiddellijk op, trok z'n kleren aan en verdween

mompelend uit Riets kamer. Ik kroop weg achter het kussen. Riet kwam naast me op de bank zitten. 'Zusje toch, dat gaat veel te snel.' Ze wilde haar arm om me heen slaan maar ik weerde haar af.

'Waarom deed je zo boos tegen Sjoerd? Ik vond het fijn.'

'Snap je dat niet? Nee hè? Ik denk dat je geen idee hebt van wat jongens willen.'

Riet trok haar benen op en sloeg haar armen eromheen.

'Ik wist ook van niets toen ik zo oud was als jij. Heb jij vriendinnen?'

'Een echte vriendin? Nee.'

'Luister.'

*

Er was geen foto van Riets kamer maar Franny zag hem voor zich alsof ze er gisteren geweest was. Het oude rode bankje, de rieten stoel, het tafeltje met het glazen blad dat eerst bij hen thuis had gestaan. Ze tuurde naar Sjoerds gezicht. Wat zie je in iemand als je vijftien bent? Fijn dat Riet het zo goed opgepakt had. Had ze dat ooit gezegd?

Peinzend bleef ze zitten met de foto in haar hand. Na Sjoerd had ze een hele tijd niet naar jongens gekeken. Jaren later probeerde ze wat uit, gewoon uit nieuwsgierigheid. Met Ko, met Henk, met Willem. Aardige eenvoudige jongens die het eigenlijk niet verdienden dat ze na een paar maanden aan de kant werden gezet.

Ze was vierentwintig toen ze tijdens een vakantiereis Stefan ontmoette. Hij was rustig en evenwichtig, intelligent, zag er goed uit. Hij besteedde veel aandacht aan haar. Eenmaal thuis miste ze hem. De tweede keer dat ze elkaar zagen, al heel snel na die reis, bekende hij verliefd te zijn. Hij wilde met haar verder. Ze dacht niet lang na, hij was aardig, lief en betrouwbaar. Ze was te oud voor een heftige verliefdheid dacht ze, maar de liefde tussen hen kon groeien. Daar ging ze van uit. Hij was het beste wat ze kon krijgen.

Hij was accountant en had een goede baan, in Zwolle. Zij vond het geen probleem te verhuizen naar de andere kant van het land en daar te gaan werken. Toen ze elkaar net kenden, reed zij meestal in haar vrije dagen naar Zwolle maar een paar keer was hij naar Zeeuws-Vlaanderen gekomen. Ze wist zich die eerste keer nog feilloos te herinneren.

Zaterdag overdag hadden haar ouders geen tijd, dus werd het zondag. Eerst naar de kerk. Dat viel in goede aarde want Stefan was ook van hun kerk. Het liefst wilde ze met Stefan in de achterste bank gaan zitten. Dat kon niet, die was al bezet. Bovendien wilden haar ouders het liefst met het gezin bij elkaar zitten. Zelfs Trudy en haar man schoven als vanouds aan in de bank.

Riet had geluk, die woonde in Axel. Hoewel, daar was het niet beter. Dat geroddel in een dorp, daar kon ze absoluut niet meer tegen. Ze kon bijna horen wat men zoals dacht. Zo, Franny van de bakker had een man aan de haak geslagen. Dat werd tijd; hoe oud was ze al? Wie was het? Kenden ze hem? Dat was nog weer een gelukje, niemand wist iets van hem.

Papa en mama waren blij, dat was overduidelijk. Eindelijk een man voor hun derde dochter. Goede baan. En ook nog van de kerk.

Haar vader deed onder de koffie krampachtig zijn best om Stefan op z'n gemak te stellen maar hij verstond hem nauwelijks. Van de weeromstuit sprak hij Algemeen Beschaafd Nederlands maar dat vond haar moeder belachelijk klinken. Hij moest er maar aan wennen. Ze had het toen maar een beetje vertaald maar de meeste tijd zat hij er verloren bij. Joop en Koos woonden nog thuis, ze maakten voortdurend grapjes die Stefan totaal niet begreep.

Daarna kwam Stefan alleen als het echt moest. Ze was duizend keer liever bij zijn ouders in Zwolle. Hoewel ze in het begin ook moeite met de taal had, ze verstonden haar niet als ze Zeeuws sprak. Tijdens haar laatste opleidingsjaar in het ziekenhuis in Zwolle leerde ze dat snel af.

En dan de bruiloft, haar moeder wilde per se dat ze vanuit huis zou trouwen. Twee families die elkaar niet kenden en een andere taal spraken, het liefst waren ze in stilte getrouwd.

Zij, Franny, had bepaald waar ze zouden gaan wonen. Stefan vond alles best wat ze deed. Hij was dol op haar. Het sneed door Franny heen dat ze toen zo weinig wist van zijn gedachtewereld. En andersom, ze vertelde echt niet alles wat ze dacht aan Stefan. Eigenlijk werd het steeds minder, ze groeiden uit elkaar. Stefan vond haar bij tijd en wijle een kille en afstandelijke vrouw terwijl ze diep in haar hart iets anders voelde. Het kwam er gewoon niet uit. Zou ze ooit nog achter de oorzaak komen? De brok in haar keel werd steeds dikker, ze zou willen dat ze kon huilen.

10

Een roffel op het keukenraam. Franny draaide zich met een ruk om. José!

'Even buurten,' zei José. 'Ik zag je auto staan. Ben je vrij?'

'Ja, maandag begin ik weer. Ik had nog dagen over van vorig jaar.'

' Heerlijk. Komt het even uit?'

'Niet te lang, ik moet nog het een en ander doen. Wil je thee of koffie?'

Een vriendin de deur weigeren voelde niet goed. Als ze aan de eettafel zou gaan zitten, zag José de doos misschien niet staan. Te laat, ze plofte al op de bank. 'Wat heb je daar? Foto's? O, uit de oude doos.'

Ze viste er lukraak eentje uit. 'Oh, wat schattig, ben jij dat? En wie is dat kleine mannetje?'

Met een glimlachje keek ze naar zichzelf op de foto, met Fritsje op schoot, Haar eerste kleine neefje. Wat was hij schattig met z'n blonde krulletjes en blauwe oogjes. Hij lachte altijd.

'Dat is mijn eerste neefje, de oudste van mijn zus Trudy. Maar je bent hier vast niet gekomen om foto's te kijken.' Ze klapte het deksel dicht en schoof hem met haar voet naast de bank uit het zicht. Het water kookte, ze haastte zich naar de keuken.

'Jammer,' riep José gemaakt vrolijk. 'Het leek me wel wat, foto's van vroeger bekijken.'

Franny zette het theeblad neer. Ze zocht in de boekenkast naar het doosje bonbons wat ze van Stefans ouders had gekregen op nieuwjaarsdag, toen ze er niet bij kon zijn. Ze had het verstopt voor de anderen en voor zichzelf. Ze werd te zwaar.

José blies in haar thee. Ze viel helemaal stil. Ineens zag Franny dat er tranen in haar ogen stonden. Of kwam het door de hete thee?

'Hoe is het bij jullie?' vroeg ze voorzichtig.

José zette haar glas op tafel en verborg haar gezicht in haar handen. Haar schouders schokten.

'Isabel en Klara gaan weg,' snikte ze. 'Ik wist dat het een keer zou gebeuren maar ik vind het zo moeilijk.' Ze viste een zakdoek uit haar broekzak.

Franny zat stil op haar plekje. Haar verstand zei dat ze op moest staan en haar arm om José heen slaan. Dat doen vriendinnen. Ze deed het niet.

'Er wordt altijd voor gewaarschuwd: je mag je niet teveel aan je pleegkinderen hechten, anders is het afscheid te zwaar. Deze meisjes gaan terug naar hun moeder. Dat is uiteindelijk beter. Alhoewel ik betwijfel of de moeder er al aan toe is. Ze heeft zoveel meegemaakt.'

Franny hield haar het doosje bonbons voor. 'Neem er nog eentje.'

'En Louise?'

'Die vindt het verschrikkelijk, dat snap je. Ze waren als zusjes voor elkaar. Ze zal hen vreselijk missen.'

Ineens realiseerde Franny zich dat ze haar zussen ook miste. Ze deed vaak een beetje cynisch over Trudy. Dat was niet eerlijk, ze kon er destijds ook niets aan doen. Haar ouders hadden niet gewild dat zij, Franny, het zou weten. Ze had zelf de deur naar Trudy dichtgegooid. Het deed pijn dat te beseffen. Ze zal het niet gemakkelijk hebben gehad.

'Sorry, wat zei je?' vroeg Franny.

'Ik vroeg of je nog in het boek gelezen hebt; dat over moeders en kinderen.'

'Nog niet echt. De decembermaand hè, dan weet je het wel. Op m'n werk is het ook druk. Mag ik het nog even houden?'

'Ja, geen probleem. Frappant was wel dat het in het boek onder andere over veilige en goede hechting gaat. Ik had het allemaal gelezen en toch trap ik zelf in de valkuil met mijn pleegdochters.' Ze dronk haar thee op. 'Fijn dat ik even mijn hart kon luchten, dank je. Dan ga ik maar, je had het nog druk.'

'Geen thee meer?' Ze vroeg het voor de vorm. In haar hart was ze opgelucht dat José niet lang bleef. Ze liep mee naar de keukendeur. 'Sterkte hoor,' zei ze zo warm mogelijk.

Ze installeerde zich weer op de bank en pakte de foto van zichzelf en Fritsje.

Trudy mocht dan jong moeder zijn geworden, ze had het wel in zich, beter dan zij. Dat ze er nooit aan gedacht had eens met Trudy te praten over het opvoeden van pubers, ze had ervaring genoeg met vijf kinderen. Ze probeerde zichzelf in de ogen te kijken, de ogen van een zestienjarige. Hoe zag haar leven er toen uit?

*

'Als hij gaat huilen, dat zal waarschijnlijk om half tien zijn, mag hij een flesje, kijk daar staat de flessenwarmer, als het lichtje uitspringt, is de melk warm en hij moet dan ook een schone luier en...'

Anton pakte Trudy bij haar arm. 'Kom, we gaan, ze heeft vaker opgepast.'

'Veel plezier,' zei ik en duwde de voordeur achter hen dicht.

Ik liep naar boven. Fritsje lag op zijn rug te slapen, zijn handjes omhoog naast zijn hoofdje. Voorlopig had ik daar geen omkijken naar en dat was maar goed ook, want ik wilde veel doen vanavond. In de keuken zette ik water op voor een pot thee. Ik installeerde me aan de eettafel met agenda, het schrift en boek van economie, mijn dagboek. Wat had ik nog meer meegenomen? O ja, het boekje voor de jeugdclub morgen.

Voor ik aan mijn werk begon, dwaalde ik door de kamer, veel spullen hadden ze niet, een paar boeken, een stapeltje tijdschriften. Een platenspeler! Die was nieuw! Nieuwsgierig bekeek ik de hoezen van de platen die ernaast stonden. Vivaldi, Beethoven, pianoconcert van Mozart. Zou ik wat opzetten, ik wist best hoe dat moest. Nee, ik kon beter eerst aan het werk gaan. De klok tikte in de stilte. Af en toe hoorde ik gestommel bij de buren. Ik concentreerde me op de leerstof.

Was dat Fritsje al? Het was pas negen uur. Ik sloop naar de gang, nee, het was toch stil boven. Weer dat geluid. Ineens bedacht ik dat het een kat buiten was. Stom beest. Ik schoof economie opzij, het was toch niets voor mij. Naast de verplichte vakken had ik de meest gemakkelijke gekozen. Duits, aardrijkskunde. Biologie was daarna het meest in beeld maar verder geen exacte vakken, daar snapte ik niets van. Wiskunde was verplicht bij economie. Nog bijna twee jaar economielessen volgen, huiswerk leren en repetities maken. Wat leek dat eindeloos lang. Waarvoor had ik dat nodig? Voor later? Wanneer was later? Wat moest ik wanneer ik van school kwam? Ik had geen idee. Het duurde ook nog best lang, ik zat pas in de vijfde.

Nu huilde Fritsje echt. Even later zat ik met het kleine mannetje op schoot. Gulzig dronk hij zijn flesje leeg. Ik had wel uren zo met hem willen zitten, hij was warm en zacht en hij rook zo lekker. Tante Franny, dat klonk raar. Toch was het zo. Trudy had inderdaad snel nadat ze getrouwd was een baby gekregen. Was dat nu zo erg? Er was toch niets mooiers dan zo'n lief klein hummeltje van je samen? Niemand sprak er meer over hoe het zo gekomen was. In het biologieboek ging het dit jaar over de voortplanting, ik wilde er eigenlijk niets meer over weten na het gesprek met Riet maar tegelijk ook weer wel. Snel had ik het hoofdstuk doorgebladerd toen ik het boek binnenkreeg. Al die plaatjes, ik voelde me vaag misselijk worden. Als het aan mij lag, begon ik nooit meer iets met zomaar een jongen. Pas als ik iemand heel goed zou kennen, pas dan, misschien.

Ik rekte de tijd zo lang mogelijk maar legde Fritsje na een halfuur toch weer terug in zijn bedje. Ik geeuwde, kwart over tien pas. Ik pakte de schets. Voorin zat een briefje.

'Lees het eerste hoofdstuk uit het Bijbelboek Prediker op je gemak door en noteer wat je erbij denkt en voelt. Dan praten we erover door op de jeugdclub. Bonny en Leonie.'

Dat waren de nieuwe leidsters, ze waren net van de pabo en gaven les op de basisschool. Ik vond het maar onzin, vorig jaar hadden we met elkaar een boekje gelezen en de vragen die erbij stonden behandeld. Waarom moest het nu ineens anders? Wisten ze het beter omdat ze juf waren? Goed, vooruit dan maar. Ik bladerde door mijn Bijbeltje en zocht de tekst op.

IJdelheid der ijdelheden, zegt de Prediker, ijdelheid der ijdelheden. Het is al ijdelheid! Wat voordeel heeft de mens van al zijn arbeid, dien hij arbeidt onder de zon? Het ene geslacht gaat en het andere geslacht komt, maar de aarde staat in der eeuwigheid. (...) Al deze dingen worden zo moede; het oog wordt niet verzadigd met zien, en het oor wordt niet vervuld van horen. Hetgeen er geweest is, hetzelve zal er zijn, en hetgeen er gedaan is, hetzelve zal er gedaan worden; zodat er niets nieuws is onder de zon.

Nou ja zeg, dit was precies hoe ik het al een hele tijd voelde. Alles was zinloos en vermoeiend. Ook toen al en nu nog steeds. Haastig sloeg ik de bladzijdes om. Wat was die prediker eigenlijk voor iemand? O hier, koning te Jeruzalem, dus niet zomaar de eerste de beste. Hij was ook nog eens schatrijk, en toch was hij niet gelukkig. Hoe kon dat? Hier, hier zegt hij dat alles zijn tijd heeft. Alles gebeurt op de tijd die daarvoor bestemd is.

Hij heeft ieder ding schoon gemaakt op zijn tijd; ook heeft Hij de eeuw in hun hart gelegd, zonder dat de mens het werk, dat God gemaakt heeft, kan uitvinden, van het begin tot het einde.

Hier gaat het over de dood:

Want wat den kinderen der mensen wedervaart, dat wedervaart ook den beesten; en enerlei wedervaart hun beiden; gelijk die sterft, alzo sterft deze, en zij allen hebben enerlei adem, en de uitnemendheid der mensen boven de beesten is geen; want allen zijn zij ijdelheid.

'Hé hoi, wat ben je aan het doen?'

Ineens stonden Trudy en Anton in de kamer. Haastig sloeg ik mijn Bijbeltje dicht.

'Even kijken waar het morgen over gaat op de club. We hebben nieuwe leidsters, Bonny en Leonie.'

'O, die?' Trudy trok haar jas uit en plofte op de bank.

'Is Fritsje lief geweest? Heeft hij z'n flesje gedronken?'

Ik vertelde alles wat Trudy wilde weten, gooide intussen mijn spullen in de tas.

'Ik breng je even naar huis,' zei Anton.

'Welnee, helemaal niet nodig'

'Ja, dat doe ik wel, het is onrustig op het plein. Zaterdagavond hè?

'Bedankt, hoor,' zei Trudy. 'Erg fijn dat je op wilde passen. 't Was zo gezellig.'

Zwijgend liep ik naast Anton door de slaperige straten. Ik wist niets te zeggen en voelde me verlegen. Gelukkig was het niet ver. In de meeste huizen was het licht in de kamer al uit. Soms brandde erboven nog een lamp. Op de hoek van het plein zaten een stuk of tien jongens op hun brommers.

'Ze verzamelen zich om straks uit te gaan,' zei ik. 'Dat gebeurt iedere zaterdagavond.'

'En jij, ga je ook weleens uit in het weekend?'

'Ik? Nee. Waar zou ik naar toe moeten gaan? Soms is er een verjaardag maar meestal ben ik thuis. Lekker lezen.' Ik stak de sleutel in de voordeur.

'Dag, tot morgen en bedankt,' zei Anton. Hij stak zijn hand op en liep verder.

Ik trok mijn schoenen uit en sloop naar boven. Alles was donker en stil. In de keuken stond de tafel gedekt voor de zondag. Even dacht ik aan de tijd dat papa thee en koekjes kwam brengen, wat leek dat lang geleden. Op mijn kamer kleedde ik me uit en kroop onder de dekens. Nog even in Prediker lezen. Waarom moesten mensen werken en trouwen en kinderen krijgen als het toch allemaal nergens toe deed? Want iedereen sterft toch. Waarom zou ze haar best doen op school, nadenken over een opleiding en over later als het toch allemaal voor niks is? Hoe moest je leven met de gedachte dat alles zinloos is?

Zou Prediker ook antwoorden gevonden hebben?

Mijn ogen vlogen over de bladzijdes.

Daarna wende ik mij, en zag aan al de onderdrukkingen, die onder de zon geschieden; en ziet, er waren de tranen der verdrukten, en dergenen, die geen trooster hadden; en aan de zijde hunner verdrukkers was macht, zij daarentegen hadden geen trooster.

Het was zoveel, over ieder vers zou ik veel langer na moeten denken. Maar het klopte met alles wat ik om me heen zag gebeuren.

Het was te veel en te laat. Ik knipte het licht uit. Morgen zou ik verder lezen, misschien vond ik antwoorden.

*

Franny besefte dat het was lang geleden was dat ze in het boek Prediker had gelezen. Het was een fascinerend Bijbelboek, de vragen waren actueler dan ooit. De dominee preekte er eigenlijk nooit over, jammer was dat. Ze zou Stefan voorstellen er aan tafel in te beginnen. Ze stond op en pakte de Bijbel uit de kast. Haar oog viel op hoofdstuk 11 vers 9: '*Verblijd u, o jongeling, in uwe jeugd, en laat uw hart zich vermaken in de dagen uwer jongelingschap...*'

Ze herkende zich daar niet in. Vroeger niet en nu ook niet. Was het haar karakter? Nee, ze was genoeg vrolijkheid tegen gekomen terwijl ze de foto's bekeek. Hoe kwam het dat ze zo'n sombere inslag gekregen had?

Ze sloeg de Bijbel weer dicht, zette hem terug en keek naar de laatste foto in het album.

Het was een plaatje van haar favoriete plek en daarom had ze er iets speciaals van gemaakt. De bladzijde om de foto heen was ingekleurd met lijnen en zachte pastelkleuren, net een schilderij. Het leek een doodgewone dijk met populieren aan weerszijden. Ze hoorde bijna de wind ruisen. Wat was ze nog kinderlijk maar wat had ze grote plannen op haar zeventiende.

*

'Het was heerlijk,' zei oma na het middageten. 'Wil iemand mij naar huis brengen?'

Ik stapelde de puddingschaaltjes op elkaar. 'Ja oma, even de tafel afruimen en dan breng ik u.'

Anton tilde Fritsje uit z'n kinderstoel. 'Deze jongeman moet ook nodig naar z'n bedje.'

Langzaam liepen we even later door het dorp, ik hield oma stevig vast.

'Ik heb je al zo lang niet gezien,' zei oma. Ze hijgde een beetje. Lopen en praten tegelijk werd zwaar.

'Ik werk op zaterdag, oma. U ziet me toch elke zondag?'

'Dat is anders. Dan is iedereen erbij.'

'Ik kom gauw weer eens wat langer.'

'Kom dan op zaterdagavond eens wat langer, je gaat toch nooit uit.'

'Ik zal het proberen, oma.' Hoe ze dat aan moest pakken wist ze niet want ze kreeg het dit jaar heel erg druk.

'Naar welke klas ga je?'

'Dit wordt m'n examenjaar.'

Het was echt zo. Nog maar één jaar naar school, één jaar elke dag heen en weer naar school fietsen en huiswerk. Dan examen doen. Het leek een hoge berg, ik moest er nog niet aan denken en vooral niet aan de tijd die daarna zou volgen. Ik zag niets anders voor me dan een donker dal, waar ik bang voor was.

'Wat ga je doen als je van school komt?'

'Ik weet het niet.'

'Je hebt de tijd nog, het is pas september. En er is keus genoeg. In mijn tijd was dat anders. Als je als meisje iets wilde worden, was dat juf of verpleegster. Of meteen huisvrouw.' Oma kneep me in de arm. 'Ik wilde verpleegster worden en dat is ook gebeurd. '

'Echt waar?'

'Ja, ik werkte in de kraamzorg.'

'Wat is dat?'

'Zorg voor moeders en baby's, niet in het ziekenhuis maar in de wijk.

We wandelden langzaam verder. Ik was verbaasd dat ik dit niet wist. Had ik er ooit naar gevraagd? Hadden papa en mama dat een keer verteld en had ik niet geluisterd?

'Carla wil ook verpleegster worden.

'Carla, ken ik een Carla?'

'Van oom Karel en tante Joke, dat weet u toch wel.'

'O ja, natuurlijk. Al die namen, ik haal de laatste tijd alles door elkaar. Je kunt ook gaan studeren, Franny, je hebt een goed verstand.'

Daar had ik nooit serieus over nagedacht. Op school hadden de leraren het daar weleens over, ik had er nooit bij stilgestaan dat zoiets voor mij ook een mogelijkheid zou zijn. Je ging alleen naar de universiteit als je heel erg goed was en ik was gewoon, middelmatig.

We waren er. Oma deed de voordeur open, ik hielp haar uit haar jas en liep mee naar de kamer. 'Zo, in uw gemakkelijke stoel en hier, het voetenbankje.'

Ik gaf oma een kus op haar voorhoofd. 'Als er iets is, moet u bellen, hoor.'

Oma knikte. Haar ogen zakten al dicht. Ik keek op mijn horloge, nog een uur voor de kerk begon, ik kon best een klein ommetje maken. De zon scheen op mijn rug, er stond een beetje wind, de zomerhitte was vervangen door een behaaglijke septemberwarmte. Al snel had ik de huizen achter me gelaten en liep ik in een flink tempo over het fietspad door de polders. Ik plukte een grashalm, stak het bovenste gedeelte in mijn mond en kauwde erop. Ik zag het jaar voor me, vol met lastige examenvragen. Zou ik het halen? Daarachter was het donker, diep donker. Ik moest besluiten wat ik wilde gaan doen. Anders kwam ik dit jaar helemaal niet door. Een doel moest ik hebben, iets wat me erdoorheen trok.

Ineens dacht ik aan mijn verjaardag, vorige week zaterdag. Zeventien werd ik. Overdag moest ik werken maar toen ik thuiskwam, was Riet er en 's avonds kwamen oom Karel en tante Joke met Carla. Ik had een paar meisjes van de kerk uitgenodigd, waaronder Corine. Ik kon haar niet zomaar overslaan. Van mij hoefde het niet, mijn verjaardag vieren maar mam stond er op. Ik pakte de cadeautjes uit en sneed taart, precies zoals het hoorde. Daarna nog een spelletje padvinden gedaan maar diep in mijn hart vond ik het maar kinderachtig. Het spel bleek wel een goede aanleiding om lekker te kletsen. Om een uur of tien waren de meisjes tegelijk vertrokken. Tante Joke stond met mama in de gang te praten en papa beneden met oom Karel. Carla en ik ruimden glazen en gebaksschoteltjes op.

'Weet jij al wat je gaat doen na de middelbare school?' vroeg Carla.

'Nee, jij wel?' Ik draaide de hete kraan open en spoot een straal afwasmiddel in de teil.

Carla knikte. 'Ja, ik weet het nu helemaal zeker. Ik wil verpleegster worden en in een ziekenhuis werken. Maar dan moet ik wel slagen voor m'n examen.' Ze haalde de theedoek een paar keer achter elkaar door hetzelfde schone glas. 'Vorig jaar ben ik blijven zitten, toen heb ik erover gedacht naar de mavo te gaan. Papa zei dat ik best havo kon proberen want dan heb je meer mogelijkheden. Voor deze opleiding moet je minimaal havo hebben. Eerst ga je drie maanden naar school, dat heet de vooropleiding. Daarna mag je al op de afdeling werken en ga je ook verdienen. Het duurt drie en een half jaar. Je werkt, en af en toe moet je ook naar school.'

'Hoe weet je dat allemaal?'

'M'n moeder heeft informatie opgevraagd.'

Een rijtje schone glazen stond strak in het gelid. Carla vertelde verder maar ik luisterde niet echt. Trudy was als vanzelfsprekend in de bakkerij gaan werken en Riet wist van kleins af aan dat ze juf wilde worden. Voor Joop en Koos stond het bij hun geboorte ook al vast: zij zouden de bakkerij overnemen, later. En zij? Papa en mama hadden het er nooit over wat ik na de middelbare school zou kunnen gaan doen. Ik dacht diep na en waste de gebakschaal wel tien keer af.

'Zo is het wel schoon, hoor,' lachte Carla. 'Wat heb je?'

'Niets bijzonders.'

'Carla, kom je?' riep oom Karel. 'Het is de hoogste tijd.'

'Joehoe!'

In de dagen die volgden had ik geen tijd om er over na te denken, het nieuwe schooljaar was amper begonnen of we hadden al een hoop huiswerk opgekregen. Nu oma er ook over begonnen was, moest ik serieus over deze mogelijkheid nadenken. Was het een idee? Werken en leren tegelijk, meteen geld verdienen, nieuwe vriendinnen krijgen en ik kon met Carla beginnen, in hetzelfde ziekenhuis. We konden het prima vinden samen. Ik had geen flauw idee wat het inhield om verpleegster te zijn, ik had nog nooit in een ziekenhuis gelegen, was er maar één keertje binnen geweest en dat was al lang geleden, Joop en Koos waren net geboren. Ik herinnerde me vaag de ziekenhuislucht. Vroeger bij Nellie zag en hoorde ik weleens iets maar Nellies vader was huisarts. Dat was anders.

Had ik een alternatief? Een andere opleiding? Een studie? Hoe kon ik weten wat bij me paste? Waar was ik goed in? Wat vond ik leuk? Geen idee. Ik liet mijn fantasie de vrije loop en probeerde een paar jaar verder te kijken. Een eigen flat, gaan en staan wanneer ik wilde, op vakantie gaan, mooie kleren kopen. Die verpleging was bij nader inzien echt een vondst.

Hoe kon ik weten dat dit een goede beslissing was? Ik kon niet in de toekomst kijken. Wat maakte het uit, het belangrijkste was dat ik een doel gevonden had.

In de verte sloeg de klok drie keer. Te laat! Wat had ik een eind gelopen, ik was al bijna bij de dijk. Ik draaide me om en begon te rennen. Na een paar minuten hield ik halt. Het was ver, minstens een kwartier lopen. Echt te laat om nog binnen te komen in de kerk. Ik durfde dat niet eens. Al die mensen die zich zouden omdraaiden en naar me keken. Vanmiddag zou ik de kerkdienst maar overslaan. Papa en mama zouden het niet goedkeuren maar het kon niet anders nu.

Op de dijk stonden oude hoge populieren aan weerszijden in dubbele rijen, ze bogen een beetje naar elkaar toe. Als de wind door de bladeren ruiste, was het net alsof ik de zee hoorde. Ik liep omhoog over het fietspad de dijk op. Plotseling stak de wind op. In het midden van de verlaten weg greep ik mijn jas bij de punten beet en spreidde mijn armen. Het gefilterde zonlicht scheen op mijn gezicht, de bomen met hun volle takken bogen zich verder naar elkaar toe. De wind duwde me vooruit, verder, sneller.

Ik voelde me ongekend licht. De donkere leegte die als een schaduw over het komende jaar hing, was verdwenen. Ik had een doel, daar zou ik me helemaal op richten.

*

Franny snoot haar neus, ze was trots op zichzelf als zeventienjarige, ze had het goed gedaan. Haar ouders waren eerst wel verbaasd dat ze dit wilde maar gingen snel akkoord. Ze hadden niet doorgevraagd, niet naar het waarom van haar beslissing. Ook over zo'n belangrijk onderwerp werd door niet doorgesproken. Of werd er wel gepraat maar was ze het vergeten?

Ze klapte de doos dicht, plakte hem dicht met tape en zette hem op zolder terug.

Na het avondeten zat ze met een puzzelboekje op haar plekje in de bank. Ze wist niet één woord, afwezig kleurde ze de lege vakjes in en dacht aan vroeger.

Hoe was het verder gegaan?

Zij en Carla waren samen gestart. Na drie maanden intern in de vooropleiding mochten ze op kamers. Ze vonden een flatje vlak bij het ziekenhuis. Doen en laten wat je wilde, beetje werken, studeren, het was een heerlijk leventje. Maar Carla brak na een jaar de opleiding af, het was toch te moeilijk. Anatomie, al die ziektebeelden met Latijnse namen, ze kon het niet in zich opnemen. Daarnaast de onregelmatige werktijden, ze hield het niet vol. Franny had haar zo veel mogelijk geholpen en snapte niet dat Carla het zomaar opgaf, het was zo leuk samen op de flat. Ineens vond ze het werk niet meer zo boeiend, het was meer van hetzelfde maar ze zette door, ze had geen alternatief. Verbeten stortte ze zich op het werk en de studie. In het tweede jaar had de praktijkbegeleidster een keer tegen haar gezegd dat ze niet geschikt was voor dit vak. Ineens zag ze het voorval weer helemaal voor zich.

Ze was eind tweedejaars en liep met haar boekje naar de zusterpost om een puntje te laten aftekenen. Drie keer had ze verband verwisseld bij een decubitus patiënt en drie keer had de gediplomeerde die erbij was haar paraaf gezet, een teken dat het goed was. De praktijkbegeleidster moest nu officieel haar handtekening zetten. Het puntenboekje was belangrijk om over te gaan naar een volgend jaar. Daarnaast moest de theorie op school ook voldoende zijn.

'Technisch gezien ben je goed, de leervakken gaan je ook goed af maar over je houding naar de patiënt toe heb ik nog wel het een en ander op te merken,' zei Cora terwijl ze een pen uit haar schortzak viste en tekende.

Franny verstarde. Wat bedoelde ze? Ze deed het toch goed?

'Je kunt je niet goed verplaatsen in de patiënt, vind ik, je bent erg snel met je oordeel en hebt weinig geduld. Werk eraan.'

Ze herinnerde ze zich dat ze verontwaardigd was weggelopen, voelde zich onterecht beschuldigd. Wat had je aan mensen die uren aan een bed stonden te praten terwijl er op afdeling zoveel moest gebeuren? Was de patiënt daar dan wel mee gediend? Zij was nu eenmaal meer een doener dan een prater. Nou en?

Maar waarom raakte haar dat toen en nu weer zo diep?

Met de leervakken had ze nooit problemen, de praktische

handelingen had ze onder de knie. Dus was ze toegelaten tot het derde jaar. Zo goed en zo kwaad als het ging, kwam ze de opleiding door, werkte ze als gediplomeerde op diverse afdelingen in hetzelfde ziekenhuis, volgde een paar cursussen. Ze had niets met de kritiek gedaan maar in de loop der jaren werd ze zich steeds meer bewust dat ze zich snel ergerde aan collega's, artsen, patiënten. Vond het inderdaad lastig om intensief met anderen te werken. En dat werd alleen maar erger. Het liefst was ze alleen bezig maar dat kon niet op een afdeling. Ze had haar keuze gemaakt, daar op die zondagmiddag op de populierendijk maar ze wist echt niet waar ze aan begon. Slome docenten, vreselijke nachtzusters, de stress om je punten te halen, het hoorde er allemaal bij. Toch zette ze door, ze had er zelf voor gekozen.

Er waren heus ook leuke dingen. Ze deden gezellige dingen met hun jaargroep, hadden vaak veel lol. Vooral in de nachten, als het niet druk was op de afdeling. Ze herinnerde zich een dienst met oud en nieuw. Ze hadden toen een picknick georganiseerd in de hoek van de gang. Echt te gek was dat. Toen het hoofd erachter kwam, kregen ze wel een waarschuwing maar daar bleef het bij.

Ach ja, die gang daar, die oneindig lange ziekenhuisgang. De grijze muren met de houten leuningen. De zware groene deuren. Rechts de drie- en zespersoonszalen, links drie eenpersoonskamers waar de dood altijd op de loer lag. Haar maag kromp ineen toen ze aan die tijd dacht.

Ze deed altijd alsof ze nergens bang voor was, duwde resoluut de zware deur van zo'n eenpersoonskamer open. In de sluis haalde ze diep adem voor ze de deur naar het eenpersoonskamertje opende. Deed wat ze moest doen en was weg als het klaar was. Niets op aan te merken. Haar angst had ze overwonnen door de jarenlange ervaring.

Had ze wel het juiste beroep gekozen? Ja en nee. Het had in materiële zin gebracht waar ze op hoopte. Toch stond ze er anders in dan anderen. Ineens schoot het door haar heen dat

Gerda straks in het gesprek ook zoiets zou kunnen opmerken. Die gedachte kwam binnen als een donderslag bij heldere hemel.

Wat moest ze dan? Op haar vierenveertigste kon ze niet meer van beroep veranderen. God had toch een doel had met haar leven? Het leek of Hij haar in het diepe liet zwemmen zonder dat ze haar diploma had. Ze wist dat Hij haar vasthield, zo voelde het niet.

11

De volgende dag was het zaterdag en iedereen thuis. Hoe graag ze ook in het boek wilde beginnen, het kon nu niet. Misschien maar beter ook, haar hoofd was niet helder genoeg. Rusteloos zochten haar handen afleiding terwijl haar gedachten overuren maakten. Stefan begreep niet waarom ze juist op zaterdag alle ramen wilde zemen, binnen en buiten. Het was hartje winter en de temperatuur zakte.

'Laat me nou maar,' mompelde ze.

'Dat weet ik nog zo net niet. Ik vind dat we eens moeten praten.'

'Niet vandaag.'

Ze zette de planten allemaal op de eettafel, draaide de warme kraan open en wachtte tot de emmer vol was. Scheut spiritus erbij.

'Is er iets op je werk?'

'Het loopt inderdaad niet helemaal lekker,' gaf ze toe. 'Die nieuwe arts-assistent is een lastig heerschap.'

Ze klom op het trapje en boende. 'Wat wil je eten vanavond? Nasi van Nikki, of zal ik patat bakken?' Vanavond moest ze aandacht voor hem hebben. Dan maar doen alsof, dat was beter dan zijn vragen, beter dan ruziemaken. 'Chinees afhalen? Dat sla ik niet af.'

Niels en Nikki waren er ook dol op en ze vond het prima om vandaag niet te hoeven koken.

Hoe meer ze nadacht, hoe ingewikkelder het werd. Eerst dacht ze dat alles wat mis ging aan de anderen lag, nu zag ze in dat ze er zelf deel van uitmaakte. Ze had een beter beeld gekregen van haar verhouding met Trudy en Riet. Eigenlijk wilde ze hen bellen en iets laten merken van haar veranderde inzicht, laten merken hoe ze hen waardeerde als zus. Dat klonk mooi in haar hoofd, hoe zou ze het ooit kunnen zeggen? Over Joop had ze veel nagedacht, het was duidelijker geworden waarom ze een aversie had tegen hem. Ze zou hem een knuffel willen geven en zeggen dat ze van hem hield als broer. Koos kwam niet vaak voor in haar gedachten, hij was een onopvallend jonger broertje. Ze had niks meer met hem dan de bloedband, die duidelijk aan bloedarmoede leed. Haar familie, broers, zussen, ouders, oma, als kind vind je dat heel gewoon. Later vond ze familie eigenlijk maar lastig. Pas nu ze zich had verdiept in vroeger zag ze in dat het best bijzonder was om op te groeien in een normaal gezin. Toch zat er nog steeds een groot gapend gat tussen de wereld van toen en de tijd waarin ze vandaag leefde. De kloof was diep, de brug ontbrak. Zou het boek haar verder kunnen brengen?

Ze spoelde het vuile water weg door het toilet en zette koffie. Even een pauze. Niels was naar z'n werk, op zaterdag had hij een baantje in de supermarkt. Nikki sliep vaak tot elf uur, half twaalf op zaterdag.

'Er is koffie, Stefan!' riep ze onderaan de trap. 'Wil je ook?'

Hij kwam meteen naar beneden. 'Dat ruikt hier schoon.'

Gisteren had ze gevulde koeken gekocht, vers van de bakker.

'Heerlijk. Klaar met de ramen?'

'Half. De buitenboel nog. Ben je met de administratie bezig?'

Stefan vertelde over de nieuwe cliënt. Binnenkort moest hij er voor een aantal dagen heen. Het was te ver om heen en weer te rijden op een dag. Dat had hij in december gedaan maar dat was eens en niet weer. 'Ik blijf twee nachten in een hotel slapen. Woensdag en donderdag.'

'Dat doe je anders nooit.'

'Ik weet het maar het kan niet anders. Het is een groot bedrijf, de hele boekhouding doorlichten kost veel tijd.'

'Wat moet dat moet.'

Haar gedachten dwaalden af. Haar vader was ook altijd aan het werk, deed z'n uiterste best om z'n bedrijf te runnen. Bakker zijn was een heel zwaar beroep, dat besefte ze beter dan ooit. Ze was er automatisch vanuit gegaan dat het normaal was hard te werken. Het getuigde van enorm veel inzet dat hij dat al die jaren volhield, met liefde voor zijn vak.

'Ik ga weer naar boven.' Stefan zette het kopje in de keuken.

'En ik naar buiten.'

Ze trok een oud dik vest aan. Haar vingers jeukten om de tuin aan te pakken, overal lag nog oud blad en de afgestorven planten stonden er troosteloos zwart bij. Eerst de ramen. Haar moeder had het minstens zo druk gehad als haar vader. De kinderen, in de bakkerswinkel staan, de administratie doen. Zorgen voor het huishouden, eten, nieuwe kleren, de was. Wie was zij om als dochter iets te vinden van de opvoeding die ze had gehad? Het was waar dat er niet gepraat werd en dat ze alles zelf moest uitvinden. Maar was dat erg? Was ze daar minder door geworden? Niels en Nikki waren anders opgevoed, niet perse beter. Of toch wel?

Ze wrong met stijve vingers de zeem uit. Haar adem kwam in wolkjes naar buiten. Het was waterkoud. Het houtwerk zou ze een ander keer meenemen. En de tuin? Daar begon ze niet aan vandaag.

Het leek of ze weken weg was geweest van de afdeling. Ze deed haar best wat geduldiger te zijn naar collega's, wat meer belangstellend naar patiënten. Het kostte haar moeite, ze liep op haar tenen. Het komende evaluatiegesprek hing als een donkere wolk boven haar hoofd.

Op vrijdag besloot ze niet te gaan joggen, hoewel het weken geleden was. Ze moest verder met haar zoektocht, proberen helder te krijgen hoe de verhouding met haar moeder zo verstoord was geraakt. Het boek van José was de sleutel, daar zou ze de aanwijzingen vinden die haar in het denken over haar moeder konden helpen. Hoopte ze. Wat als dat niet het geval was? Als ze het toch niet kon pakken? Ze drukte die vraag weg, pakte het boek uit de kast en begon opnieuw te lezen. Eerst de inleiding. Er stond dat het geen negatief boek was over de moeder maar een poging tot verzoening.

Het eerste hoofdstuk dat begon met het verhaal van de

vrouw die zo teleurgesteld was, had ze al een keer gelezen. Toch boeide het haar opnieuw. Ze herkende het heen en weer geslingerd worden tussen gevoelens van afkeer, woede, schuld, angst en verwarring over een gesprek met haar moeder. Elke alinea moest ze een paar keer doornemen voor ze begreep wat er stond. Met een potlood onderstreepte ze de belangrijkste woorden. Pas na twee uur had ze het hoofdstuk uit.

Peinzend staarde ze uit het raam.

Het ging over bemoederen en hoe ze daar zelf op reageerde. Vroeger en nu. Daar tussenin moest het verband zitten. Vaag begon het te dagen. Heel vaag. Bemoederen was wat José hechting had genoemd. Blijkbaar kon daar van alles mis in gaan, als moeders onbewust of bewust niet voldeden aan alle behoeften die kinderen hebben. Dat had haar op haar beurt gemaakt wie ze was. Dat bepaalde haar houding naar anderen toe. Hoe was ze in de omgang en wat had dat met hechten te maken? Ze las het nog een keer. 'We moeten kijken naar de patronen die we hebben geleerd in de omgang met onze moeder. Ontwijkend, sturend, inschikkelijk, overheersend, passief, agressief, betuttelend en wantrouwend gedrag kan vastroesten in onze hersenen. We moeten ons bewust worden van deze patronen en ze veranderen in zinvolle patronen.'

Was je flink houden ook een patroon? Een patroon dat ze moest doorbreken? Een rol die ze had aangeleerd om niet te voelen wat er aan ontbrak?

Het was alsof ze in de zaal zat en naar het toneel keek. Mam en pap, Trudy, Riet, Joop en Koos. Als ze heel goed keek, zag ze iemand achterop het toneel die erg op haar leek. Dat moest zij zelf zijn. Altijd bezig het iedereen naar de zin te maken. Een kind met een hoofd vol vragen. Hunkerend naar liefde en aandacht.

Het doek viel en werd weer opgetrokken. Weer zat ze in de zaal, op het toneel zat Stefan, alleen in een kamer. Zij als volwassen vrouw hield zich schuil in de coulissen tot hij haar riep. Ze kwam aangesneld, als een huishoudster. Ze kregen woorden, zij kromp ineen. Hij begreep haar niet. Zij begreep hem niet. Ze waren als schepen die elkaar in de nacht passeerden. Ze verlangde naar hem maar kon hem niet bereiken.

Het doek viel. Werd opgehaald. Een zaal vol bedden. Ze zag zichzelf als een robot van bed naar bed gaan. Plots kwam José op. Vroeg iets aan haar. Ze duwde haar van zich af. Wat betekenden deze beelden?

Haar hoofd bonkte, ze had dringend frisse lucht nodig. Ze trok haar jas aan, pakte muts en handschoenen en liep naar de schuur. Waarom ze het boek meenam wist ze niet precies maar het voelde als iets kostbaars wat ze dicht bij zich wilde houden. Ze trapte stevig door, nam de bekende route door de weilanden. Ze zou naar De Boshut gaan, een restaurant midden in het bos waar ze vroeger vaak met de kinderen naar toe gingen. Daar koffie drinken en weer terug fietsen. Stil en donker stonden de bomen langs de weg. Af en toe kwam de zon tevoorschijn. Het waaide amper. Brokstukken van zinnen uit het boek schoten door haar hoofd. Ze kon het niet goed pakken, er stond zoveel in. Straks, als ze thuis was, zou ze alles nog eens nalezen.

Na een uurtje was ze bij De Boshut, de openhaard brandde, er stonden diepe stoelen omheen. Ze liet zich in een van de stoelen zakken en bestelde koffie. De warmte van de haard kroop behaaglijk omhoog, ze voelde zich op haar gemak. Wat lette haar om verder te lezen in het boek?

Hoofdstuk twee, de schijnmoeder. Wat een vreemd woord. Nieuwsgierig begon ze te lezen. Het was alsof de schrijvers haar goed kenden en haar toespraken op een vriendelijke, liefdevolle toon. Elk woord landde recht in haar hart. Alles klopte, ze herkende situaties, voelde dat ze dicht bij de kern kwam. Ze voelde zich warm worden, week, of ze ontdooide. Ze las dat kinderen behoefte hebben aan veiligheid, aan koestering. Had ze ooit bij haar moeder op schoot gezeten? Had ze haar ooit voorgelezen? Had ze haar ooit getroost? Een goed gesprek gevoerd? Ze dacht aan het incident in het zwembad. Had haar moeder toen begrip getoond, had ze haar getroost? Had ze nadien iets liefs gezegd? Nee, ze was aan haar lot overgelaten.

'Nog iets te drinken mevrouw?'

Ze keek op. 'O, ja, doe nog maar een koffie. Heb je appeltaart?'

'Zeker. Met slagroom?'

'Graag.'

Nadat ze het stuk taart in rap tempo had opgegeten, las ze verder, met een groeiende herkenning. Veel was er dat ze niet begreep, veel wat ze later nog een keer wilde nalezen. Woorden als koestering, veiligheid, vertrouwen, gewenst zijn, liefde, het was alsof de schrijvers een andere taal spraken, een taal die ze zo vlug mogelijk wilde leren.

Ze zat daar maar. Af en toe gooide iemand een blok hout op het vuur. Mensen kwamen binnen na een boswandeling. Vertrokken weer.

'Wilt u soms iets eten, mevrouw?'

Iets eten? Hoe laat was het? Buiten was het helemaal donker. Vijf uur, ze moest nodig naar huis. Ze vloog overeind, rekende af en belde naar huis en zei dat ze eraan kwam. Rillend zat ze op de fiets. Het was bijna helemaal donker. Aan de oostelijke hemel was nog een streep roze licht te zien. Het begon te regenen, ze trok de capuchon over haar hoofd. Al snel was ze doornat en ijskoud. Ze voelde zich als het kind dat ze vroeger was, geen schouder om tegen te huilen, geen schoot om op te klimmen. Koud en alleen.

Terwijl de regen steeds harder op haar hoofd kletterde, besefte ze dat haar moeder er vroeger fysiek wel geweest maar dat ze geen oog had voor haar persoonlijk, voor Franny, die met een hoofd vol vragen haar leventje leidde, behoefte had aan een aai over haar hoofd, twee warme armen om haar heen. Haar moeder was zoals het in het boek benoemd werd, een emotioneel afwezige moeder. Aarzelend sprak ze die grote woorden uit, zachtjes, alsof iemand haar zou kunnen horen. Het voelde alsof ze daarmee haar moeder verraadde.

Plotseling zag ze het haarscherp. Alsof puzzelstukjes in elkaar vielen. Haar moeder temperde haar enthousiasme, ze moest flink zijn en over de pijn werd een pleister geplakt. Dat had ze niet bewust zo gedaan, nee, ze had juist haar best gedaan om het op haar manier goed te doen voor haar gezin. Maar daardoor had zij, Franny, nooit geleerd wat echt blij zijn was, kon ze geen verdriet voelen, boosheid uitte ze door weg te lopen of ruzie te maken.

Zo was het, precies zo.

Het besef raakte haar diep, tranen vermengden zich met regen. Arme mama, arme Franny

Tegen zevenen kwam ze thuis, door en door koud en nat. 'Waar was je?' riep Stefan uit toen ze de keukendeur opentrok. 'Wat zie je eruit!'

'De tijd vergeten en toen zat ik in die bui.' Ze beefde over heel haar lichaam. 'Ik ga eerst even douchen.'

De hete stralen verdreven de kou uit haar lichaam, haar hart huilde om alles wat ze gemist had als kind, huilde om haar leven, haar verloren jaren. Dat haar moeder misschien geen band had met haar eigen moeder en het niet aan haar dochter door kon geven, was een van de laatste zinnen die ze had gelezen. Het was een patroon dat zich voorzette in de geslachten. Ineens vloog het haar aan dat zij op haar beurt ook haar eigen kinderen zo had opgevoed.

Ze trok droge kleren aan, kamde haar haren en warmde in de keuken haar bord met eten op. Steeds opnieuw voelde ze de tranen branden maar dapper slikte ze die weg. Ze zag Stefan wel kijken, gelukkig vroeg hij er niet naar. Het was nog te moeilijk om onder woorden te brengen waarom ze zo verdrietig was. Eerst moest ze het voor zichzelf in gedachten rond zien te krijgen.

's Nachts kreeg ze koorts. Beurtelings had ze het warm en koud. Klappertandend haalde ze de thermometer uit het medicijnkastje. 38,9 graden. Stefan werd er wakker van, hij haalde water en legde een nat washandje op haar voorhoofd. 'Je hebt kou gevat gisteren.'

De hele zaterdag bleef ze in bed, half slapend, half wakker. Nikki bracht thee, veel hete thee.

'Je bent echt ziek,' constateerde Stefan toen hij om vier uur boven kwam. 'Meet de koorts nog eens, als het weer zo hoog is bel ik de huisarts.'

Ze had 38, 4. 'Laten we nog maar even aankijken,' zei ze.

'Wat is er gebeurd, gisteren?'

'Ik weet het niet precies meer, ik had behoefte aan frisse lucht en ging een eindje fietsen. Toen heb ik een tijdje in de Boshut gezeten. Daar ben ik de tijd vergeten.'

'Hoe kwam dat, was je daar met iemand?'

'Nee, ik was alleen. Ik zat na te denken.' Ze schoof onderuit en deed haar ogen dicht. 'Ik ben zo moe.'

'Straks praten we verder, slaap eerst maar een tijdje.'

Ze hoorde aan de manier waarop hij de trap afliep dat hij beledigd was. Terecht. Maar eerst moest ze het voor zichzelf op een rijtje hebben zodat ze het helder uit kon leggen. Daar had hij recht op. Ze voelde zich net zoals die dag dat Joop bijna was verdronken in het zwembad. Ze rolde zich op haar zij, trok haar knieën op en huilde.

Zondagmorgen. Haar armen en benen voelden loodzwaar, ze bleef in bed, moest er niet aan denken zich aan te kleden en mee naar de kerk te gaan. Ze hoorde Stefan weggaan met de kinderen, zoals gewoonlijk op het laatste nippertje. Naar de kerk omdat het zo hoorde, ook zij was vaak met die instelling gegaan. Als het klopte dat ze niet bij haar gevoel kon, hoe was dan de band met God? Hij vroeg haar hart terwijl ze dat niet gaf. Ze had zich afgesloten voor alles en iedereen, zelfs voor God. Ze probeerde haar Bijbel te lezen en natuurlijk was ze eerbiedig en bad ze bij het eten en slapen, maar verder kwam er zo weinig van. Op haar manier 'vergat' ze dat gewoon. Was God niet het belangrijkste in haar leven?

Ze gingen naar de kerk en waren na hun trouwen vast van plan om God te betrekken bij hun leven. Ze probeerden iedere zondag te gaan. Maar meelevend? En tot eer van God? Ze moest constateren dat ze er maar bar weinig aan deed. Natuurlijk waren hun kinderen gedoopt en had ze zich gedragen gevoeld door de doopbelofte maar het was te lang geleden dat zij en Stefan een gesprek hadden over het geloof. Het schoot door haar heen dat ze het miste, het Bijbellezen en je verdiepen in de bedoeling van God met mensen.

Ze besefte dat ze die vreugde nooit meer voelde. Had dat soms ook te maken met het niet kunnen uiten van emoties? Ze was zich diep bewust van haar kleinheid. Wie was ze nou helemaal? Ze bracht er niets van terecht en toch hield God van haar persoonlijk, Hij had haar bij haar naam geroepen en hield van haar als een dochter. Die gedachte maakte haar ineens heel kalm.

Bij José en Hans zag ze dat geloven inderdaad veel meer inhield. Zij konden in elke situatie op een vanzelfsprekende manier God erbij halen. Ze leefden met de Heere, zoals ze zelf zeiden en spraken vrij en open over Gods goedheid.

Ze dacht aan die zondag in het voorjaar. Ze gingen koffiedrinken bij José en Hans. De kinderen speelden in de tuin, het was een prachtige lentedag.

'Van de week was heftig,' vertelde Hans. 'Ik moest de begrafenis leiden van een jongen van net twintig..'

Kippenvel. Ze was wel wat gewend maar jonge mensen die moesten gaan, dat wende nooit.

'Drie jaar was hij ziek. Ik heb het hele traject met zo'n knul meegemaakt,' peinsde Hans. 'Dat doet je wel wat.'

Hij liep naar binnen en Franny hoorde hem z'n neus snuiten.

'Ik vond de getuigenis van zijn moeder heel aangrijpend,' ging José verder. 'Ze gaf door wat hij zelf op het laatst tegen iedereen zei, dat hij juist door zijn kwetsbaarheid God groot kon maken, zo dichtbij was de Heere voor hem. Hij gaf daarmee geweldig getuigenis van de aanwezigheid van God in zijn leven aan de mensen om hem heen. Pas twintig hè!'

Dat heette een levend geloof, had ze gedacht.

'Papa, kijk eens, een klein vogeltje!' Nikki hield een piepklein musje in de holte van haar hand.

'Uit het nest gevallen,' zei Stefan. 'Kom, we leggen het terug. Weet je nog waar je het gevonden hebt?'

Daarmee was het gesprek afgelopen. Franny had met Hans door willen praten maar José troonde haar mee naar de keuken, of ze wilde helpen met salade maken. Franny had haar handen op het koele stenen aanrechtblad gelegd voor ze de groente begon te snijden. Diep ademhalen en verder maar weer. José had het gezien en bezorgd gevraagd of alles goed was. Natuurlijk had ze niets gezegd, niets van haar gedachten prijsgegeven. Laat staan dat ze José zou bekennen dat ze verlangde naar zo'n levend geloof.

Franny kwam half overeind in bed en reikte naar de tissues op het nachtkastje. Een slechte band met haar moeder, een dun lijntje naar Boven, met Stefan liep het ook niet altijd soepel, hoe kwam ze hier ooit uit, wat was de weg naar herstel?

Het boek, daarin lagen de aanwijzingen. Waar was het, nog in haar fietstas? Ze schoot uit bed, trok een vest en sokken aan en ging naar beneden. Ze hield zich stevig vast aan de leuning. Ze voelde zich erg duizelig, misschien was ze wel echt ziek. Buiten was het ijskoud. Ze holde naar de schuur, greep het boek en kroop weer in bed. Ze moest alles nog een keer lezen. Tot haar schrik zag ze dat ze op elke bladzijde iets had geschreven. Kon ze het uitgummen? Nee, dat bleef je zien, ze zou een nieuw exemplaar moeten kopen. Ze begon te lezen. Na een paar minuten sloeg ze het dicht en schoof het onder haar kussen. Ze kon zich niet concentreren, in haar hoofd was het één dikke brij van halve gedachten en zinnen. Complete chaos. Dat hoorde bij griep, dacht ze vaag voordat ze weer in slaap viel.

Op maandag voelde ze zich iets beter maar er was geen sprake van dat ze kon werken. Ze belde naar de afdeling en meldde zich ziek. Halverwege de ochtend liep ze naar beneden. Wat een bende, niemand had iets opgeruimd, zelfs de vaatwasser stond nog vol. Langzaam begon ze hem uit te ruimen maar na een paar minuten zakte ze duizelig op de bank. Ze pakte het boek, sloeg het open en vlak daarna weer dicht. Lezen lukte echt nog niet. Ze trok een plaid over zich heen en sloot haar ogen. Ze dacht aan vrijdag en probeerde het moment terug te halen waarop ze letterlijk had gezien hoe puzzelstukjes in elkaar vielen. Hoe de theorie uit het boek exact klopte met de praktijk van haar opvoeding. Ze wilde het pakken, er eigen woorden voor vinden.

Een klopje op de keukendeur, José stapte binnen.

'Hé hoi. Ik zag je auto voor de deur staan. Moest je niet werken? Ach, je bent ziek!'

Ze gooide haar jas over de leuning van een eetkamerstoel en zakte op haar knieën voor de bank. 'Wat scheelt eraan?'

Franny kon niets zeggen, er zat een dikke prop in haar keel. Ze zou willen dat ze kon huilen.

'Je bent in het boek bezig!' José raapte het op van de grond en legde het op de salontafel.

'Ik heb griep, sorry.'

'Ik ga zo weer weg. Kan ik iets voor je doen? Beetje opruimen? Een was aanzetten?'

Franny schudde haar hoofd. 'Ik voel me alweer iets beter dan gisteren, morgen zal ik wel iets kunnen doen in huis.'

'Zal ik thee voor je zetten?'

'Ja, dat is goed.'

Ze hoorde José bezig in de keuken, zou ze haar in vertrouwen nemen? Ze ging rechtop zitten, trok haar knieën op en nipte van de thee. 'Lekker, bedankt.'

José wees naar het boek. 'Ik was er aardig door van slag, toen ik het voor de eerste keer las. Ik dacht dat ik het moest lezen om het gedrag van anderen beter te begrijpen maar ik kwam mezelf tegen.' Ze probeerde te glimlachen, het werd een raar soort grimas. 'Even een zakdoek.'

Franny schoof de doos tissues naar haar toe.

'Dank je. En jij?'

Franny keek weg. 'Ik ben erin begonnen.'

'Hoe ver ben je?'

Franny pakte het boek, sloeg het open. 'Nog niet heel ver, elke zin betekent iets. Ik moet het wel honderd keer lezen.'

'Je hebt er aantekeningen bij gemaakt, zie ik.'

'Ik zal een nieuw exemplaar voor je kopen, dan houd ik deze.'

José knikte.

'Eerlijk gezegd, ik ben helemaal teruggegaan naar mijn kindertijd,' zei Franny. 'Hoe ik als kind was. Dat wist ik niet meer, ik herinnerde me niets. Daarom zat ik in oude fotoboeken te kijken. Ik heb een slechte band met mijn moeder en wilde weten hoe dat kwam. Of er vroeger iets gebeurd was. Het is heel erg ingewikkeld.'

Ze dronken zwijgend van de thee.

'Ik kan het gewoon niet rond krijgen in mijn hoofd.'

'Misschien is het goed dat je hulp zoekt om alles op een rijtje te krijgen. Dat is helemaal niet vreemd, heel veel mensen doen dat. Je hebt tegenwoordig gespecialiseerde psychologen die je daarbij kunnen helpen. Ze noemen dat met een moeilijk woord contextuele therapie.'

Franny knikte. 'Best een goed idee. Dank je.'

José dronk haar glas leeg. 'Ik ga weer. Beterschap en als je een praatpaal nodig hebt, dan weet je me te vinden, toch?'

De deur sloeg dicht. De klok tikte in de stilte. José zei het zo gemakkelijk, hulp vragen maar hoe legde je iets uit wat je zelf amper kon bevatten? Ze opende het boek en las de eerste twee hoofdstukken opnieuw. Ze kon het beter volgen. Hoe meer ze nadacht over haar moeder, hoe duidelijker alles werd. Bijna begreep ze alles, hoewel er ook nog stukken waren die ze niet kon plaatsen. Het derde hoofdstuk leek haar nog moeilijker. Dat ging over je opnieuw hechten. De woorden afstandelijkheid en gebrek aan zelfvertrouwen sprongen van de bladzij. Ze sloeg het boek dicht, dit was teveel voor vandaag.

Dinsdag voelde ze zich iets beter. Ze douchte, kleedde zich aan en ruimde wat op. Weer verdiepte ze zich in het boek. 's Middags sliep ze nog eens twee uur op de bank.

'Waar staat die kleine koffer?' vroeg Stefan 's avonds.

‘Koffer?’

‘Ik zou twee nachten wegblijven, ik moet naar een klant in Limburg. Heb ik je verteld.’

Ze herinnerde het zich vaag. ‘De koffers staan op zolder.’

‘Gaat het weer een beetje met je? Ga je morgen werken?’

‘Nee, ik denk dat het beter is wanneer ik eens goed uitziek. Gerda mopperde wel, na oud en nieuw had ik al extra vrij maar ik kan zo niet gaan werken, ik sta te zwaaien op mijn benen.’

Hij gaf haar een zoen op haar voorhoofd. ‘Tot vrijdag, ik bel je tussendoor wel.’

‘Succes.’

Terwijl ze keek hoe hij instapte, voelde ze spijt dat hij nog helemaal niets wist van haar zoektocht.

12

Op woensdagmorgen vertrok Stefan pas nadat de kinderen naar school waren. Hij wilde de drukte van de spits vermijden. Franny wachtte met de armen over elkaar tot de koffie klaar was. Haar maag rammelde, ze had de afgelopen dagen weinig gegeten. De kastjes waren zo goed als leeg, vanmiddag boodschappen doen. Ze maakte de laatste twee boterhammen klaar met het laatste lapje kaas. Eerst een kleine wandeling. Op straat was het stil, geen kinderen, weinig auto's voor de deuren. Hier en daar een fiets met kinderzitje. Heerlijk om buiten te zijn, daar knapte ze van op. Hoewel, het was amper licht geworden en waterkoud. Wolken joegen in flarden langs de lucht. Het zou best eens kunnen gaan sneeuwen

Toen ze een uurtje later huiverend de sleutel in het slot stak, hoorde ze binnen de telefoon overgaan. Haar hart bonsde zwaar. Als het nu haar moeder eens was!

'Met Franny Baas.'

'Met Trudy. Mam is niet goed, ze is gevallen.'

'Gevallen? Mam?'

'Joop heeft haar gevonden, ze was buiten bewustzijn. De ambulancebroeders dachten aan een beroerte.'

'Een beroerte?'

'Ja. Ze is naar het ziekenhuis in Terneuzen gebracht. Ik hang op, als ik meer weet bel ik je weer.' Klik.

Franny's knieën knikten, haar hart bonsde, bevend zat ze aan de eettafel. Haar moeder in het ziekenhuis met een beroerte. Trudy klonk angstig en bezorgd, zou het zo erg zijn? Zou ze kunnen overlijden? Nee, dat mocht niet, niet nu ze inzag dat alles anders was gegaan dan ze altijd had aangenomen. Ze moest naar haar toe voor het te laat was. Zeggen dat ze van haar hield, vertellen wat ze had ontdekt.

Ze voelde zich nog niet echt fit en nog nooit reed ze in haar eentje zo'n eind over de snelweg. Het was tweeënhalf uur, en dan nog met de boot over. Hoe hield ze dat vol?

Het idee dat mam zou overlijden zonder dat ze haar nog een keer gezien had, kon ze niet verdragen. Dat zoiets net vandaag moest gebeuren, net nu Stefan een paar dagen weg was. Anders had ze hem gebeld en waren ze er samen heengereden. Ze had geen keus, ziek of niet ziek, ze moest naar haar moeder toe.

Weer was het of Iemand de leiding nam en zei wat ze moest doen. Kalm ineens pakte ze haar handtas, ging na of alles er in zat. Het boek nam ze mee, je wist maar nooit. Briefje voor de kinderen schrijven, paracetamol innemen. Een half uur na Trudy's telefoontje zat ze in de auto. De thermometer gaf plus één aan. Bij José voor de deur stopte ze, liet de motor draaien en holde naar de voordeur.

'Mijn moeder heeft een beroerte gehad en ik ga er heen.'

'Nu meteen? Is het zo ernstig?'

Franny knikte. 'Stefan is voor z'n werk een paar dagen weg. Kunnen Niels en Nikki hier eten vanavond? Ik heb een briefje voor hen neergelegd.'

'Tuurlijk. Kun je wel zo'n eind rijden? Ben je al beter?'

'Het moet wel, straks is het te laat.'

'Doe voorzichtig!'

Ze sloeg het portier dicht en zwaaide nog even. Ze reed de straat uit, de hoek om. Eerst naar de snelweg, in tien minuten kon ze daar zijn. Ze nam de kortste weg. Ze had dit stuk al zo vaak gereden, ze kon het als het ware met haar ogen dicht.

Plotseling stond ze vol op de rem. Van rechts kwam uit het niets een donkergrijze Mini. In een reflex zette ze de auto in z'n vrij, draaide rond en kwam in de tegenovergestelde richting tot stilstand. Verdoofd leunde ze met haar armen op het stuur. Het zweet brak haar aan alle kanten uit. Bizar dat ze die auto niet had gezien. Er bonsde iemand op het raam.

'Kun je niet uitkijken! Zeker een vrouw aan het stuur!'

'Sorry,' bracht ze uit maar de man had zich al omgedraaid en beende boos naar z'n auto.

Getoeter. Ze startte, draaide voorzichtig in de goede richting en reed langzaam weg. Dat begon niet goed.

Eenmaal op de snelweg, richting Amersfoort en Utrecht, bleef ze rechts rijden. Haar benen trilden en haar handen lieten vochtplekken achter waar ze het stuur had vastgepakt. Bijna een ongeluk, dat was haar nog nooit overkomen. Stel dat het een echte aanrijding geworden was, ze moest er niet aan denken. Stefan moest weten dat ze op weg naar Terneuzen was en waarom. Dat had ze thuis nog kunnen doen, in de auto was dat gevaarlijk en verboden.

Het duurde lang eer ze gekalmeerd was en weer gas durfde te geven. Honderd, niet sneller, niet langzamer. Het was behoorlijk druk, veel vrachtverkeer. Een tijdje bleef ze links rijden, daarna viel er een gat op de rechterbaan. Ze vertrouwde zichzelf nog niet helemaal, inhalen zou ze alleen als ze onder de honderd kwam. Ze checkte de metertjes op het dashboard.

Rood! De benzinemeter stond in het rood. Natuurlijk had ze daar niet op gelet toen ze zo halsoverkop weggereden was. Waar was het dichtstbijzijnde benzinestation?

Koortsachtig dacht ze na. Ze had geen idee. Zenuwachtig hield ze de wijzer in de gaten en probeerde zo constant mogelijk te rijden. Wat moest ze doen als de auto stilviel? Kilometers lopen om een jerrycan benzine te bemachtigen? Ze moest het zien te redden op de laatste druppels. Om rustig te worden begon ze de hectometerpaaltjes te tellen. Bij twintig zag ze op het verkeersbord dat het nog zeshonderd meter was naar het benzinestation. Ze nam de afslag, kwam met een schokje tot stilstand in de eerste rij voor de pomp. En toen sloeg de motor af.

Ontzet draaide ze de sleutel om. Niks. Probeerde het nog een keer, de motor sloeg niet aan. Ze gooide de deur open. Twee wachtende auto's voor haar. Ze graaide haar jack van de achterbank, sloeg het portier dicht en stapte naar de auto voor haar. Een oudere meneer draaide het raampje een beetje open.

'Zeg het eens, dame.'

'Kunt u me straks helpen met mijn auto? Hij doet het niet meer. De tank is helemaal leeg.'

De man keek op z'n horloge. 'Het spijt me, ik ben al laat. Als ik hem volgegooid heb, ben ik meteen weg anders haal ik m'n afspraak niet. Vraag het binnen maar.'

Het was ijzig koud, de wind sneed dwars door haar kleren heen. Snel ritste ze haar jack dicht. Ineens kwam er een jongen in een blauwe overall naar haar toe. 'Probleempje? Kan ik helpen?'

Ze kon hem wel om z'n nek vliegen. Hij haalde een jerrycan en vulde de tank half.

'Wel helemaal volgooien mevrouwtje en voortaan eerder tanken. Ik leg de rekening bij de kassa.'

'Anders nog iets?' vroeg de caissière toen ze kwam afrekenen.

Franny griste een Mars uit het schap naast de kassa. Ze moest iets lekkers hebben onderweg. Haar oog viel op een telefoon aan de muur. Natuurlijk, Stefan bellen! Ze liet de telefoon net zo lang overgaan tot hij op de voicemail sprong. Toen hing ze op, ze sprak zoiets belangrijks niet op een bandje in. Hij zou wel terug bellen als hij zag dat ze gebeld had.

Terwijl ze weer invoegde op de snelweg en over haar linkerschouder keek, zag ze dat de lucht steeds grauwer werd. Ze gaf gas en stuurde behoedzaam in een gaatje op de rechterbaan. Ze zuchtte, hopelijk was er nu geen verder oponthoud meer. Een halfuur maar liefst had dit uitstapje haar gekost. Kostbare tijd, wie weet hoe het met mam was intussen. Na een eerste beroerte kon er ook zomaar een tweede overheen komen. Ze moest proberen flink door te rijden. Op de snelweg rijden was heus niet zo moeilijk, het ging meer om de concentratie. Ze checkte alle spiegels, zette de stoel nog iets beters en probeerde wat te ontspannen. Een gewaarschuwd mens telt voor twee en een ongeluk is zo gebeurd.

Ze draaide de radio aan. Het merendeel ging over het aanstaande huwelijk van Willem-Alexander en Maxima. Dat kwam snel dichterbij nu het januari was. Verder nieuw geweld in het Midden-Oosten, een voetbalschandaal en een extra waarschuwing van het KNMI. Franny draaide het geluid harder.

'... een storing nadert vanuit het noorden ons land. In Groningen en Friesland sneeuwt het al en de sneeuw zal zich uitbreiden over het hele land. Ook staat er een flinke noordwestenwind, windkracht zes. Code geel voor gevaarlijk weer is van kracht.'

Ze zette de radio weer uit en trapte het gaspedaal wat verder in. Half ziek in haar eentje naar Zeeuws-Vlaanderen rijden was al veel gevraagd eigenlijk, in sneeuwstorm terecht komen was wel het laatste waar ze op zat te wachten. Was dit het waard? Natuurlijk! Het was haar moeder, ze wilde haar nog zoveel zeggen. Ze moest er gewoon bij zijn.

Haar telefoon ging over. Opnemen terwijl ze reed of negeren en later terugbellen? Stel dat het Trudy was om te zeggen dat... nee, zo moest ze niet denken. Ze stuurde naar de rechterbaan, liet de snelheid teruglopen naar tachtig en nam bij de vijfde ringtoon toch maar op. Het was José.

'Hoe gaat het?'

'Het is nog steeds droog. Ik rijd kennelijk voor de buien uit.'

'Fijn. Zeg, waar ik voor bel: weet Stefan wat er aan de hand is?'

'Nee, zopas heb ik hem geprobeerd te bereiken maar hij nam niet op.'

'Zal ik hem bellen?'

'Als je dat wilt doen, heel graag. Ik kan niet steeds stoppen. Je hebt z'n nummer toch?

'Doe je voorzichtig?'

'Ja, doe ik. Bedankt José.'

Rode remlichten, in een reflex trapte ze op de rem, zag de bumper dichterbij komen. Vlug greep ze de pook en schakelde terug naar z'n drie. Dat kwam er van als ze zat te bellen.

Het zweet prikte in haar haren. Het was nu al twee keer bijna fout gegaan, ze moest veel alerter zijn.

Het landschap na Zwolle was saai, weilanden, doorsneden met sloten, boerderijen, een eenzame fietser. Kale bomen die bogen in de wind. Donkere luchten boven een leeg landschap. Nog 45 kilometer naar Utrecht, of er geen eind aan dit stuk weg kwam. Het gaf haar een gevoel van verlatenheid. Er was niemand om tegen te praten, niemand die haar opbeurde, niemand die zei dat ze er goed aan deed om op weg te gaan. Niemand ook die het stuur over kon nemen zodat ze haar brandende ogen dicht kon doen. Ze werd bang van haar eigen gedachten en koortsachtig zocht ze naar iets wat haar af zou leiden van het sombere gevoel dat haar dreigde mee te sleuren. Dat gevoel kon lang blijven hangen, wist ze uit ervaring. Ze harkte met haar linkerhand door haar haren, rechtte haar rug. Het was hier veel te stil, dan kregen vreemde gedachten een kans. Ze dacht aan wat ze gelezen had over gevoelens, daar had het zeker mee te maken. Wat was het verband? Nog steeds leken het twee werelden die ze niet bij elkaar kon brengen. Ze wist nu dat ze als kind aandacht tekort was gekomen maar nog niet hoe en wat de gevolgen waren in haar volwassen leven. Daar wilde ze wel achter komen. Het idee dat ze misschien een psycholoog nodig had, stond haar op het moment tegen, alles op tafel leggen waar je aan dacht, nee ze moest er nog niet aan denken.

Later. Eerst dit.

Hoe zou het met mam zijn? Wanneer kon ze er zijn? Ze rekende het uit, nog dik twee uur rijden. Zonder haar blik van de weg af te halen, grabbelde ze met haar rechterhand in haar tas, vond de Mars en scheurde hem met haar tanden los. De eerste hap was het lekkerst, het gaf haar inderdaad een stuk meer energie. Desondanks was het nog een heel eind. Ze geeuwde een aantal keren na elkaar en de gedachte aan slapen duwde ze ver weg. Ze draaide de radio aan.

Was het toeval dat het praatprogramma over de gevolgen

van een beroerte ging of moest dat zo zijn? Ze luisterde aandachtig. Belangrijk was dat de patiënt zo snel mogelijk na het herseninfarct met antistolling begon, zei de arts die geïnterviewd werd. Dat gaf de beste kansen voor herstel. Hoe lang zou mam op de grond hebben gelegen voor ze gevonden werd? Als dat lang was, zag het er niet best uit en kon haar toestand ernstiger zijn dan ze aanvankelijk dacht. Veel ernstiger, in het slechtste scenario zou mam kunnen overlijden. Dat weigerde ze te geloven. Haar moeder ziek, dat kwam al zelden voor.

Bij de geboorte van de tweeling was haar toestand kritiek, dat besefte ze als kind niet maar later wel, tijdens de stage op de kraamafdeling drong het tot haar door dat haar moeder dit ook had meegemaakt en dan nog wel in een tijd waarin de medische zorg nog lang niet zo goed ontwikkeld was. Vreemd eigenlijk dat ze nooit heeft gevraagd hoe het toen gegaan was, hoe ze het ervaren had.

Haar moeder in een ziekenhuisbed, ze probeerde het voor zich te zien. Hoe lag ze erbij? Haar haren slordig, ongewassen, of had ze nog maar pas een permanentje genomen? Hoe laat had Joop haar gevonden? Vanmorgen, zei Trudy.

Haar moeder in bed, dat herinnerde ze zich niet. Ze was altijd flink en sterk, krabbelde er na de geboorte van Joop en Koos weer helemaal bovenop. Was de rechterhand van pap, stond in de bakkerij, deed de boekhouding en runde intussen de huishouding. 's Morgens was ze altijd al op en 's avonds ging ze vaak als laatste slapen, precies zoals in het Spreukenboek de deugdelijke huisvrouw stond beschreven.

Ze was er gewoon altijd. Net als een tafel, een kast, een bank. Aanwezig, sturend, bepalend en op haar manier deed ze enorm haar best. Nee, ze was vast nooit bij haar moeder in bed gekropen toen ze klein was. Zoals Niels en Nikki dat mochten als ze ziek waren. In het grote bed, dan was het ook nog een beetje leuk om ziek te zijn. Als Stefan thuiskwam van kantoor, ging hij er naast liggen en las hij eindeloos lang voor. Hij had daar geduld voor, zij niet. Vroeger, als zij of een van haar zussen ziek was, kregen ze van pap een schaaltje cakebeslag, tenminste, als je geen buikgriep had. Alleen daarvoor zou je ziek zijn want een schaaltje beslag was voor een kind het toppunt van heerlijkheid en verwennerij. Wanneer ze zelf een cake bakte, nam ze altijd een paar happen van het beslag maar dat smaakte niet zo zacht en romig als vroeger. Je mocht echt niet zomaar thuisblijven van school. Haar moeder controleerde de temperatuur met een kwikthermometer die ze in je achterste stak. Dat deed pijn. Franny bleef niet vaak thuis, ook Trudy en Riet niet. De jongens wel. Aanstellerij, zeiden de zusjes dan tegen elkaar.

Ze rechtte haar rug. Het moest afgelopen zijn met terugdenken aan vroeger, dat had ze de laatste tijd genoeg gedaan. Wel nuttig dat ze al een stuk in het boek gelezen had, zo kon ze alles een klein beetje beter plaatsen. Ze keek naar het boek dat een stukje uit haar tas stak. Het zou nog weken duren eer ze alles doorgenomen had.

Wel een vreemd gevoel om zo anders tegen mam aan te kijken en bezorgd te zijn, dat had ze zich een aantal weken geleden niet kunnen voorstellen. Ze dacht terug aan de opening van Joop z'n zaak, het kwam haar nu vreemd over dat ze met alle macht ze geprobeerd een gesprek met haar moeder te vermijden. Zou mam dat echt niet gemerkt hebben? Franny kon het zich niet voorstellen dat haar moeder niet doorhad dat ze haar ontliep. Was ze wel welkom aan haar moeders ziekbed? Of zaten ze op dit moment met z'n allen bij haar bed te wachten op het einde in plaats van op haar en was ze te laat? De gedachte alleen al vloog haar plotseling aan. Het zou nog veel te lang duren voor ze er was, ze moest het nu weten. In een impuls gaf ze richting aan en stuurde een vluchthaven op. Dat mocht alleen in geval van nood, zoveel wist ze nog wel van de verkeerslessen. Dit was urgent, dat kon ze uitleggen als ze aangehouden zou worden. Ze zette de alarmlichten aan en pakte haar telefoon.

Bij Trudy thuis nam niemand op. Bij Riet ook geen gehoor.

Zou ze het ziekenhuis bellen? Ze had het nummer niet. Ze liep de telefoonlijst door. Dit nummer was van Joop en Merel. Zou ze bellen? Ze belde hen nooit. De telefoon ging drie keer over voordat er opgenomen werd.

'Hoi Merel, met mij, Franny. Hoe is het met mam?'

'Eerlijk gezegd weet ik dat niet precies. Ik kom net binnen van boodschappen doen.'

'Weet jij of Trudy of Riet een mobiel heeft?'

'Nee, we hadden het er laatst nog over dat het handig zou zijn. Joop heeft er wel een. Heb je pen en papier bij de hand?'

Franny pakte pen en papier uit haar tas op de bijrijderstoel en noteerde het nummer.

'Bedankt!'

Joops nummer was in gesprek. Ze probeerde het even later weer. Nog steeds in gesprek. Langer kon ze hier niet blijven staan, ze startte de auto en reed weg. Snel verder rijden, dat was het enige wat ze kon doen. Hoe sneller ze opschoot, hoe eerder ze bij mam was en, bijna net zo belangrijk, des te meer kans had ze de sneeuwstorm voor te blijven. De lucht achter haar werd steeds dreigender.

De banden zoefden over het zwarte asfalt, zwart met witte strepen waar ze niet overheen mocht. Streep na streep na streep. Het was benauwd. Raam open. De wind sloeg in haar gezicht. Raam dicht. Meer gas. Sneller. Inhalen, ook als ze niet goed durfde.

Op de borden werd een benzinestation aangekondigd inclusief restaurant. Dom, behalve een Mars had ze net ook een broodje en een flesje water moeten kopen. Waar zat ze toch met haar gedachten?. Zo duurde het alleen maar langer eer ze bij mam was. Een bijkomend voordeel was, dat ze meteen kon proberen Joop nog eens te bellen. Nadat ze naar het toilet was geweest, kocht ze verpakte broodjes en een zak drop. Uit de automaat tapte ze een beker koffie. Vlug wierp ze een blik op de wegenkaart en checkte de route. Opletten bij Utrecht, voor de rest was het vrij simpel. De wind gierde om haar heen toen ze buiten kwam. Ze trok de rits hoog op en holde voor zover dat ging met een beker koffie naar de auto. Net toen ze het portier dichttrok, ging haar telefoon over.

'Met Franny.'

'Je had me gebeld?' vroeg Joop.

'Ja. Hoe is het daar?'

Ze hoorde piepjes op de achtergrond, voetstappen, stemmen.

'Mam is nog niet bij bewustzijn gekomen,' antwoordde Joop. Zijn stem klonk alsof hij het van een briefje voorlas. 'De dokter zegt dat het een beroerte was. Waarschijnlijk is ze daarna gevallen. Ze heeft ook een flinke hoofdwond.'

'Ach...' ze wilde nog iets zeggen, vooral veel vragen maar ze kon niets uitbrengen.

Ineens klonk Joops stem anders. Zoals iedere morgen had hij de krant gebracht, hij liet zichzelf zoals gewoonlijk binnen en trof mam meestal aan in haar duster aan de keukentafel maar vandaag...

'Zeg Joop, ik ben onderweg, vertel de rest maar als ik er ben.'

'Hoe laat denk je hier te zijn?'

'Weet ik niet, nog een dik uur en dan de boot nog.'

'Ze geven sneeuw op, doe voorzichtig!'

'Dank je, doe de anderen de groeten en tot straks.'

Ze hing op, nam een slok koffie en voegde in op de snelweg.

Achter haar de dreigende sneeuwlucht, voor haar de lange weg naar het ziekenhuis waar mam lag. Waar ze met z'n allen om haar bed zaten te wachten op een teken dat ze bij kwam.

Franny rechtte haar schouders, plantte haar handen boven op het stuur. Met haar ogen gericht op de achterlichten van haar voorganger, voegde ze zich naar de snelheid van de andere auto's. Participeerde zoveel mogelijk zodat er geen kostbare minuten verloren zouden gaan.

Ze schrok enorm toen haar telefoon weer overging. Ze zat op de linkerbaan, rechts was veel verkeer, stoppen was onmogelijk en rijdend opnemen te gevaarlijk. Ze liet hem overgaan tot hij stopte. Haar hart bonsde wild. Wie belde er? Joop om te zeggen dat ze zich niet meer hoefde te haasten? Stefan? Een paar minuten later rinkelde weer de telefoon. Nu zat ze wel rechts, snel schoof ze over de streep van de vluchtstrook, stopte dicht tegen de graskant en zette de knipperlichten aan.

'Met Franny.'

'Met mij, Stefan. José vertelde wat er aan de hand is. Kun je wel zo'n eind rijden? Je bent nog half ziek!'

Franny slikte. 'Ik had geen keus, mijn moeder ligt slecht. Zou ik als enige van de kinderen daar dan niet bij zijn?'

'Ik vind het niet helemaal verantwoord. Waarom heb je niet even gebeld, dan hadden we het kunnen overleggen.'

'Ik ben halsoverkop weggereden,' bekende Franny. 'Vergat zelfs te tanken.'

'Dat jij je moeder ineens zo belangrijker vindt, daar heb ik de laatste tijd weinig van gemerkt. Je wilde zelfs niet met haar praten toen we naar de opening van de chocolaterie gingen.'

Franny zweeg. Ze keek in de achteruitkijkspiegel. Hopelijk kwam er geen verkeerspolitie voorbij.

'Zeg Stefan, ik sta op de vluchtstrook wat eigenlijk niet mag. Ik bel je nog terug vandaag.'

Vlug klikte ze de telefoon uit.

Een zware vrachtwagen reed voorbij, de auto schudde. Ze moest hier weg.

Langzaam reed ze over de vluchtstrook, gaf richting aan. Een auto bleef naast haar hangen. De bestuurder keek brutaal naar binnen. Wat deed ze verkeerd? Stonden haar lichten niet aan, reed ze te langzaam? Kreeg ze een bekeuring? Net doen of haar neus bloedde, hoofd erbij en doorrijden.

Nog even en ze zat op de A27 bij Utrecht. Vlak voor ze rechts moest houden, zat ze achter een vrachtwagen. Daar moest ze nog wel voorbij want zo zag ze helemaal niets. Ze gaf richting aan en haalde zonder te wachten in. Meteen een luid getoeter. Geschrokken keek ze in haar spiegel, een vrouw stak haar middelvinger op en schreeuwde iets. Niet dat ze het kon verstaan maar ze begreep in een fractie van een seconde dat die auto in haar dode hoek gezeten had en vol op de rem moest. Ze gebaarde dat het haar speet en reed zo snel ze kon de vrachtwagen voorbij. Sorry, mompelde ze in zichzelf. Ze moest echt veel beter opletten. Haar hart bonsde luid, het zweet prikte onder haar haren. Het was alsof ze de klap al voelde, het geluid van metaal en brekend glas hoorde. Al in een ziekenhuis lag met botbreuken en inwendige bloedingen.

Wat haalde ze zich toch allemaal in haar hoofd, ze moest zich concentreren op het hier en nu en eerst wat eten. Ze scheurde met haar tanden de verpakking van het brood los, het smaakte nergens naar maar het was beter dan niets. Links en rechts werd ze ingehaald, vlug gaf ze richting aan en voegde in op de rechterbaan. Het was te druk, te ver, ze zou het nooit halen. Hoofdpijn kwam op, een lange rilling trok vanaf haar tenen naar haar hoofd. Had ze koorts? Het brood smaakte niet meer, ze propte het terug in de verpakking. Irritant dat je zo weinig kon doen als je zelf reed. Ze had vreselijk dorst, kreeg de dop niet los van het flesje water.

Patiënten hadden soms ook dorst, nooit eerder had ze zich nooit gerealiseerd hoe erg het was om echt dorst hebben. Eindelijk schoot het dopje los, een golfje water schoot over haar been. Ook dat nog.

Gulzig dronk ze een half flesje leeg. Daar was de afslag naar de A15. Rechts aanhouden. Afremmen. De scherpe bocht nemen. Invoegen. Stuur stevig vasthouden, de wind beukte tegen de auto. Ze zag dat de pikzwarte lucht dichterbij kwam boven de polder. Inhalen. Invoegen.

Rode remlichten van de donkergroene Mitsubishi voor haar. In een reflex trapte ze de rem helemaal in en stond met een schok stil. Wat nu weer? Twee, drie minuten lang zat er geen beweging in de file. Ze probeerde langs de auto's te kijken, het enige wat ze zag, was een lange rij achterlichten. Nog eens vijf minuten gingen voorbij, haar hart bonkte, stilstaan in een file was bijna het ergste wat er kon gebeuren vandaag, iedere minuut dat ze langer onderweg was telde. En ze had al twee keer een stop gemaakt, dit was de derde keer dat ze niet vooruit kwam. Of iets of iemand haar belette op tijd bij haar moeder te zijn.

Net op tijd voor de verkeersinformatie zette ze de radio aan.

'... en op de A15 richting Rotterdam ter hoogte van Hardinxveld-Giessendam vijf kilometer stilstaand verkeer door een ongeluk, beide rijstroken zijn gestremd, houd u rekening met een vertraging van ongeveer een uur. '

Bijna in paniek pakte ze de telefoon om Stefan te bellen. Al kon hij niets voor haar doen, ze verlangde ernaar zijn stem te horen, zeker nadat ze zopas zo plotseling een einde had gemaakt aan het gesprek. Wat ze ook probeerde, de telefoon sprong niet aan, het scherm bleef zwart. Of deed ze iets verkeerd? Zo lang had ze nog geen mobiel. Ineens realiseerde ze zich dat het de batterij zou kunnen zijn. Ja, dat was het vast. Batterij leeg. Het was al een paar dagen geleden dat ze hem opgeladen had. In de haast om weg te komen, was ze bovendien de oplader vergeten. Stom.

Geen telefoon, niet kunnen bellen en niet gebeld kunnen worden. Tot voor kort was dat de normaalste zaak van de wereld maar sinds ze een mobiel had, rekende ze er al helemaal op. Stel dat er nu iets gebeurde, dan kon niemand haar bereiken. Alsof ze als een vliegtuig van de radar was verdwenen. Nee, ze was er wel degelijk, dacht, ademde, voelde haar hart kloppen. Even naar buiten, kijken of er al hulpdiensten onderweg waren. Ze greep haar jack van de achterbank en stapte uit. Dat was niet echt een pretje, het waaide hard en het was waterkoud. Achter haar ging ook het portier open, een oude man klom moeizaam uit de auto.

'Weet u wat er aan de hand is?' vroeg hij.

'Ja, ik hoorde net dat er een ongeluk gebeurd is.'

'We hadden beter thuis kunnen blijven,' zei hij. 'Ze waarschuwden niet voor niets dat het vandaag heel druk zou zijn op de weg. Maar een mens is van nature niet geneigd tot luisteren.'

Hij stak z'n hand op, schuifelde naar de kant van de weg, stapte over de reling en verdween achter een boom. Oude mannengepraat. Ze had geen keus, ze kon niet thuisblijven.

In de verte zag ze mensen, een rookpluim, twee auto's dwars op de weg. Ze vluchtte de auto weer in.

Met geweld duwde ze de beelden weg die plotseling opkwamen. Het lukte niet, ze werd alweer teruggeworpen in de tijd. Niels was twee en Nikki drie maanden oud, ze was net weer gaan werken. Toen was ook de telefoon gegaan, het was Riet. Pap was met de bus brood aan het rondbrengen. Dat deed hij altijd nog bij boeren die diep in het land woonden en die daarop rekenden. Hij wist dat het niet meer van deze tijd was maar trouwe klanten laat je niet in de steek. Zijn hele leven had hij brood rondgebracht, eerst met de bakfiets, later met de auto en nu had hij een mooie bus. De naam van de bakkerij stond in gele letters op de zijkant: *Cornelissen & Zn.* Hij was er trots op. Het was zaterdag en hij had haast want hij had staan kijken naar de voetbalwedstrijd van Frits, zijn oudste kleinzoon. Daarna de bestelling ingeladen. Vijf minuten te laat van huis gegaan, de rij auto's die van de boot kwam, was al op gang gekomen. Hij reed op de provinciale weg, probeerde nog voor de stroom links af te slaan.

Hij was op slag dood. Drieënzestig jaar.

Ze herinnerde zich alles. Hoe ze net als vandaag meteen op pad had willen gaan, maar Riet zei door de telefoon dat het geen zin had, de kist was al dicht. Van de begrafenis kon ze zich niet veel herinneren, alleen dat Nikki voortdurend huilde en dat ze zich vaak terug moest trekken om haar te voeden. Na de begrafenis waren ze meteen naar huis gereden, Stefan had een belangrijke klant de andere dag. Zij wilde blijven, mam had Nikki niet eens vastgehouden. Kraambezoek was er nog niet van gekomen, haar moeder vond dat ze veel te ver weg woonde voor een dag heen en weer. Haar vader maakte daar niet zo'n punt van maar als haar moeder iets niet wilde, gebeurde het ook niet. Zo kwam het dat haar vader Nikki nooit had gezien, nooit had vastgehouden. Niet met z'n vinger onder haar kinnetje gekriebeld had en grapjes gemaakt. Zelfs nu nog vond ze dat erg. Niels had z'n opa ook niet gekend. Stefans ouders woonden in Zwolle, dat waren de echte opa en oma.

Haar maag trok samen toen ze besefte dat ze bijna nooit meer aan pap dacht. Ze zag hem ineens levensecht voor zich, hoorde zelfs zijn stem. Nooit zou ze hem meer kunnen aanraken, zijn joviale gelach horen, zijn aftershave ruiken. Wat verschrikkelijk dat ze hem nu pas miste, na zoveel jaar.

Ineens realiseerde ze zich dat ze nooit echt had gerouwd. Was ze zo met haar eigen leven bezig geweest dat ze daar geen tijd voor genomen had? Het was alsof het nu pas tot haar doordrong dat hij haar vader was. Net als Stefan de vader was van Niels en Nikki. Hoe kwam het dat ze zich dit pas vandaag realiseerde? Wat zou pap ervan gezegd hebben dat ze mam zo weinig opgezocht had de laatste jaren? Dat ze niet over haar schaduw heen kon stappen en gewoon op bezoek ging? Hij zou gezegd hebben dat het haar christelijke plicht was, kinderen hoorden naar hun ouders om te kijken.

Vandaag werd die schuld voor een deel ingelost, ze was op weg naar mam. Het mó```
cht niet te laat zijn, ze wilde zo graag met haar praten. Zou ze welkom zijn? Weer schoot die gedachte door haar heen. Had ze door haar afwezigheid haar positie als dochter niet verspeeld?

In de achteruitkijkspiegel was een zwaailicht te zien en even later hoorde ze de politieauto snel dichterbij komen. Eindelijk!

Langzaam kwam de stroom auto's op gang. Ook zij keek even later naar de drie in elkaar gefrommelde auto's, mensen in dikke jassen eromheen, kleumend in de kou. In de achteruitkijkspiegel zag ze de ambulance komen. Ze rilde en nadat ze het ongeluk gepasseerd was, probeerde ze zich aan te passen aan de om haar heen razende auto's. Iedereen trapte op het gaspedaal in nu het oponthoud eindelijk voorbij was.

Op de Moerdijkbrug hield ze met moeite de auto in bedwang. Ze had alle concentratie nodig om op haar eigen baan te blijven. Snel keek ze opzij, het wilde water was grauw en grijs, op de golven witte schuimkoppen. Voor haar een langzame vrachtauto. Ze passeerde en reed even in de luwte. Toen ze er voorbij was, beukte de wind hard tegen de auto. Met veel moeite hield ze hem recht. Over de brug moest ze rechts blijven.

Deze weg kon ze volgen tot ze bij de veerpont was. Nog drie kwartier als er geen verder oponthoud meer kwam, dat was vol te houden. Het was hier ook niet meer zo druk. Ze draaide net zolang aan de zenderknop tot ze iets gevonden had. Orkestmuziek, tien, vijftien minuten lang, daarna een stem die aankondigde dat er een aantal fragmenten volgden die afkomstig waren van de zogenaamde gekwelde componisten, Brahms, Bruckner, maar eerst Schubert.

De tragiek greep haar meteen bij de eerste tonen beet. De vragende hobo, het herhalen van het thema door de piano. Alsof alle leed van de wereld in de muziek gestopt was. Het kwam heel diep binnen.

Niet huilen nu.

Plotseling viel er iets op de ruit, zag ze dat goed, waren dat sneeuwvlokken? Het werd steeds donkerder buiten, of het avond was in plaats van middag. Snel draaide ze de radio uit. Al snel viel de sneeuw in dikke vlokken uit de lucht en kleefde op de ruiten. Auto's reden steeds langzamer, remden. Ze durfde echt niet verder te rijden, het was glad, en ze zag geen hand voor ogen meer. Toch hield ze haar voet op het gaspedaal, probeerde zich te herinneren wat ze moest doen in deze situatie. Lage versnelling, afstand houden, niet remmen. De temperatuur was gezakt naar twee graden onder nul, de wind gierde om de auto heen en joeg de sneeuw in vlagen tegen de voorruit, zodat ze soms geen meter zicht had. Het was eigenlijk niet te doen maar stoppen nu ze al zo ver was? Het moest lukken, op de boot zou ze veilig zijn.

Plotseling schoot haar psalm 130 te binnen. 'Uit de diepte roep ik tot U, o HEERE!'

De hele dag had ze nog geen seconde aan God gedacht, en nu zou Hij ineens naar haar luisteren? ' ... Heere, wie zal bestaan? Maar bij U is vergeving...'

Plotseling verdween de paniek, ze moest eens wat meer vertrouwen hebben. Steviger greep ze het stuur beet, rechtte haar schouders en concentreerde zich op het rijden. Naar haar idee duurde het uren voor de afslag naar de boot in zicht kwam maar eindelijk kon ze van de weg af. Het verkeerslicht stond op groen, ze glibberde door de bocht, kocht een kaartje en reed het besneeuwde parkeerterrein op. Als iemand haar gisteren had gezegd dat ze vandaag door een sneeuwstorm zou rijden, zou ze hard gelachen hebben, nee, dat durfde ze niet. En kijk, ze had het toch gedaan. Een diepe rust kwam over haar, nu zou alles goed komen.

Door de sneeuwjacht heen waren vaag de contouren van de veerboot te zien. De auto's stonden in slordige rijen omdat de strepen tussen de banen ondergesneeuwd waren. Er stonden wel veel auto's te wachten, zouden ze er allemaal op kunnen? Ze moest er niet aan denken dat ze tot de volgende boot zou moeten wachten. Er zat helemaal geen beweging in de rijen, er kwamen ook geen auto's van de boot gereden. Wat was er aan de hand?

Na een eindeloos lang kwartier sprongen de lichten op groen. Het was zo vertrouwd, de smalle oprit, de richel van de laadklep, het geluid van knarsende autobanden, net of ze al op haar bestemming was. De bootmedewerker dirigeerde haar naar het laatste plaatsje in de uiterst linkse rij. Ze kon niets anders dan de instructies volgen. Dat deed iedereen en zo konden veel auto's meevaren. Het volladen van een veerboot was centimeterwerk. Ze ritste haar jack tot onder haar kin dicht en trok de capuchon over haar oren. Ze snoof de benzinedampen in, nam de trap naar het benedendek en keek net als vroeger hoe de vrachtwagens ingeladen werden. Iedere vierkante meter werd benut. Nu naar boven. Door de sneeuwjacht zou ze niet veel kunnen zien maar wel de zee ruiken. Ze duwde de klink naar beneden, het metaal voelde ijzig aan. In de hoek, met haar rug tegen de muur, stond ze min of meer beschermd. Ze tastte de omgeving af, op zoek naar bekende punten. Rechts de lichten van de haven, de lantaarnpalen op het parkeerterrein. Links, helemaal voorbij het havenhoofd de hoge onrustige zee. De boot, hoewel aangemeerd, schommelde behoorlijk. Op de reling lag een dun laagje sneeuw en de wind voerde met enige regelmaat nieuwe sneeuw mee. Niemand waagde zich buiten, de winterkou beet in haar wangen, het dek was glibberig. Ze hield zich stevig vast aan de leuning tegen de wand.

Lang durfde ze daar niet blijven staan. Binnen sloeg de warmte haar tegemoet. Ze ging in een rij staan, beide loketten waren open. Iedereen wilde bestellen, iedereen had behoefte aan iets warms. Even later manoeuvreerde ze voorzichtig met haar dienblad naar een van de laatste vrije plaatsen. Ze ritste haar jack los en stak de lepel in de soepkom. Erwtensoep met spek en worst en een broodje erbij. Daar was ze echt aan toe.

Gekraak door de luidspreker.

'Dames en heren. Tot onze spijt moeten we u meedelen dat deze afvaart tot nader order uitgesteld wordt. De combinatie van windkracht acht en hoog water maakt het voor de Willem Alexander niet veilig op dit moment de Westerschelde over te steken en aan te meren. Koffie en thee zijn gratis te verkrijgen zolang we niet varen.'

Ze kon het bijna niet geloven, dit voelde als stranden in het zicht van de haven. Waarom zat alles de hele dag tegen? Net dacht ze nog dat alles goed kwam, daar leek het in de verste verte niet meer naar. Het kon niet anders of ze kwam echt te laat. Wist ze maar hoe het met mam was. Tevergeefs probeerde ze de telefoon aan te krijgen om Joop te bereiken. Ze wisten vast niet waar ze bleef. Of misten ze haar niet eens?

Ondanks de kou liep ze weer naar het dek, de bittere kou die haar ogen deed tranen. Ze bleef aan dek staan, ook al waaide ze bijna de zee in. Als een wachter op zijn post. Krampachtig probeerde ze de rust te voelen die ze ervaren had in de sneeuwstorm. Het vloog haar aan dat ze zelfs dat niet vast kon houden, er was echt iets goed mis met haar. De kou kroop omhoog, versteende haar benen, een ijsklomp werd ze, niet in staat zich te bewegen. Zelfs haar tranen leken bevroren. Nog nooit in haar leven had ze zich zo alleen en verlaten gevoeld.

'Wat doet u hier! Naar binnen!'

Een bemanningslid hield de deur voor haar open. Met neergeslagen ogen liep ze langs hem heen, hij hoefde niet te zien hoe ze eraan toe was. Ze trok de deur van de rokerige kantine open. Er was nog één plekje, vlak bij de deur. Het was er koud en tochtig, ze trok de capuchon van haar jack over haar hoofd en staarde met gebogen hoofd naar de neuzen van haar laarsjes. Roerloos zat ze op de harde groene bank. Het was alsof ze van een afstandje naar zichzelf zat te kijken, naar een nietig hoopje mens op haar plaatsje op de bank. Nog nooit was ze zich zo bewust geweest van haar kleinheid, haar onvermogen, haar moeite in de omgang met andere mensen. Haar verzet als dingen anders liepen dan ze gepland had. Langzaam groeide het besef dat het allemaal waar was, alles wat ze in het boek gelezen had, klopte met de werkelijkheid. Ze was als een koude, harde rots, een brok steen die niet kan voelen, niet huilen, niet blij zijn. Daar had ze geen schuld aan, ze voelde niets omdat ze het niet had geleerd. Daardoor reageerde ze naar anderen toe ook zo koel. Daardoor het leek of ze niemand nodig had en alles zelf wel uitzocht.

Ze had niemand echt toegelaten in haar leven omdat ze niet wist hoe dat moest.

Ze slikte moeizaam, het leek of iemand haar de keel dichtkneep toen ze de plotsklaps alle gevolgen die onder ogen zag. Net of iemand het licht aandeed en een schijnwerper op haar leven richtte.

Het was al heel vroeg begonnen, realiseerde ze zich, bij Carla. Ze had haar alleen nodig gehad om haar eigen plannen te realiseren, ze had geen werkelijke interesse in haar gehad. Een pijnscheut trok door haar lichaam. Had ze ooit nog contact met haar gezocht? Nee. Ze had haar gewoon gewist uit haar bestand. Daarom had ze nooit vriendinnen, vroeger niet en nu nog niet. En José dan? Ze besefte dat ze delen van haar gedachten voor José verborg, vaak sociaal wenselijke antwoorden gaf terwijl José...

Met brandende ogen staarde ze naar het donkere raam. In het licht van de deklampen nog steeds dichte sneeuwval. Haar broers en zussen speelden geen rol van betekenis in haar leven. Ze werd er warm noch koud van en had hen niet nodig. En andersom, had ze ooit gemerkt dat een van haar zussen of broers in haar geïnteresseerd was? Nee. Ze leefden als vreemden langs elkaar heen en toch waren ze directe familie. Of had ze de signalen gemist?

En haar ouders? Het gemis van pap deed vanmiddag pas voor het eerst echt pijn. Voor die tijd had ze amper iets van verdriet of gemis gevoeld. Ze begreep nu waardoor het kwam, rouwen veronderstelt een relatie die er niet was geweest. En mam? Natuurlijk hield mam wel van haar, zoals ze van al haar kinderen hield. Maar van haar als persoon, als Franny die zoveel nadacht, die niet wist wat ze moest worden later? Of was ze gewoon haar derde dochter en zag Franny het verkeerd? Mam had haar best gedaan, haar alles gegeven wat ze nodig had. Toch had ze haar niet kunnen geven wat ze werkelijk nodig had. Niet bewust, mam wist waarschijnlijk zelf ook niet hoe dat moest. Was zij, Franny, daarom niet lief en hartelijk voor haar moeder geweest? Opbellen en bezoeken waren immers verplichtingen, ze voelde er inderdaad niets bij.

Het voelde heel erg slecht dat ze zo over haar ouders dacht want natuurlijk hielden ze van haar. Tranen drupten op haar jas. Ineens verlangde ze vurig naar haar moeders armen om haar heen, naar haar hand die over haar hoofd streek, naar haar liefde en nabijheid.

Op dat moment kraakte de luidspreker opnieuw.

'Dames en heren. We gaan het proberen en hopen over twintig minuten aan de overkant te zijn.'

De motoren sloegen aan, de boot begon te stampen en langzaam voer de boot weg uit de haven. Franny kreeg de neiging te applaudisseren. Ze stond op en liep naar de uitgiftebalie.

'Kopje koffie mevrouw?'

'Ja, graag.'

'Wat een weer, ik heb in mijn hele carrière nog niet meegemaakt dat we niet uit konden varen.'

'Wat gaat u straks doen, als de boot niet meer vaart? Dan bent u uw baan kwijt,' zei Franny.

De man haalde z'n schouders op. 'Ik zie wel, ik wil wel vervroegd met pensioen, beetje aan mijn eigen bootje klussen en vaak het water op met de vrouw.'

Hij zat duidelijk verlegen om een praatje, vertelde over belangrijke personen die op deze boot meegevaren waren. Franny hoefde enkel maar te luisteren, ze gaf zich over aan de deining van de boot. Nog even, dan zou ze eindelijk bij haar moeder zijn.

Een stoot. Gebonk. De boot schampte de havenpalen, ze waren aan de overkant.

Iedereen stond op en liep de trappen af naar het autodek. Het was steenkoud in de auto, rillend zat ze achter het stuur. Ze zette snel de verwarming hoog terwijl ze een flesje water pakte. Ze zocht in haar tas naar het stripje paracetamol en nam er twee. Met drie slokken water slikte ze de eerste door. De tweede bleef in haar keel steken. Bah. Nog een grote slok, ze kokhalsde.

De boot lag stil, knarsend kwam de laadklep omlaag. Als een van de laatsten reed ze van de boot af.

Het was bijna droog en er was gestrooid. De sliert auto's vorderde langzaam, veertig, hooguit vijftig was de snelheid. Op de provinciale weg passeerde ze onvermijdelijk de plaats van het ongeluk. Ondanks de donkerte en de sneeuw wist ze precies waar het was. Ze naderde het dorp. Omdat het donker was, kon ze de twee kerktorens niet zien maar ze wist dat ze er stonden. Als vingers wezen ze naar de hemel. Net voor het dorp lag de begraafplaats waar oma en haar vader begraven lagen. Ze nam zich voor een volgende keer een bezoek te brengen, bloemen op het graf te leggen, stil te staan bij die twee mensen die ze bij hun leven niet op waarde geschat had, die ze nu zo verschrikkelijk miste.

13

Het liep tegen achten toen ze het besneeuwde parkeerterrein voor het ziekenhuis opreed. Er was een pad geveegd naar de hoofdingang. Het was onwerkelijk en tegelijk echt, ze liep hier een volkomen onbekend ziekenhuis binnen naar haar moeder die ze sinds kort met hele andere ogen zag. In welke toestand trof ze haar aan? Ze nam de draaideur, stampte haar schoenen schoon en liep regelrecht naar de balie.

'Kan ik u helpen, mevrouw?'

De portier deed heel duidelijk z'n best Nederlands te spreken.

'Ik ben op zoek naar mijn moeder, mevrouw Cornelissen.'

Hij tikte de naam in, zocht, keek. Het duurde lang, was ze toch te laat?

'Uw moeder ligt op de derde verdieping, afdeling neurologie. Kamer A3 17. U weet de weg? Daar, bij die groene deur is de lift...'

Ze leefde nog! Franny luisterde niet meer, snel liep ze de hal door, en rende de trap op. Boven duwde ze op de rode knop, de deuren zoefden veel te langzaam open. Het was heel stil op de afdeling. Geen televisie te horen, geen geloop van patiënten. Links eerst de artsenkamer. Daarna een kantoor. De familiekamer. Rechts de patiëntenkamers. A3 11, A3 12. Binnen twee of drie bedden met meest slapende mensen. Bij 17 stonden twee namen. Mevrouw Van Doorn, mevrouw Cornelissen. Ze klopte en liep meteen door. 'Mam?' Geen antwoord.

De gordijnen om het eerste bed waren half gesloten, ze moest zich voorover buigen om te zien wie er in lag. Nee, deze slapende oude vrouw was haar moeder niet. De plaats bij het raam was leeg, wat dat betekende wist ze maar al te goed. Weg voor onderzoek of weg omdat het slecht ging. Onderzoeken waren er 's avonds meestal niet, behalve een spoedoperatie of een rit naar de röntgen. Op de gang was het uitgestorven, niemand te zien. Waren de zusters niet met het laatste rondje bezig? Het leek wel een spookziekenhuis.

'Franny! Eindelijk, daar ben je! We dachten dat je niet meer zou komen vanwege de sneeuwstorm.' Trudy trok haar mee de gang over, de familiekamer binnen.

'Hier, doe je jas uit. Ga zitten.'

'Nee, ik wil mam zien. Waar is ze?'

'Wil je niet eerst bijkomen en koffie drinken?' vroeg Trudy. 'Je moet wel helemaal gaar zijn van zo'n dag.'

'Ben ik te laat? Is ze...' Franny gooide haar jas over de leuning van de bank.

'Nee, dat niet maar...'

'Mam leeft nog?!' Een warme golf trok door haar heen, die vreselijke rit was niet voor niets geweest.

Op dat moment stapte Anton binnen en sloeg zijn armen om Franny heen. 'Hoi, schone zus! Wat een toestand! Dat je er bent, met zulk slecht weer. Waar is Stefan?'

Franny maakte zich los uit Antons omhelzing. Had ze tot vandaag grote moeite om te huilen, nu begon ze bij de minste gelegenheid te snotteren.

'Ik ben alleen gekomen.'

'Dat meen je niet!' riep Trudy uit. 'Dat hele eind? Met dit weer?'

'Stefan is een paar dagen weg voor z'n werk en toen je vanmorgen belde, ben ik meteen in de auto gestapt. Ik heb nog nooit zo'n eind in m'n eentje gereden. En dan zulk noodweer! Vraag niet hoe maar ik heb het gedaan. Hoe is het nu met mam? Kan ik naar haar toe?'

Achter Trudy en Anton aan liep ze door de gang, zich bewust van iedere stap, haar hoofd ineens glashelder. Het voelde alsof ze iets heel belangrijks ging doen, zo meteen zou ze mam zien en dan zou alles anders zijn. Bijna plechtig legde ze de laatste meters af en voor een eenpersoonskamer stonden ze stil. Franny haalde diep adem, of ze naar een moeilijke patiënt op weg was. Anton hield de deur voor haar open. In het midden van de kamer lag iemand onder een deken op een bed, op de zij, met de rug naar haar toe. Er omheen de familie, allemaal keken ze haar aan beetje verbaasd aan, of ze al niet meer op haar gerekend hadden.

'Dag zus.' Koos was de eerste die iets zei. 'Fijn dat je er bent.'

Hij stond op en omhelsde haar. De anderen volgden zijn voorbeeld. Franny registreerde wat ze deden en probeerde er iets bij te voelen. Armen, handen, een kus op haar wang. Warmte, hartelijkheid.

Ze legde haar hand op haar moeders schouder. 'Dag mam, hier ben ik eindelijk.' Het klonk heel anders dan ze had gewild. Zou ze haar een kus geven? Voorzichtig boog ze zich voorover, mam rook als iedere willekeurige patiënt. Trouwens, ze herkende haar amper zo zonder bril en in een ziekenhuisjasje. In haar haren kleefde bloed.

'Ze hoort niet wat je zegt, hoor,' zei Joop, 'Ze ligt in coma. Kom hier maar zitten.' Hij trok een krukje bij.

'Wat is er nu precies gebeurd vanmorgen?'

Dat zou Joop wel eens even uitgebreid vertellen. Zoals iedere morgen had hij de krant gebracht, hij liet zichzelf zoals gewoonlijk binnen en trof mam meestal aan in haar duster aan de keukentafel maar vandaag niet. Eerst had hij in de slaapkamer gekeken, daarna in de badkamer. Ze lag met haar hoofd op de stenen dorpel, in haar pyjama, een plasje bloed bij haar hoofd. Hij was zich een hoedje geschrokken en had snel 112 gebeld. De broeders van de ambulance dachten ook aan een herseninfarct en de artsen op de spoedeisende hulp hadden dat al snel bevestigd.

'Maar, hoe lang heeft ze thuis gelegen, zijn jullie daar achter gekomen? De hele nacht?'

'Het bed was beslapen,' zei Trudy. 'Ze gaat 's nachts wel een keer of twee naar het toilet, dan kan het ook gebeurd zijn.'

'Heeft ze hier in het ziekenhuis meteen antistolling gekregen?' wilde Franny weten.

'Ja, dat dacht ik wel,' antwoordde Joop.

'Je kunt wel zien dat jij er verstand van hebt,' zei Riet. 'Fijn dat je er nu bent zus!'

Daar zat ze dan, naast Koos en Joop, haar tweelingbroertjes van vroeger. Haar broers van nu. Ze zag ineens dat Koos sprekend op pap leek, zelfs de manier waarop hij zijn benen kruiste was identiek aan hoe pap dat vroeger deed. Ze besefte ineens dat de eigen kinderen aan de ene kant van het bed zaten en de aangetrouwde kinderen aan de andere kant. Annet en Merel keken tegen mams rug aan, daarnaast en wat naar achteren geschoven zaten Jaap en Anton. Stefans afwezigheid viel echt op. Trudy zat het dichtst bij mam, daarnaast Riet, dan Koos, Joop en zij zelf helemaal bij het voeteneinde. Als laatste gekomen, ze kon niet eens mams gezicht zien.

Wat nu? Hier rustig zitten wachten was niet wat ze zich had voorgesteld. Ze stond op en ging dicht bij het hoofdeinde staan. Mam had haar ogen dicht, ze ademde snurkend met haar mond half open. De ene kant van haar gezicht hing naar beneden. Er droop een straaltje speeksel uit haar mondhoek. Franny veegde met een tissue haar moeders mond schoon, dat was het enige wat ze voor haar moeder kon doen en dat voelde goed. Voor het moment kon ze voor haar zorgen omdat God haar leven had gespaard

'Ik ben helemaal gaar van de hele dag hier zo zitten,' zei Jaap ineens. 'Ik ga even een sigaretje roken.'

Meteen stond Joop op. 'Ik ga met je mee.'

Franny legde haar hand op de deken op de plaats waar haar moeders schouder was, langzaam wreef ze over haar arm, heen en weer, heen en weer. In gedachten probeerde ze de woorden op te roepen die ze had willen zeggen. Het lukte niet, het was net of alle mooie en lieve gedachten gewist waren. Alles was een droom, haar moeder was gewoon nog haar moeder die geen idee had van wat er zich afspeelde in het hoofd van haar dochter.

'Heeft ze nog iets gezegd?' vroeg Franny in het algemeen. Heeft ze naar mij gevraagd, wilde ze eigenlijk zeggen.

'Nee, niets meer,' zei Riet.
'Komt er regelmatig iemand kijken?' vroeg Franny.
'Ja,' antwoordde Riet. 'Maar nu ben jij er.'
'Ik ben de dochter, niet de zuster,' zei Franny.
De deur kierde open, de dokter liep de kamer in. 'Goedenavond allemaal.' Hij liep meteen naar het bed en trok een stethoscoop uit z'n zak. 'Ik ga jullie moeder nog een keer onderzoeken. Willen jullie op de gang wachten?'
'We zijn in de familiekamer,' antwoordde Anton.
Terwijl ze stilzwijgend naast elkaar zaten en deden alsof ze in de tijdschriften lazen die ze doorbladerden, dacht Franny weer aan haar moment op de boot. Zou dit een goede gelegenheid zijn om te zeggen dat ze zich schuldig voelde naar haar familie toe, dat ze vandaag ineens besefte dat ze nooit echt interesse had getoond voor haar broers en zussen, dat ze er spijt van had en het allemaal anders wilde doen? Alle woorden lagen klaar in haar hoofd, daar bleven ze.
Met eens schok realiseerde ze zich dat ze Stefan moest bellen. Hij zou zich zorgen maken, grote zorgen. Hoe kon ze het vergeten zijn? Ze zou toch alles anders gaan doen en kijk, alweer was ze alleen maar met zichzelf bezig. 'Heeft er iemand van jullie een oplader voor een mobiele telefoon bij zich?'
Nee, niemand.
'Beneden in de hal kun je bellen,' zei Riet. 'Zal ik met je meelopen?'
Op dat moment stapte de arts binnen en sloot de deur achter zich.
'De eerste diagnose was inderdaad juist. Uw moeder heeft een herseninfarct. Een bloedprop heeft de doorbloeding in het hoofd belemmerd waardoor er functies uitgevallen zijn. Uw moeder is halfzijdig verlamd, in comateuze toestand en reageert niet of nauwelijks op prikkels.'
'Kan er iets gedaan worden?' vroeg Franny.
De dokter knikte. 'Ze krijgt antistollende medicatie. Voor de rest is het afwachten of en wanneer ze uit haar coma ontwaakt.

Uw moeder is niet snel gevonden na het infarct, daardoor is er laat begonnen met de antistolling. Dat maakt de prognose er niet beter op.'

'Kunt u iets meer zeggen over die prognose?' vroeg Franny weer.

De dokter sloeg z'n armen over elkaar. 'De eerste vierentwintig uur zijn van groot belang. Verbetert de toestand van uw moeder binnen die tijd niet, dan zullen we alsnog de situatie bespreken. Ik stel voor dat we tot morgen afwachten. Zijn er lichtpuntjes, dan stellen we een nieuw behandelplan op naargelang de onderzoeken uitwijzen dat zoiets zin heeft.'

Anton schraapte z'n keel. 'Hoe moet het verder, dokter? Kunnen we naar huis, moeten we waken?'

'Als het mijn moeder was, zou ik haar deze nacht niet alleen laten. Goedenacht en sterkte.'

Terwijl hij de deur uitliep, kwamen Joop en Jaap binnen. Anton vertelde in het kort wat de dokter had gezegd.

'Redelijk vaag,' merkte Joop op.

'Vind ik ook,' zei Koos die tot nu toe nauwelijks iets had gezegd. 'Bedoelt hij dat de behandeling wordt stopgezet als ze morgen niet uit de coma wakker wordt? Geeft hij haar dan op?'

Iedereen keek Franny aan, zij was tenslotte degene die medische termen kon vertalen in begrijpelijke taal.

'Hij bedoelt,' begon ze aarzelend. Had ze wel goed geluisterd? Tussen de regels door was er weinig hoop. 'Door het infarct zijn er hersenfuncties uitgevallen. Het is nog niet te zeggen of dat blijvend is. Behalve dat ze aan een kant misschien verlamd zal blijven, bestaat ook de kans dat ze niet meer goed zal kunnen slikken. Of praten. Als ze al bijkomt. Het kan ook zo zijn dat ze lang in coma blijft en de vraag is wat er dan gebeuren gaat.'

'Dat zien we dan wel, laten we eerst de nacht afwachten,' zei Anton. 'Ik stel voor dat er twee hier blijven om te waken en dat de rest naar huis gaat om te slapen. Om de zoveel uur elkaar afwisselen. We hebben tenslotte allemaal onze verantwoordelijkheden.'

'Morgen moet er wel weer brood op de schappen liggen,' zei Koos.

Da zou pap net zo hebben gezegd, dacht Franny.

Joop pakte een pen uit het borstzakje van z'n colbert. 'Heeft er iemand papier?'

Riet grabbelde in haar tas.

'Schrijf mij maar als eerste op,' zei Franny. 'Ik ben er net.'

'Ik blijf bij je,' zei Riet meteen. 'Morgen is het mijn vrije dag dus geen schoolklas voor m'n neus.'

'Dat hoeft niet, hoor,' zei Franny. 'Ik kan het ook wel alleen. Kunnen jullie allemaal met z'n tweeën.'

'Dat lijkt me niet handig,' zei Riet. 'Het is beter dat er van ieder stel iemand gaat, dan kan de ander op de kinderen passen.'

De anderen waren het met haar eens. Ze maakten een schema voor vierentwintig uur. Ze liepen met elkaar naar hun moeders kamer om haar nog een keer te zien. Franny haastte zich in die tijd naar beneden.

Waar had ze Stefans mobiele nummer? Had ze het niet ergens opgeschreven? Ze doorzocht alle vakjes in haar tas en vond het papiertje tussen twee bonnetjes in haar portemonnee.

Twee keer, vier keer ging zijn telefoon over, maar Stefan nam niet op. Waar zat hij? Het was al lang avond, zat hij aan een diner met zakenpartners? Sliep hij al? Stond hij onder de douche?

Ze belde José. Die nam onmiddellijk op. Kort vertelde Franny hoe de situatie was. 'Zijn Niels en Nikki naar huis?'

'Niels wel, Nikki blijft hier bij Louise slapen.'

'Er is geen kruimel brood meer in huis, kun jij wat van jouw voorraad missen?'

'Natuurlijk, ik breng straks wat naar Niels en maak je geen zorgen, wij redden het hier wel. Pas goed op jezelf.'

'Bedankt José.'

Haar hart klopte in haar keel, haar handen beefden toen ze

de hoorn op het toestel legde en ze voelde nu pas hoe moe ze wel niet was. Nog een keer nam ze de hoorn van de haak en toetste Stefans nummer in. Geen gehoor.

Het was vreemd en tegelijk vertrouwd, zo met Riet naast het bed. Ze zag er goed verzorgd uit, hoge laarzen, rokje in de nieuwe modekleur azuurblauw, lichte trui. Franny keek steels naar haar gezicht, dat kende ze amper meer terwijl ze vroeger toch vaak bij haar gelogeerd had.

Om iets te doen sloeg ze een tijdschrift open. De letters dansten voor haar ogen. Zou ze Riet vragen naar haar ervaring met pap en mam? Voelde zij wel liefde voor mam? Ze wist niet waar te beginnen en daarom zweeg ze maar. Dat was maar beter ook, mam kon dan wel niets zeggen, ze hoorde misschien wel alles wat gezegd werd. Ze lag op haar rechterzij, ogen gesloten, net of ze het gezellig vond dat er twee dochters naast haar bed zaten, alsof ze ieder moment van alles zouden gaan bespreken. Onzin, mam kon niet eens meer praten door die verlamming. Het was ook maar de vraag of ze dat ooit nog zou doen, ook al kwam ze hier doorheen.

'Ze ziet er akelig uit, vind ik,' zei Riet. 'Ze heeft nooit zo'n rode kleur.'

'Past wel bij een beroerte, ik weet niet precies waar dat door komt.'

'Jij ziet er anders ook niet goed uit.'

'Klopt, ik had griep en ben nog niet helemaal opgeknapt. Daarom was ik niet naar mijn werk vandaag. '

'Maar het rijden lukte wel? Je had het eerst af kunnen wachten.'

'Nee, als mam er zo aan toe is moet ik er toch ook bij zijn? Ik heb geen koorts meer, geloof ik. Op afdeling hebben ze een groter probleem nu ik er een paar dagen niet ben maar daar zit ik nu niet mee. Ik ben blij dat ik hier kan zijn.'

'Ik ook, we hebben elkaar lang niet gezien. Je was er wel bij de opening maar toen was het zo druk. Hoe is het met Nikki?

Gaat het goed in de brugklas?'

Franny praatte haar bij over de kinderen, niet te uitgebreid want dat leek bij Riet ongepast. Zij en Jaap konden geen kinderen krijgen en dat was een groot verdriet.

Riet geeuwde. 'Ik ben best moe, jij niet?'

'Nee, ik ben klaarwakker. Over m'n slaap heen, denk ik.'

Riet legde haar benen op de stang onder mams bed. Ze wikkelde zich in haar jas.

'Doe je ogen maar dicht, hoor, ik let wel op.'

Even later viel Riet in slaap.

Daar zat ze dan. Van al haar broers en zussen was zij nu de enige die bij mam aan het bed zat, juist zij. Bizar, de hele dag gedacht dat ze niet op tijd zou zijn, en kijk nu. Het was bekend terrein, een zieke in een bed, een druppelend infuus, de tikkende klok boven de deur. Het grote verschil was, dat dit haar eigen moeder was en geen wildvreemde patiënt. De adrenaline joeg door haar lichaam. Haar eigen moeder kwam haar vreemd voor. Ze was dichtbij, dichterbij dan ze ooit was geweest, ze kon haar aanraken, tegen haar praten. Tegelijk was het onmogelijk, mam was niet bij bewustzijn en ook al werd ze dat, zou ze dan over vroeger kunnen beginnen? Ze zou het niet begrijpen. Of wel? Maar nee, mam werd vast weer wakker en dan zou zij, Franny, alles anders doen. Niet toelaten dat er over koetjes en kalfjes gepraat werd, doorvragen, alles willen weten. Mam beter leren kennen, wat ze dacht, wat ze voelde, hoe ze de dingen had beleefd.

Langzaam verstreek de tijd. Ze zat daar maar naast het bed, rechtop in haar stoel, de armen strak over elkaar. In haar hoofd werd het een wazige warboel van beelden en herinneringen. Ze doken op en vervaagden. Ieder halfuur kwam de nachtzuster de controles doen. Riet sliep, werd wakker en sliep weer in. Om halfvier stonden Merel en Anton in de kamer. Versuft keek Franny hen aan. Riet werd wakker, gaapte en rekte zich uit. 'Mooie waker ben ik, ik kon gewoon niet wakker blijven. Hoe is mam?'

Ze stonden op en raakten mams arm aan. Geen reactie, ze snurkte, en er stonden zweetdruppeltjes op haar voorhoofd.

'Gaan jullie maar,' zei Anton. 'Wij nemen het over en zullen bellen als haar toestand verandert.'

Bibberend liep Franny met Riet mee naar buiten.

'Jij gaat met mij mee,' besliste Riet. 'We hebben altijd een logeerbed klaar staan. Laat je auto maar staan, die halen we morgen wel op.'

'Ik heb niks bij me, zelfs geen tandenborstel.'

Riet stak haar arm door die van haar. 'Dat komt allemaal in orde. Eerst maar eens een goede nacht maken, dan zien we wel verder.'

Ondanks de intense moeheid viel ze niet meteen in slaap. Ze miste Stefan, ze zou iets tegen hem willen zeggen, iets liefs, iets waardoor hij zou weten dat ze van hem hield. Of zou hij na al die jaren genoeg hebben van haar koele houding? Genoeg van haar als persoon, als vrouw. Misschien, haar adem stokte bij de gedachte, misschien was hij helemaal niet alleen naar die klant, maar had hij een afspraakje. Ze schoot rechtop in bed. Dat mocht ze niet van hem denken, hij hield van haar, al liet hij het niet altijd merken. En zij, ze verdiepte zich niet echt in hem, in zijn wensen, zijn gedachten, zijn werksituatie. Ondanks de wankele start van hun huwelijk was de liefde toch gekomen en kon ze zich haar leven niet zonder hem voorstellen. Maar ze leefden steeds meer langs elkaar heen en dat werd er door haar afstandelijkheid niet beter op. Was het te laat? Was hij met een ander? Ze draaide zich op haar buik in bed en huilde in het kussen.

Na een tijdje stapte ze uit bed en dronk water aan de wastafel. Rillend keek ze in de spiegel.

Zulke dingen moest je niet denken, zei ze tegen zichzelf. Er zijn geen bewijzen voor, je denkt te slecht van hem en maakt het je alleen maar nog moeilijker.

Vlak voordat ze uiteindelijk insliep zag ze mam weer voor zich, hoe ze daar lag in het ziekenhuisbed, zo weerloos, zo kwetsbaar. Het was goed dat ze naar Zeeuws-Vlaanderen gereden was, ondanks alles. Ook dat kwam door het boek van José. Of was het God die haar stuurde? Ze vouwde haar handen en in haar hart vormde zich een gebed om herstel, voor mam en voor haar eigen leven.

Tijdens het wakker worden duurde het even voor ze besefte dat ze bij Riet thuis in bed lag. Ze luisterde, niets te horen. Hoe laat was het? Tien uur! Ze gooide het dekbed van zich af en trok het gordijn open. De wereld was een sprookje, de sneeuw schitterde in de winterzon, de zwarte takken van de bomen waren versierd met een dun streepje wit. De straat zelf was schoongeveegd. Aan de overkant liet een man zijn hond uit, zijn adem kwam in wolkjes naar buiten. Beneden zat Riet zat in een dik vest gewikkeld aan de keukentafel.

'Daar ben je,' zei ze. 'Beetje geslapen?'

'Ja, best wel. Het is ineens al laat. Je had me wel wakker mogen maken.'

'Ik ben ook net op. Thee?'

'Graag.'

Haar maag rammelde, het brood smaakte haar goed.

'Nog iets gehoord?'

Riet schudde haar hoofd. 'Ik stel voor dat we naar het ziekenhuis rijden als we aangekleed zijn.'

'Ik hoop dat ze snel uit haar coma komt,' zei Franny.

'Hoe lang kan zoiets duren? Jij hebt ervaring.'

Franny haalde haar schouders op. 'Dat wisselt van patiënt tot patiënt. Als ze bijkomen, moeten ze in de revalidatie. Sommigen knappen daarna nog een heel eind op, anderen zijn blijvend hulpbehoevend.'

'Afwachten dus. Wil jij eerst douchen? We hebben zo te zien niet helemaal dezelfde maat, anders kon je iets van mij aan. De toiletspullen in de badkamer kun je allemaal gebruiken.'

'Ja, fijn. Heb je aan Jaap gevraagd of hij een Nokia oplader heeft?'

'Ja, maar die had hij niet. Bel gerust met onze vaste telefoon.'

Meteen doen, maakte niet uit of hij wel of niet in een vergadering zat. Zijn telefoon ging net zolang over tot een vreemde stem klonk. 'Spreek uw boodschap in na de piep.'

'Hoi Stefan, met mij. Misschien heb je geprobeerd me te bellen maar mijn telefoon is leeg en ik heb de oplader niet bij me. Gisteren ben ik veilig in Terneuzen gearriveerd. Ik zat midden in die sneeuwstorm. Vannacht heb ik bij Riet geslapen. Met mam kan het nog alle kanten op, ze ligt in coma. We gaan er zo weer heen. Ik bel je zodra ik meer weet. Ik weet niet wanneer ik weer naar huis kom. Dat ligt aan de toestand van mam. Zolang ze nog in coma is, blijf ik natuurlijk hier. Ik laat snel weer iets van me horen.'

Wat vreselijk onpersoonlijk was dit. De angst vloog haar naar de keel, waarom nam hij niet op?

In het ziekenhuis troffen ze Trudy en Joop aan bij het bed.

'Hoe gaat het?' vroeg Riet.

'Er is niets veranderd,' zei Joop.

Franny liep naar het bed en legde haar hand op haar moeders schouder. 'Hallo mam, wij zijn er, Riet en Franny. We komen bij u zitten.'

'Dat hoort ze toch niet,' merkte Trudy op.

'Dat kun je nooit met zekerheid zeggen. Het schijnt dat sommige patiënten wel kunnen horen ook al reageren ze niet. Het is juist goed om tegen hen te praten.'

'Hebben jullie al koffie gehad?' vroeg Joop. 'Zal ik even halen?'

'Lijkt me lekker,' antwoordde Franny.

Ze trok de deken recht, wiste de zweetdruppeltjes van haar moeders voorhoofd af.

'Je bent vast een hele goede verpleegkundige,' merkte Riet op. 'Je hebt oog voor je patiënt.'

Franny voelde het warm worden achter haar ogen. Dat Riet zoiets zei terwijl ze nooit over het werk gesproken hadden. 'Nou, dat zal je nog tegenvallen. Het hoofd van de afdeling wil binnenkort een functioneringsgesprek met me houden. Er heeft iemand geklaagd over mij.'

'Over jou? Wie dan?'

'Een arts-assistent. Die zijn soms zo vreselijk eigenzinnig.'

'Dat herken ik,' zei Riet. 'Wij hebben soms van die stagiaires, van die piepkuikens. Die zijn nog niet eens klaar met de pabo en weten precies hoe het allemaal moet. Hoogst irritant.'

Franny knikte. Ook al leek haar werk ver weg op dit moment, het gesprek met Gerda zou hoe dan ook een keer plaatsvinden. Hoe kwam ze eigenlijk thuis? Ze moest er niet aan denken dat hele eind weer in haar eentje te rijden. Joop kwam binnen met een blad koffie.

Met z'n vieren zaten ze aan de tafel in de hoek van de kamer. Op dat moment kwam Koos binnen, met een papieren zak in zijn hand. 'Ik dacht al dat jullie hier zouden zijn. Ik heb bolussen meegebracht. Wie wil?'

'Heerlijk,' zei Franny. 'Dat is lang geleden.'

Koos trok een krukje bij.

'Als je koffie wilt, moet je het even halen,' zei Joop.

'Nee, dank je, ik kwam gewoon kijken hoe het met mam is.'

Franny beet in het gebak, het suikerkorstje was heerlijk knapperig, de binnenkant precies goed. Niet te zacht en niet te hard.

'Ik kan het me niet eens herinneren dat we vaker zo met alleen de kinderen bij elkaar waren. Jij Riet?' zei Trudy.

Die schudde haar hoofd. 'Zo zie je maar dat dit nog ergens goed voor is.'

Dat mam daar zo ziek lag, veranderde niets aan haar gevoel dat ook Franny het fijn vond om bij de familie te zijn. Het was zelfs gezellig. Kon ze nu iets zeggen over wat ze had ontdekt? Ik heb jullie gemist of zoiets? Dat klonk sentimenteel en zo bedoelde ze het niet. Weer dat onvermogen een onderwerp aan te snijden, net of er nog niets veranderd was.

'Hoe moet het nu verder met mam?' vroeg Trudy.

'De dokter zal wel aangeven wat er moet gebeuren,' zei Joop.

'Maar ze kan toch geen dagen en weken zo liggen, zonder dat

er zekerheid is dat ze ooit nog wakker zal worden?' vroeg Riet.

'In mijn werk heb ik meegemaakt dat mensen weken tot maanden in coma kunnen liggen,' zei Franny. 'Soms overlijden ze dan, maar het gebeurt ook wel dat ze alsnog wakker worden. Als patiënten lang in coma liggen, worden ze overgebracht naar een verpleegtehuis.'

'Daar moet ik niet aan denken,' zei Riet.

'Als pap nog leefde, zou hij gezegd hebben dat we het aan de Heere God moeten overlaten,' zei Koos.

'Ja , zo zou hij dat zeggen,' zei Koos.

'Je hebt gelijk Koos' zei Trudy, 'We moeten er vertrouwen in hebben. God leidt ons leven. Hij weet hoe het met mam zal gaan.'

Koos wreef over zijn kin. 'Zo hebben onze ouders het ons geleerd. Ik vind dat we geduldig moeten afwachten.' Hij draaide zich half om en keek naar het bed waarin mam onveranderd op haar zij lag te snurken. 'Zo zou mam het zelf ook willen denk ik.'

Ze zwegen een poos. Franny hoopte dat er iemand zou voorstellen om te bidden. Koos, die zou dat kunnen. Of Trudy. Bidden om herstel voor mam, om geduld voor hen allemaal. Het moment ging voorbij.

'Praat mam weleens over haar geloof?' vroeg Joop.

''Nee, dat heeft ze nooit gedaan. Ze gaat wel elke zondag naar de kerk,' wist Trudy.

'Ik herinner me dat we vroeger alleen maar formuliergebeden gebruikten,' zei Joop.

'Die hebben ook betekenis,' vond Trudy. 'Over het geloof praten deden pap en mam niet maar ze leefden het ons wel voor.'

'In mijn herinnering werd er helemaal niet veel gepraat.' Franny voelde haar hart in haar keel kloppen. Zou iemand er op ingaan?

'Die ervaring heb ik niet, zei Koos. 'Pap vond het heel belangrijk dat we van jongs af aan wisten hoe de bakkerij draaide. Hij betrok ons overal bij, hè Joop?'

'Absoluut. Later moesten ze precies weten waar we naar toe gingen en met wie.'

'Dat is toch iets anders dan met elkaar doorpraten over een onderwerp,' vond Riet. 'Jullie waren de jongsten, wij de oudsten. De plaats in de kinderrij bepaalt de beleving in het ouderlijk gezin.'

Koos glimlachte. 'Misschien wel, jij zult het wel weten, jij bent de juf.'

'Ik snap het wel,' zei Trudy. 'Als je het druk hebt met je werk en je gezin is het best moeilijk tijd te vinden voor een goed gesprek.'

'Ik ga maar weer eens,' zei Koos. 'Wie blijft er bij mam?'

'Ik blijf wel,' zei Joop.

'Ik ook,' zei Trudy.

'Wat doe jij, Franny?' vroeg Riet. 'Blijf je de rest van de dag of rijd je nu terug? '

Mam kon alsnog wakker worden, of overlijden. Het was verstandiger dat vandaag af te wachten en nog een nacht te blijven, hoewel ze erg verlangde naar haar eigen huis en bed. Niels en Nikki konden zichzelf best redden voor een aantal dagen. Stefan zou morgen, vrijdag, weer thuis zijn en José was er ook nog.

Vlak voor sluitingstijd kocht ze bij de HEMA wat ondergoed, extra sokken en handschoenen. Een tandenborstel en een potje van haar eigen dagcrème. Bij een telefoonwinkel vond ze een oplader voor haar telefoon. Nadat ze nog een keer naar bij mam in het ziekenhuis was geweest, reed ze naar Riet. Fijn dat ze mee kon eten. Ze voelde zich al niet meer zo erg op visite. Jaap was rustig en erg aardig, echt jammer dat ze geen kinderen hadden.

's Avonds na het eten belde ze naar huis. Niels nam op. 'Ik red het prima hier, mam. Ik heb boodschappen gedaan, tante José had een lijstje gemaakt en ze heeft het geld voorgeschoten. Nikki logeert bij Louise en papa heeft gebeld en gezegd dat hij vrijdag om een uur of drie weer thuis is. Hoe gaat het met oma?'

'Ze ligt in coma,' antwoordde Franny. 'Het kan nog twee kanten op. Nee, eigenlijk drie. Ze kan wakker worden, ze kan langdurig in coma blijven of ze kan overlijden.'

'O. Wat is dat, coma?'

'Dat is heel diep slapen en nergens op reageren. Wat ga jij doen vanavond?'

'Sjaak komt, hij heeft een nieuw spel gekregen.'

Franny zweeg even. 'Je weet waar we het laatst over gehad hebben Niels!'

'Ja mam, dat weet ik. Ik zal geen bier drinken.'

'Beloofd?'

'Beloofd.'

'Niet te laat naar bed gaan en doe je de deuren op slot en het licht uit?'

'Maak je maar geen zorgen mam, oom Hans kwam gisteravond langs om alles te checken.'

Daarna belde ze Stefan op z'n mobiel. Eindelijk nam hij op.

'Met mij, Franny. Heb je mijn berichtjes beluisterd?'

'Net ja, geen tijd gehad om je meteen terug te bellen, ik heb een heel vol programma. Maar nu kan het wel even. Hoe is het met je moeder?'

Franny slikte een prop in haar keel weg. Zo'n vol programma dat hij niet even tijd nam om haar te bereiken? 'Hetzelfde, ze ligt in coma. Ik blijf nog maar een nacht hier. Niels en Nikki redden het wel zonder mij. En jij zou morgen om een uur of drie thuis zijn?'

'Klopt. Als het meezit met het verkeer.'

'Is het goed gegaan met je werk voor die nieuwe klant?

'Zeker, het is goed om er echt zelf te zijn, die hebben we binnen. Het is een groot bedrijf, veel omzet en dus veel cijfers'

'Mooi. Maar..., waarom nam je niet op toen ik belde?'

'Als het een onbekend nummer is, neem ik niet op.'

Franny zweeg. Hij herkende het telefoonnummer van het

ziekenhuis niet en evenmin dat van Riet thuis. Dat klopte maar wilde hij uit zichzelf niet weten hoe het maar haar was?

'Maar wat ik nog steeds niet begrijp,' zei Stefan, 'Waarom ben je zo ineens op pad gegaan? Ik weet wel, het is je moeder maar jullie hadden nauwelijks contact. En laatst, met de opening, je was niet erg toeschietelijk naar je moeder toe.'

'Klopt. Er is inderdaad veel gebeurd. Heel veel. Ik zal het je later allemaal uitleggen. Het heeft ook iets me mezelf te maken.'

'Dat klinkt geheimzinnig.'

'Nee, dat valt wel mee. Het is niet iets om per telefoon te zeggen.'

Het was even stil.

'Verwacht je dat ik ook die kant op kom?'

'Zitten we hier met twee auto's, nee, dat lijkt me niet handig. Hoe ik thuis moet komen, weet ik nog niet. Ik zie wel.'

Ze voelde haar ogen branden. Ze had het er zelf naar gemaakt dat Stefan zo afstandelijk deed, maar hij kon toch wel iets toeschietelijker zijn? Snapte hij niet dat ze in een moeilijk situatie zat? Een vreselijke rit gemaakt woensdag, haar moeder doodziek, zelf nog niet fit.

'Ik hang op,' zei ze vlak. 'Ik bel wel als er iets verandert.'

Zonder antwoord af te wachten, klikte ze hem weg.

Haar hele lijf deed pijn. Waarom trok ze zich het zo aan hoe Stefan reageerde? Wat verwachtte ze dan van hem? Hij moest niet veranderen maar zijzelf. Hoe moest ze hem dit allemaal uitleggen en belangrijker, hoe kon ze zelf veranderen? Een vriendelijk, warmer mens worden met meer inlevingsvermogen?

Ze drentelde naar de kamer, plofte naast Jaap op de bank. Riet zat in haar gemakkelijke stoel met een boek.

'Zin om iets te drinken?' vroeg Jaap.

'Graag,' antwoordde ze.

'Jij, Riet?'

'Het is januari, dan drinken we eigenlijk geen alcohol. Regels zijn prima, een uitzondering ook.'

'Je bent een echte juf,' glimlachte Franny. 'Ik doe mee.' Jaap verdween in de kelder. 'Zo vaak ben je hier niet,' zei hij. 'Ik heb hier nog een hele mooie fles.'

Ze bleven lang zitten, Jaap vertelde over zijn werk bij Dow Chemical. Hij moest vaak op reis. Dan zat Riet hier ook maar in haar eentje maar dat was ze wel gewend. Ze lachten lief naar elkaar. Franny voelde en steek van jaloezie, die twee hoefden maar een half woord te zeggen of een blik te wisselen of ze begrepen elkaar. Was het bij haar en Stefan ook maar zo. Riet en Jaap waren extra op elkaar aangewezen omdat ze geen kinderen hadden. Hoe gingen ze daarmee om? Ze kon zich niet herinneren daar ooit naar gevraagd te hebben. Ook dat zou anders moeten worden, besefte ze.

'Ik ben druk genoeg met mijn werk,'zei Riet. 'En vind het heerlijk om eens een avondje alleen thuis te zijn. Als het te stil is, kan ik naar Trudy gaan, Joop en Koos wonen in de buurt en mam ook.'

'Maar ze kletst het liefst met vriendinnen, hoor,' plaagde Jaap.

'Goed dat we in het ziekenhuis over het geloof hebben gesproken,' zei Riet. 'Het was niet lang en niet erg diepgaand maar ik was er wel blij mee.'

Ze vertelde over hoe dat op school in z'n werk ging. Het was een christelijke school, behalve de liedjes en Bijbelverhalen besteedde ze veel aandacht aan het bidden.

'Zo belangrijk dat kinderen weten dat ze niet alleen verdriet maar ook hun blijheid bij de Heere God mogen brengen.'

'Heel belangrijk,'zei Jaap. 'Bij geloven gaat het om je hele wezen, alles wat je in je hebt. Niet alleen de uiterlijke tekenen van christen-zijn, Hij wil je hele hart.'

Franny knipperde met haar ogen. 'Ik vind dat best moeilijk, ik denk soms een hele dag niet aan God en ik vergeet ook wel eens te bidden. In de kerk ben ik er met mijn gedachten niet altijd bij.'

'Dat gebeurt mij ook weleens, hoor,' bekende Riet. 'Toch ben ik zo blij dat ik het geloof heb, anders zou onze kinderloosheid nog zwaarder zijn.'

Koos belde vanuit het ziekenhuis, de verpleging hield mam vannacht in de gaten, het was niet nodig nog een nacht te waken. Ze spraken af dat Franny er de volgende morgen zou zijn, Trudy zou zich bij haar voegen als ze weg kon uit de bakkerij.

'Als er morgen niets verandert, ga ik in de loop van de middag toch maar op huis aan,' zei Franny.

Het werd laat. Dankzij de wijn viel ze meteen in een diepe slaap. Halverwege de nacht werd ze wakker met een droge mond. Ze gluurde door het gordijn naar buiten. Sneeuwde het weer? Het was regen. Vlug kroop ze in het warme bed. Voordat ze weer in slaap viel, nam ze zich vast voor alles echt anders te gaan doen. Absoluut anders. Open naar Stefan, liever naar de kinderen, vriendelijker op het werk. En, ze zou ook beginnen met regelmatiger uit de Bijbel te lezen en vaker te bidden op de manier die ze van Riet gehoord had vanavond.

Ze was gelijk met Riet en Jaap de deur uitgegaan. Het was onwerkelijk om naar mam in het ziekenhuis te rijden in plaats van naar haar werk. Langs de stoepranden lagen vieze bruine sneeuwhopen, verder was de kou uit de lucht. Het was vijf graden boven nul.

Op de afdeling was het ochtenritueel bezig, Franny herkende de waskarren, de lucht van vuile lakens, de geur van goedkope zeep. Mam was net klaar, ze lag met haar eigen nachtpon aan op haar zij in een schoon bed.

'Hoe is het gegaan vannacht,' vroeg Franny aan de verpleegkundige die de kamer opruimde na de wasbeurt.

'Er verandert niets, ze reageert alleen met kreunen als we haar wisselligging geven.'

'Goed, bedankt.'

Franny pakte de kam uit de toilettas, de scheiding zat naar de verkeerde kant. Zorgvuldig kamde ze haar moeders haren goed. Ze maakte haar mond schoon met een washandje en inspecteerde haar gebalde hand. Vergeten schoon te maken, dat dacht ze al te ruiken. Nadat er niets meer te verzorgen was, trok ze een stoel bij. Daar zat ze dan, alleen met haar moeder. Dit was haar kans, nu kon ze tegen haar praten. Het was onzeker of comapatiënten hoorden wat er gezegd werd maar het was beter te doen alsof ze je wel hoorden. Mam kon niet reageren, dus ze kon maar beter voorzichtig zijn.

'Ik heb veel over vroeger nagedacht.' Daarmee kon ze beginnen. En dan?

'U hebt het niet zo bedoeld, maar het opvoeden is bij mij niet helemaal goed gegaan.'

Nee, het was onmogelijk een gesprek te voeren zonder contact, dat voelde echt niet goed. Mam lag daar weerloos, ze kon haar misschien wel horen maar niets uitleggen als ze dat zou willen. Waarschijnlijk begreep ze niet wat Franny bedoelde met die opmerking.

Wat moest ze de hele tijd doen hier in haar eentje? Hopelijk kwam Trudy snel. Haar oog viel op het boek in haar tas, zou ze er in verder lezen? Hier, terwijl mam weerloos in bed lag? Nee, dat kon gewoon niet. Het boek was op de een of andere manier niet zo belangrijk meer.

Maar alles wat ze zich herinnerd had, wat moest ze daar dan mee? Ze was zo ver gekomen met nadenken en toch bleef haar moeder onbereikbaar ver weg. Nu ze zo dicht bij haar was, deed het haast nog meer pijn dan toen ze er thuis over nadacht. Ze kreeg het er warm van, haar handen trilden, haar hart sloeg zwaar. Ook al zou mam wakker worden uit het coma, ook dan was de toekomst was nog erg onzeker. Zou ze kunnen praten, begrijpen wat er gezegd werd? Emotioneel veranderden de meeste mensen met een herseninfarct behoorlijk, ze werden meer labiel, konden minder hebben. Of ze in coma bleef of niet, het zou moeilijk zijn hier weg te gaan, er was niets opgelost, niets gezegd Zou ze ooit nog met haar kunnen praten over wat haar bezighield? Of was het beter haar moeder er helemaal niet meer mee te confronteren? Wat moest ze dan met haar nieuw verworven inzichten? Was er maar iemand die zei welke richting ze op moest denken. Het idee van José om hulp te zoeken werd steeds aantrekkelijker. Ook moeilijker maar ze voelde steeds dringender de behoefte er met een deskundig iemand over te praten.

Ze stond op, pakte een tijdschrift van de stapel op de tafel en sloeg het open. Het was hoe dan ook niet te doen om hier de hele tijd te zitten.

Ze haalde opgelucht adem toen de deur openging, eindelijk kwam daar iemand. Het was de dokter met een verpleegkundige. Ze trok zich terug achter het gordijn toen haar moeder werd onderzocht.

'Het lijkt erop dat ze op de pijnprikkel reageert,' zei de dokter. 'Dat is goed nieuws. Daar begint het ontwaken vaak mee.'

Franny kwam erbij staan. Inderdaad, er was iets van beweging te zien.

'Geduld, mevrouw, geduld,' zei de dokter toen hij weer wegliep.

Trudy kwam binnen. 'Hier ben ik eindelijk, het was erg druk vanmorgen in de bakkerij, daarom ben ik zo laat. Hoe is het?'

'Ze lijkt iets te reageren,' antwoordde Franny opgelucht.

'Echt?'

Trudy liep meteen naar het bed en pakte mams hand. 'Zou ze echt wakker worden?' Tranen liepen over haar wangen. 'Ik hoop het zo!'

Franny sloeg haar armen om haar zus heen maar in tegenstelling tot Trudy liet ze geen traan. Samen stonden ze bij het bed en keken naar hun moeder. Hoe lang zou het duren eer ze haar ogen opendeed? Ingespannen tuurden ze naar hun moeders gezicht, zagen ze al verandering?

'Hoe gaat het eigenlijk met Frits?' vroeg Franny toen de stilte haar te lang duurde.

'Heel goed. Hij rijdt op de ambulance.'

'Heeft hij die hele opleiding gedaan? Dat is best pittig.'

'Ja, die heeft hij inderdaad gevolgd. Hij kan goed leren, onze Frits. Het zal raar zijn als hij volgend jaar het huis uit gaat. Hij gaat trouwen, weet je.'

'Echt? Wat leuk! Ik hoop zo dat mam dat mee kan maken. Haar oudste kleinkind... ik weet nog goed dat ik op hem gepast heb vroeger, toen hij een kleine baby was. Weet je nog?'

Trudy knikte. 'Natuurlijk herinner me dat. Het was een lastige tijd. Moeten trouwen is al niet echt een fijne start maar in een dorp werd het nog tien keer uitvergroot. Net of je de enige was die... Nou, je moest eens weten wat er zoal onder de pet gehouden werd.'

Franny wilde iets liefs zeggen maar op dat moment bewoog er iets in het bed.

Mam opende haar ogen.

'Mam!' riep Trudy. 'Daar ben je weer. Eindelijk! Geweldig!' Ze pakte haar hand. 'Welkom terug op de wereld!'

Franny keek haar moeder aan. Was er herkenning in haar blik? Haar ogen dwaalden van de ene dochter naar de andere, naar omhoog, naar beneden. Wat zag ze, wat dacht ze?

Een paar uur later was iedereen op de hoogte van het ontwaken uit de coma. Ze hadden allemaal bij het bed gestaan, blij, opgelucht, in tranen.

'De Heere God heeft onze gebeden verhoord,' zei Riet eerbiedig toen ze in de schoolpauze snel naar het ziekenhuis was gekomen. 'Wat heerlijk.'

Franny liep met de telefoon naar de gang en belde Stefan op zijn mobiel. Hij nam na twee keer al op.

'Mam is wakker geworden! Echt niet te geloven, we waren al bang dat ze weken in coma zou liggen.'

'Nou, zeker, heel mooi te horen.'

'Ze is er niet ongeschonden doorheen gekomen, halfzijdig verlamd en ze praat nog niet. Maar dat kan nog wel bijtrekken. En...'

'Vertel de rest maar als je thuis bent. Wanneer is dat, denk je?'

'Vandaag, ik denk dat ik er begin van de avond wel ben. En jij?'

'Ik heb net een broodje gegeten in een wegrestaurant en rijd zo naar huis. Over zo'n anderhalf uur ben ik er. Zie ik je vanavond.'

'Ja, tot straks.'

Met een onbevredigd gevoel verbrak ze de verbinding. Besefte hij niet dat ze opzag tegen weer zo'n lange rit? Meteen nam ze zichzelf onder handen, niet weer terug vallen in oude patronen maar het anders proberen te zien. Hij bedoelde het vast niet zo.

Ze liep terug naar de kamer, alleen Joop en Riet waren er nog.

' Ik moet weer naar mijn klas, zei Riet. 'Ben je er vanmiddag nog?'

'Nee, ik ga zo maar eens op huis aan.'

Riet sloeg haar arm om Franny heen. 'Zie je dat wel zitten?'

'Eigenlijk niet maar hoe kom ik anders thuis?'

'Je mag nog best een nachtje blijven, dat weet je.'

'Nee, ik ben al best lang weg, het wordt tijd dat ik weer gewoon thuis ben, ook voor de kinderen en voor Stefan.'

'Goeie reis en we bellen heel gauw weer.'

'Bedankt voor alles.'

Net voor Franny weg wilde gaan, kwam de dokter, hij deed testjes om te zien in hoeverre haar moeder verlamd was. Ze had al gezien dat de hele rechterkant niet meedeed, de mondhoek hing naar beneden, het rechteroog zakte, de arm hing slap. Ook het been was verlamd, concludeerde de dokter.

'En de spraak?'

'Daar kan ik nog niets over zeggen. Tot op heden heeft ze niets gezegd, maar dat kan nog spontaan terugkomen. Ik laat jullie alleen.'

Joop leunde over het hek. Franny had het half omhoog

getrokken, uit veiligheid. Je moest er niet aan denken dat mam toch ging bewegen en daarbij uit bed viel. Het voelde ongemakkelijk met Joop. Kwam dat door al die woorden en gedachten die niet uitgesproken waren? Of was het haar eigen verbeelding en beleefde Joop dat helemaal niet zo? Mam zat tegen een stapel kussens geleund maar zakte desondanks opzij. Ze was wakker en keek hen aan.

'Daar lig je dan, mam,' zei Joop quasi opgewekt. 'En wij blijven bij je. Je hebt een beroerte gehad. En nu lig je in het ziekenhuis.'

Begreep ze dat?

'Voorlopig kun je niet naar huis, je kunt niet lopen. De hele rechterkant doet het niet.'

Plotseling liepen er tranen over mams wangen. Franny schrok. Haar moeder huilde!

Joop ging op zijn tenen staan en sloeg zijn arm om zijn moeder heen. Franny pakte haar hand.

'Het is heel erg voor je, mam,' snotterde Joop. 'Maar we zijn wel blij dat je er nog bent. Je krijgt over een tijdje therapie, dan leer je weer lopen en praten.' Hij snoot zijn neus. 'We zullen voor je zorgen mam, het komt allemaal goed.'

Hoe kon hij dat zeggen? Dat was allerminst zeker. Toch ging ze er niet tegenin. Laat haar maar in de waan. En Joop ook. Zou ze nog wat langer blijven? Uiteindelijk was er tussen hen niets uitgesproken. Dat moest later, als mam wat was opgeknapt, besloot ze. Het was beter nu afscheid te nemen.

'Ik moet weer naar huis, mam. Ik ben al een paar dagen hier. Maar ik kom gauw weer, met Stefan en Niels en Nikki.'

Begreep haar moeder dat? Franny keek haar recht in de ogen. Wat dacht mam, wat wilde ze zeggen? Wat verschrikkelijk om geen antwoord te kunnen geven.

Ze pakte haar moeders handen allebei beet en drukte een zoen op haar voorhoofd.

'Ik ben blij dat u er weer bent, mam en ik blijf niet meer zo lang weg, hoor.'

Er glinsterde een traan in haar moeders ogen. Snel pakte Franny haar tas. 'Ik ben weg Joop.'

'Weet je zeker dat het gaat lukken?'

Bij de gedachte aan al die kilometers zonk de moed haar nog dieper in de schoenen maar ze liet het niet merken. Ze stak Joop een hand toe. Hij trok haar naar zich toe en omhelsde haar. 'Oppassen zus. En tot gauw!'

Snel, zonder omkijken, liep ze de kamer uit en trok de deur achter zich dicht. Ze had behoefte aan een kop koffie met iets zoets erbij maar dat kon op de boot. Als ze zich haastte, haalde ze die van vier uur.

14

'Tante Franny!' Een lange blonde jongen liep haar tegemoet in de hal van het ziekenhuis. 'Wat een geluk dat ik u net nog tref!'

'Jij moet Frits zijn,' gokte Franny.

'Klopt,' lachte hij. 'Ik had u gebeld omdat ik wilde aanbieden u naar huis te rijden maar u nam uw telefoon niet op. Toen ben ik snel hier naartoe gekomen.'

'Wat zeg je? Mij naar huis brengen? Helemaal naar het noorden van het land? Weet je wel hoe ver dat is?'

Frits knikte. 'Zeker weet ik dat. Mijn vader vertelde aan tafel over de rit die u gemaakt hebt, en dat u ook weer alleen naar huis zou rijden. Toen kreeg ik ineens een idee. Maarten, een neef van mijn vriendin Saskia woont in Kampen, vlakbij Zwolle. Hij is ernstig ziek en we zijn er al een paar keer op bezoek geweest. U woont toch daar in de buurt? Ik dacht ineens, dat combineer ik.'

'Dat is wel heel aardig aangeboden van je,' zei ze zacht. 'Ik zie er inderdaad erg tegenop om dat hele eind terug te moeten rijden.'

'Deal,' zei Frits. 'Als u het goed vindt, ga ik eerst nog even bij oma kijken en dan kunnen we wat mij betreft gaan.'

'Gaat Saskia ook mee? vroeg Franny.

'Nee, ze is er niet, op reis voor de zaak. Ze werkt bij Dow Chemical, net als oom Jaap. Tot zo!'

Franny keek hem na terwijl hij door de hal naar het trappenhuis liep. Het kon niet anders of dit was leiding. God stuurde een jonge sterke knul op haar pad om haar veilig naar huis te brengen, iemand nam letterlijk en figuurlijk het stuur over.

Dat moest ze Stefan vertellen, was hij al thuis? Ze toetste op haar mobiel het nummer van thuis in. Niels nam op.

'Ik kom naar huis, Niels, neef Frits brengt me. Heel aardig van hem. Is papa al thuis? Nee? Nog niet? Hij zal er zo wel zijn, denk ik. Het zal druk zijn op de weg. Vrijdag hè? Reken er maar op dat ik begin van de avond thuis ben.'

Hoewel ze Frits amper kende, voelde het heel vertrouwd naast hem in de auto, ze zag veel van Anton in hem. Ontspannen leunde ze achterover. 'Weet je dat ik vroeger heel vaak op jou gepast heb? Je was mijn eerste neefje en je huilde nooit als ik op je paste.'

Frist lachte. 'Ik kan me er niets bij voorstellen tante maar het zal wel kloppen. Mijn moeder zegt ook altijd dat ik zo'n rustig jongetje was. Vindt u het goed dat we over Antwerpen rijden? Dat gaat sneller. Ik heb gebeld naar Maarten, ik kan bij hen blijven slapen, maar ik wil er niet al te laat aan komen.'

'Hoe ga je terug?'

'Met de trein, dat hebben we vaker gedaan.'

'Ik vind het heel bijzonder dat je dit wilt doen.'

'Kleine moeite, hoor. En Maarten vindt het fijn dat ik kom. Hij hoopt dat hij nog op onze bruiloft kan komen, maar ik denk het niet. Hij wordt niet meer beter.'

'Wat vreselijk.'

'U werkt ook in de zorg toch? In het ziekenhuis in Zwolle? Misschien hebt u Maarten weleens gezien.'

Franny dacht diep na. 'Het zou best kunnen, ik herinner me hem niet. Jij rijdt op de ambulance, dan maak je wel het een en ander mee.'

Frits begon te vertellen, hij diepte het ene na het andere voorval op.

Nadat hij stilviel om z'n aandacht bij de weg te houden, deed Franny haar ogen dicht en luisterde naar het geluid van de suizende banden. Alle gedachten over haar verleden, over de situatie van haar moeder, over wat Stefan ervan zou vinden, over het gesprek met Gerda, alles vervaagde, loste op. Zo dankbaar en vredig had ze zich in tijden niet gevoeld. Net of alles in orde was, alles klopte en zij alleen maar hoefde mee te spelen in de rol die voor haar bestemd was, zonder zich zorgen te maken over het verloop.

Pas na Utrecht werd ze wakker, haar nek deed pijn en ze had

dorst.

'Heb ik zolang geslapen? Moet je geen pauze nemen?'

Frits keek lachend opzij. 'Ik ben wel wat gewend, hoor tante. En ik had dropjes bij me. Als u wilt, kunnen we bij de eerstvolgende pomp stoppen. We moeten tanken. Trouwens, ik heb best wel trek en ik wil niet met een lege maag bij Maarten aankomen. Of is hier ergens een wegrestaurant?'

'Ik geloof bij Harderwijk,' aarzelde Franny. 'Dat duurt nog even.'

Frits nam de afslag, stapte uit, trok de slang uit de pomp en wachtte tot de tank vol was. Ze liep met hem mee om te betalen. Het zag er schoon en netjes uit binnen, in een vitrine achterin ontdekte ze verpakte broodjes, sap, bekertjes yoghurt. En kroketten.

'Zullen we een broodje kroket nemen?' stelde ze voor. 'En koffie of heb je liever iets fris? '

'Koffie is goed, en natuurlijk een broodje kroket. Denkt u dat ze vers zijn?'

Ze vroeg het aan het meisje achter de kassa, die verzekerde haar dat alles wat ze verkochten vers was. Franny en Frits stonden naast elkaar aan een statafel hun broodjes te eten.

'Die van de boot zijn beter,' zei Frits. 'Maar deze smaken me ook prima.'

'Waar woont Maarten precies?' vroeg Franny.

'In Kampen Zuid, in een straat die De Parelvissers heet.'

'Mooie naam! Weet jij het te vinden in het donker?'

'Ik denk het wel, bij Hattemerbroek eraf en dan een klein kwartiertje over de N 50.'

'Zal ik jou afzetten en zelf het laatste stuk rijden?' vroeg Franny.

'Goed, doen we.'

Nadat ze de afslag van de snelweg hadden genomen, was het erg donker op de weg. Frits had nergens last van, moeiteloos vond hij de straat en het huisnummer. Ze stapten uit, Frits gaf haar een knuffel. 'Als u hier draait, de wijk uit rijdt, een keer links en bij het volgende kruispunt rechts, dan zit u weer op de Symfonielaan. Daar staan borden.'

'Heel erg bedankt Frits en wens je neef veel sterkte!'

Ze stapte in, zette de stoel recht , stelde de spiegels bij en reed weg. Eerst links, dan rechts, daar stond de snelweg al aangegeven.

De lichten van tegenliggers prikten in haar ogen, ze moest moeite doen zich te concentreren. Bijna thuis, het mocht niet meer fout gaan. Hoewel ze slechts drie dagen en twee nachten was weggeweest, leek het of ze thuis kwam na een lange gevaarlijke reis. Ze had bepaald geen terug-van-vakantie gevoel. Zou Stefan blij zijn omdat ze er weer was, of reageerde hij afstandelijk omdat hij zich buitengesloten voelde? Ze voelde een knoop in haar maag om de verdenking die ze tegen hem gekoesterd had. Zou ze niet meteen terugvallen in de oude patronen? Hoe kon ze laten merken dat ze veranderd was? Al haar goede voornemens leken plotseling hoge bergen, het ene moment zag ze duidelijk waar ze naar toe moest, even later wist ze de weg niet meer. Ze had hier echt hulp bij nodig, niet alleen van mensen maar bovenal van God, besefte ze.

Rustig legde ze de laatste kilometers af.

Haar eigen wijk, hun straat.

Bij José waren alle gordijnen dicht.

Stefans auto stond op zijn vaste plek.

Slordig parkeerde ze voor het huis, stapte uit, en griste jas en tas van de bijrijderstoel. Ze haastte zich naar de voordeur. Net toen ze de sleutel in het slot wilde steken, zwaaide de deur open.

'Daar ben je!'

Franny voelde zijn armen om haar heen, rook zijn aftershave.

'Wat heerlijk dat je er weer bent,' fluisterde hij in haar oor. 'Ik heb je gemist.'

'Ik jou ook.' Haar stem bibberde.

'Kom maar snel binnen, het eten staat op tafel, je kunt zo aanschuiven.'